Ellin Carsta

Die Prüfung der Händlerstochter

TINTE & FEDER

Das Buch

Köln, 1354: Mit ihren kunstfertig genähten Kleidern und unternehmerischen Ideen hat es die Händlerstochter Elisabeth zu einigem Wohlstand gebracht. Sie kann sogar das Haus von der Stadt erwerben, in dem sie mit ihrem Mann, ihrer Mutter und den Bediensteten wohnt.

Doch da wendet sich das Schicksal. Als Elisabeth mitleidig eine geschundene Dirne rettet und bei sich aufnimmt, macht sie sich grausame Feinde, die vor keiner Bluttat zurückschrecken. Zudem schmiedet Elisabeths Zwillingsbruder, zerfressen vor Neid auf ihren Erfolg, einen finsteren Plan. Mit seiner Rückkehr nach Köln scheint Elisabeths Ruin besiegelt ...

Die Autorin

Ellin Carsta ist das Pseudonym der deutschen Autorin Petra Mattfeldt, die zusammen mit ihrem Mann und ihren drei Kindern in der Nähe von Bremen lebt. Alle Fans ihres Bestsellers »Die unbeugsame Händlerstochter« können sich jetzt über eine Fortsetzung freuen.

Weitere Informationen zur Autorin finden Sie unter www.petra-mattfeldt.de.

ELLIN CARSTA

DIE PRÜFUNG DER HÄNDLERS TOCHTER

HISTORISCHER ROMAN

TINTE & FEDER

Deutsche Erstveröffentlichung bei
Tinte & Feder, Amazon Media EU S.à r.l.
38, avenue John F. Kennedy, L-1855 Luxembourg
Dezember 2019

Umschlaggestaltung: bürosüd° München, www.buerosued.de
Umschlagmotiv: © John Cairns / Alamy Stock Photo;
© Andrew Fare / Alamy Stock Photo; © Francis XT / Shutterstock;
© Lukasz Szwaj / Shutterstock; © Kisialiou Yury / Shutterstock
Lektorat: Renate Novak
Korrektorat: Gisela Wunderskirchner/DRSVS
Gedruckt durch:
Amazon Distribution GmbH, Amazonstraße 1, 04347 Leipzig /
Canon Deutschland Business Services GmbH, Ferdinand-Jühlke-Straße 7,
99095 Erfurt /
CPI books GmbH, Birkstraße 10, 25917 Leck

ISBN 978-2-91980-945-5

www.tinte-feder.de

Für Ulla
Wem könnte ich dieses Buch besser widmen
als einer tollen Frau am Rhein!

Prolog

Drei Jahre waren vergangen, seit er Köln, der Stadt, in der er geboren und aufgewachsen war, den Rücken gekehrt hatte. Drei Jahre voller Entbehrungen, Gewalt und Angst. Drei verdammte, elende Jahre, in denen ihm oft nur ein einziger Gedanke die Kraft gegeben hatte, weiter zu atmen, wenn er sich vor seinen Häschern verstecken und für mehrere Tage untertauchen musste, um ihren Fäusten und Messern zu entgehen. Nur ein einziger Gedanke, der ihn aufrecht hielt: Rache! Er würde sich rächen. Er würde es ihr heimzahlen, all das, was er durch ihre Schuld hatte erleiden müssen.

Schließlich war ihm ein ganz anderes Leben als dieses jämmerliche Dasein bestimmt gewesen, eines in vornehmer Kleidung und als angesehener Händler. Ein Leben, in dem er sich jeden Tag eine andere Hure hätte leisten können, und mit einem Gesinde, das ihm alle Aufgaben abgenommen und dafür gesorgt hätte, dass es ihm an nichts fehlte. Er wäre voller Stolz durch die Gassen Kölns geschlendert, die Menschen hätten ihm geradezu ehrfürchtig einen guten Tag gewünscht, und wenn sie es gewagt hätten, über ihn zu sprechen, dann nur, um sich über den Reichtum zu wundern, den er angehäuft hätte.

Ja, befand Stephen Hardenstein, so hätte sein Leben verlaufen müssen, und er würde diese Kebse von einer Zwillingsschwester dafür bezahlen lassen, dass sie ihm dieses Leben zunichtegemacht hatte. Büßen würde er sie lassen, und auf Knien rutschend sollte sie ihn um Verzeihung anbetteln, dass sie sich bei den Oberen der Stadt Köln auf wer weiß welche Art eingeschmeichelt und diese so auf ihre Seite gezogen hatte.

Einige Male, wenn er zusammengekauert in einem Dreckloch hatte ausharren müssen, bis die Kerle, denen er durch eine unglückliche Fügung im Spiel Geld schuldete, von dannen gezogen waren, hatte er Elisabeths Gesicht vor Augen gehabt, als sie sich das letzte Mal begegnet waren. Sie hatte ihn verächtlich angesehen und noch eine Bemerkung fallen lassen, dass er ja mit den vielen Stoffen, die sich im Kontor befanden, ein Vermögen machen könnte.

Dieses Dreckstück hatte genau gewusst, dass er damals noch nicht in der Lage gewesen war, sich selbst um alles im Kontor zu kümmern. Womöglich hatte ihm noch die Erfahrung gefehlt, das mochte schon stimmen. Doch das nur, weil sein Vater ihn nach Augsburg zu den Welsers in die Lehre geschickt hatte, damit er woanders als im elterlichen Kontor den Handel lernen sollte. Elisabeth hingegen war zu Hause beim Vater geblieben und hatte alles dort gelernt. War es da ein Wunder, dass er unmöglich über alles Bescheid wissen konnte, was vonnöten war? Er hätte nur einfach noch ein wenig Zeit gebraucht. Und immerhin war er nach dem Tode des Vaters der Herr im Haus gewesen. War es da zu viel verlangt, dass seine Schwester und das Gesinde für ihn hätten arbeiten sollen?

Er hätte sich schon noch als geschickter Händler erwiesen, wenn sie ihn gelassen hätten. Doch dazu hatte er ja gar keine Gelegenheit mehr gehabt. Das Geld, das er durch den

Verkauf der Stoffe an Jeremias, diesen elenden Juden, erhalten hatte, war ihm irgendwie durch die Finger geronnen. Er wusste selbst, dass er hiervon neue Stoffe hätte kaufen sollen, um weiter Handel treiben zu können. Doch was hatte man schließlich von der Arbeit, wenn man das Geld daraus nicht auch dafür hernahm, sich ein wenig zu vergnügen? Gewiss, er hatte es damals ein wenig übertrieben. Auf jedes Glücksspiel hatte er sich eingelassen, und es hatte Nächte gegeben, da es fünf Huren gebraucht hatte, um seinen Durst zu stillen. Kein Wunder bei einem Kerl wie ihm! Als dann das viele Geld binnen weniger Tage verbraucht war, so gestand er sich selbst ein, hätte er aus seinem Rausch aus Glücksspiel, Suff und Hurerei herauskommen müssen. Doch das war einfacher gesagt als getan.

So war ihm schließlich nichts anderes übrig geblieben, als das Haus mitsamt Kontor zu verkaufen. Das, musste er zugeben, war ihm tatsächlich ein wenig schwergefallen. Nicht, weil das Haus schon zu Zeiten seines Großvaters im Besitz der Familie Hardenstein gewesen war. Vielmehr empfand er es als öffentliche Demütigung, als Sinnbild für sein Versagen, das jeder Bürger in ganz Köln sehen konnte. Und hiermit konnte und wollte er nicht leben.

Er hatte lange nach einer Möglichkeit gesucht, an genügend Geld zu gelangen, damit er nach Köln zurückkehren und allen dort zeigen könnte, wie weit er es im Leben gebracht hatte, und sich hierfür des Respekts und der Anerkennung derer zu versichern, die einst aufseiten seiner Schwester Elisabeth gestanden und ihn für einen Nichtsnutz, einen Tunichtgut gehalten hatten. Und vor einigen Wochen hatte sich ihm endlich eine Möglichkeit aufgetan, seinem Ansinnen so nah wie nie zuvor zu kommen. Bald schon würde es so weit sein und er nach Köln zurückkehren und seine Rache umsetzen können. Er würde ein unsichtbares Netz um Elisabeth spannen, ganz so wie eine Spinne. Und sie würde es in ihrem Eifer gar nicht bemerken. Erst wenn es zu spät wäre. Wie sehr er sich auf ihren Gesichtsausdruck freute, wenn ihr klar würde, dass er und niemand sonst es war, der ihr Leben zerstört hatte!

Der Gedanke daran brachte ein Lächeln auf sein Gesicht.

Köln im Jahre des Herrn 1354

1. Kapitel

Elisabeth trat aus dem Haus, blieb auf den Stufen stehen und atmete tief durch. Es war noch ganz früh am Tag, und kaum jemand war bisher auf den Beinen, geschweige denn in den Gassen Kölns unterwegs.

Obwohl sie während der Nacht nur wenige Stunden Schlaf bekommen hatte, fühlte sie sich frisch und voller Tatendrang. Sie war endlich mit dem Kleid fertig geworden, das ein weiteres Aushängeschild für ihre Näherei sein würde, und selbst ganz entzückt darüber, wie wunderbar es ihr gelungen war. In drei Tagen würde das Kleid die Braut bei der Hochzeit schmücken, über die schon seit Monaten ganz Köln sprach. Zwei der wichtigsten Familien der Stadt würden sich miteinander verbinden, und Elisabeth freute sich von Herzen für das junge Paar, das das einmalige Glück hatte, einander aufrichtig zu lieben, und es gar nicht erwarten konnte, miteinander vermählt zu werden.

Sie waren sogar so glücklich miteinander, dass Elisabeth keine Seherin sein musste, um zu wissen, dass Renata, wie die junge Frau hieß, in nur etwa einem halben Jahr einem Kind das Leben schenken würde. Zweimal hatte sie das Kleid ändern und sogar Verstärkungen einsetzen müssen, damit niemand auf die

Idee käme, dass sich unter den Stofflagen ein kleiner Bauch zu runden begann.

Unsicher und ein wenig ängstlich war Renata zu ihr gekommen und hatte entschuldigend hervorgebracht, dass sie wohl in letzter Zeit das Essen zu reichlich genossen hätte und nun womöglich das Kleid angepasst werden müsste, das Elisabeth für sie schneiderte. Vom ersten Moment an hatte Elisabeth gewusst, was der wirkliche Grund für die veränderte Taille war. Und Renata schien ebenfalls zu wissen, dass Elisabeth die Wahrheit ahnte. Doch ausgesprochen hatte es keine von beiden. Elisabeth hatte im Hinblick darauf, dass die Hochzeit zu diesem Zeitpunkt noch gut drei Wochen hin war, weiteren Stoff an den Seiten eingefügt und die Stütznähte anders gesetzt, sodass der Bauch der jungen Frau ruhig noch etwas wachsen konnte, ohne dass das Kleid abermals hätte geändert werden müssen.

Nun war sie erleichtert, ihre Arbeit beendet zu haben, wenngleich es nach vier Uhr in der Früh gewesen war, als sie endlich das fertige Kleid beiseitegelegt hatte und auf ihre Lagerstatt hatte niedersinken können.

Wie selbstverständlich schlugen ihre Füße nun den Weg zum Hause der Familie Kleingedank ein, in dem Renata mit ihren Eltern lebte, bis sie in Kürze in das Anwesen der Familie Hardevust umziehen würde. Die Hardevusts waren Gewürzhändler, die ihre Waren in großen Mengen aus dem fernen Orient bezogen und im gesamten Heiligen Römischen Reich vertrieben. Die Kleingedanks waren Weinhändler und besaßen mehrere Weinberge in Ludesdorp, weshalb sie guten Wein zu günstigeren Konditionen verkaufen konnten als andere Händler, die keine direkten Bezugsquellen ihr Eigen nennen und so mit den Preisen der Kleingedanks nicht mithalten konnten. Fast alle Schänken und Wirtshäuser in Köln sowie einige in der umliegenden Umgebung und eine ganze Reihe im Norden des Landes wurden von den Kleingedanks mit Wein beliefert.

Wie Elisabeth während des Maßnehmens von Renata erfahren hatte, strebten die Kleingedanks den Kauf eines weiteren Weinberges an, um so künftig noch größere Mengen herstellen zu können. Es war wohl noch nicht alles abschließend geregelt, doch hegte Renata den Gedanken oder vielmehr die Hoffnung, diesen Weinberg nach der Vermählung zusammen mit ihrem Ehemann betreiben zu dürfen. Wie sie Elisabeth bei einer Anprobe schwärmerisch berichtet hatte, hoffte sie inständig, dass das Geschäft zustande käme, konnte sie sich doch ein Leben als Winzerin an der Seite ihres Ehemannes ein gutes Stück entfernt von Köln und ohne die immerwährende Aufsicht ihrer Schwiegermutter Kunigunde Hardevust nur gar zu gut vorstellen. Und ihr künftiger Ehemann hatte schließlich zwei ältere Brüder, sodass der Fortbestand des Gewürzhandels der Familie gesichert war.

Renata selbst hatte als einziges von vier Kindern die Krankheiten, die die Familie über die Jahre heimgesucht hatten, überlebt. Und auch wenn ihr Vater, wie Renata Elisabeth anvertraute, es ihr gegenüber nie ausgesprochen hatte, würde er sich gewiss darüber freuen, sollten sie und ihr künftiger Ehemann die Übernahme der Geschäfte in Erwägung ziehen. Sonst bliebe ihm keine andere Möglichkeit, als alles eines Tages zu verkaufen und sich von dem Erlös, der gewiss stattlich wäre, eine Rücklage für den Lebensabend für sich und seine Ehefrau zu sichern.

Elisabeth hoffte für Renata, dass ihr Wunsch in Erfüllung gehen und der Kauf des Weinberges zum Abschluss kommen möge, konnte sie doch nur zu gut verstehen, wie wichtig es auch für eine Frau war, das zu tun, worin man Erfüllung fand.

Wie oft hatte sie selbst Anfeindungen erfahren müssen für das, was sie tat. Auch wenn sie einen Salzhändler geheiratet hatte, führte sie ihr eigenes Handelsgeschäft mit Stoffen und unterhielt noch nebenher eine Näherei, die ausschließlich Kleider für die vornehmsten Damen der Gesellschaft fertigte. Vielen in der

Stadt, vor allem Männern, war ihre Unabhängigkeit und die Art, wie sie es verstand, sich in der Männerwelt zu behaupten, ein Dorn im Auge, das wusste sie nur zu genau. Und wenn sie nicht so gut mit dem Zunftmeister stünde, wäre es keineswegs selbstverständlich, dass sie die Rechte zum Handeln, die ihr seinerzeit nach dem Tode ihres Vaters übertragen worden waren, auch hätte behalten dürfen.

Beschwingten Schrittes ließ sie die Domgasse hinter sich und bog auf den Marktplatz ein. Es war eigenartig. Schon in Kürze, vermutlich in gerade mal einer Stunde, würde es hier auf dem Alter Markt und dem sich anschließenden Heumarkt von Menschen nur so wimmeln. Jetzt jedoch war es, als wäre der Ort ein ganz anderer als der, den sie während des Tages kannte. Alles war still, die Gerüche nach gebratenem Fleisch, Bier und Wein fehlten ebenso wie der eindringliche Duft von Lederwaren. Und die Stille, die über allem lag, gab dem sonst so vertrauten Ort etwas Fremdes.

Elisabeth blickte nach oben zu den hellen Stoffbahnen, die den gesamten Marktplatz des Alter Markt überspannten und den Kunden die Möglichkeit boten, selbst bei Regen trockenen Fußes die ausgelegten Waren der Händler in aller Ruhe betrachten und kaufen zu können.

Sie lächelte bei der Erinnerung daran, dass es nun schon drei Jahre her war, als sie den außergewöhnlichen Einfall gehabt hatte, den Marktplatz mit Stoff zu überspannen. Damals war es keine einfache Zeit für Köln gewesen, da dort kaum noch Handel getrieben worden war. Zum einen, weil in der schrecklichen Augustnacht des Jahres 1349 während der sogenannten Judenschlacht die Andersgläubigen überfallen und in Scharen getötet worden waren, weshalb deren Glaubensbrüder, die die schrecklichen Überfälle überlebt hatten, die Flucht ergriffen und für Jahre nicht nach Köln zurückgekehrt waren. Zum anderen, weil seit diesem Zeitpunkt eine dunkle Wolke über Köln zu hängen schien, die es regnen und immer wieder regnen ließ. Unter den wenigen Juden, die nach Jahren zurückgekehrt waren, hieß es, dass es die Tränen Adonais seien über das, was den Juden damals angetan worden war, und die einfach nicht enden wollten, so schrecklich war das, was sich zugetragen hatte.

Elisabeth verstand zu wenig vom Glauben der Juden, um sich hiervon wirklich ein Bild machen und beurteilen zu können, ob es womöglich der Wahrheit entsprechen konnte, dass der Gott der Juden Adonai es durchgehend regnen zu lassen vermochte. Und sie war damals, als die Judenschlacht stattgefunden hatte, erst vierzehn Jahre alt gewesen und hatte alles aus der Sicht eines Mädchens wahrgenommen, während sie heute eine gestandene Frau von fast zwanzig Lenzen war, die die Welt um sich herum vollkommen anders sah. Zwar hatte sie auch damals schon gewusst, dass den Juden ein schreckliches Unrecht widerfahren war. Doch während sie seinerzeit noch das Gefühl gehabt hatte, mit all dem so gut wie nichts zu tun zu haben, sah sie das heute vollkommen anders.

Sie war eng mit Esther, einer Jüdin, befreundet und bewunderte diese für ihre offene und mutige Einstellung zum Leben. Nicht nur weil sie sich durch ihren anderen Glauben immer wieder zu behaupten hatte, sondern weil sie allen Widerständen zum Trotz das durchsetzte, was sie sich für ihr Leben wünschte. Und mehr noch: Es war, als betrachte Esther es als eine große Selbstverständlichkeit, ungeachtet dessen, dass sie eine Frau war, ihre eigenen Entscheidungen zu treffen und diese durch ihr Umfeld respektiert zu wissen. Und dieses Denken hatte Esther in den drei Jahren, die ihre Freundschaft nun schon bestand, auch Elisabeth nahegebracht. Ja, Elisabeth würde sogar so weit gehen, zu behaupten, dass es Esthers Einfluss gewesen war, der sie zu manch mutiger oder gar verwegener Handlung veranlasst hatte. Denn neben den Gesprächen hatte Esther der jüngeren

Freundin Schriften beeindruckender Frauen zu lesen gegeben, die darin ganz selbstverständlich einem Manne gleich ihr Wissen niedergeschrieben hatten und dieses an die Nachwelt weitergaben. Für Elisabeth war es, als wäre sie dadurch, ebendiese Schriften gelesen und sich das darin bewiesene Denken zu eigen gemacht zu haben, zu einem kleinen Kreis von Frauen hinzugestoßen, die ganz anders waren als alle anderen. Und es gefiel ihr, Teil dessen und ebenso Teil von etwas Neuem zu sein, wenngleich sie das Gefühl hatte, noch längst nicht dort angekommen zu sein, wo sich Esther in ihrem Denken und Handeln bereits befand. Doch sie sagte sich jeden Tag wieder, dass sie alles schaffen könnte, was sie wollte. Sie musste nur hart genug dafür arbeiten und fest daran glauben, dann würde sich alles finden.

Elisabeth verließ den mit Tuchen überspannten Marktplatz, bog nach rechts auf den vor dem Rathaus befindlichen Platz ein, um dann nach links in die von den Kölnern so genannte Judengasse einzubiegen. Von dort aus ging sie durch die Enge Gasse, in der viele Goldschmiede ihrem Gewerbe nachgingen, an der Kirche St. Laurenz vorbei, bis sie schließlich das prächtige Stadthaus der Familie Kleingedank erreichte. Der Bau mit den reichlichen Verzierungen und den Fresken verriet jedem schon von außen, dass die Menschen, die hierin lebten, erfolgreiche und vermögende Geschäftsleute waren.

Elisabeth stieg die fünf Stufen bis zur Eingangstür hinauf und klopfte. Nicht laut, um die vornehmen Herrschaften, die womöglich in den oberen Kammern noch schliefen, nicht zu wecken, aber laut genug, um das Gesinde, das sich bereits in der Küche und den Arbeitsräumen befinden würde, von ihrer Ankunft zu unterrichten.

Es dauerte nicht lange, bis Apolonia, die Haushälterin der Kleingedanks, die Tür öffnete. »Tuchhändlerin Hardenstein, seid gegrüßt.« Die Haushälterin knickste.

Elisabeth schmunzelte. Noch immer wurde sie von fast allen Menschen mit ihrem Geburtsnamen angesprochen, obwohl sie seit bereits drei Jahren verheiratet war und den Namen Auerberg trug. Doch für die Kölner war sie nach wie vor die Händlerstochter.

»Gott zum Gruße, Apolonia. Ich bin gekommen, um deiner Herrin Renata mitzuteilen, dass ihr Hochzeitskleid fertiggestellt ist.«

Apolonia legte sich die Hand auf die Brust. »Ach, wie wird die junge Herrin sich freuen!«, sagte sie glücklich. »Sie kann es ja kaum noch abwarten, bis endlich der große Tag gekommen ist. Ich hingegen«, sie seufzte, »weiß vor lauter Arbeit gar nicht, wo mir der Kopf steht. Halb Köln wird der Feierlichkeit beiwohnen. Und alle wollen essen und trinken. Wie soll ich das nur alles schaffen? Ihr seid doch ebenfalls Gast, nicht wahr?«

»Ja, deine Herrin war so freundlich, meinen Gatten und mich einzuladen. Er wird aber wahrscheinlich noch nicht von seiner Handelsreise heimgekehrt sein. Also werde ich allein kommen müssen.«

»Ach, das ist aber schade. Und Ihr kommt dennoch? Ganz ohne Euren Gatten an der Seite?«

»Offen gesagt, stört es mich gar nicht. Gewiss hätte ich ihn gern bei mir. Doch ich bin sicher, dass es auch so ein wunderbares Fest werden wird.«

»Aber ohne Euren Gatten …«, begann Apolonia zögerlich, schluckte dann aber den Rest herunter.

Elisabeth erahnte auch so, welche Bedenken die Haushälterin hatte äußern wollen, schickte es sich doch für eine Frau nicht, allein zu einem solchen Ereignis zu erscheinen. Sie lächelte und zuckte mit den Schultern. »Ich bin es gewohnt, dass er oft monatelang nicht da ist, und habe gelernt, für mich zu sein«, gab sie zurück.

»Gewiss.« Apolonia war anzusehen, dass sie bereute, etwas gesagt zu haben. »Dann werde ich der jungen Herrin sogleich ausrichten, dass Ihr hier wart und das Gewand fertiggestellt ist«, fügte sie eilig hinzu.

»Danke schön. Gott mit dir.«

»Der Herr mit Euch, Tuchhändlerin Hardenstein.« Die Haushälterin schloss die Tür, noch bevor Elisabeth sich umgedreht hatte und die Stufen wieder hinuntergegangen war.

Elisabeth war der abschätzige Tonfall der Haushälterin, als sie von ihrem alleinigen Erscheinen berichtet hatte, nicht entgangen. Es war schon eigenartig. Wie oft beklagten sich die Frauen untereinander und hinter dem Rücken ihrer Männer über ihr Dasein, das sie im Schatten ihrer Gatten fristen mussten! Doch wenn eine von ihnen sich traute, aus ebendiesem Schatten herauszutreten, dann waren es dieselben Frauen, die die Köpfe zusammensteckten und über sie tuschelten. Es war immer das Gleiche.

Sie ging denselben Weg zurück, den sie gekommen war. In der wenigen Zeit, die sie bei den Kleingedanks zugebracht hatte, waren die Stände aufgebaut worden, und die Händler bereiteten nun die Auslagen für den Verkauf vor und hofften, einem guten Tagesgeschäft entgegenzusehen.

Die Sonne warf die ersten Strahlen über die Stadt, und der Tag versprach ebenso warm zu werden, wie es schon den gesamten Monat über gewesen war. Die gespannten Stoffbahnen über dem Marktplatz dienten derzeit also nicht dazu, den Regen abzuhalten, sondern vielmehr die Waren vor der Sonne zu schützen. Elisabeth war beides recht, verdiente sie doch gutes Geld mit dem Wetterschutz.

Sie hatte seinerzeit mit den Stadtoberen, den damaligen Bürgermeistern von Köln Gerhard Benesis und Tilmann Overstolz, die Vereinbarung getroffen, dass sie als Gegenleistung für die Überspannung des Marktplatzes ein Drittel der

Standgebühr eines jeden Händlers erhielte und dafür Sorge zu tragen hätte, jeweils eine neue Bespannung zu übernehmen, sollte die alte nicht mehr tauglich sein. Anfangs hatte Elisabeth ein wenig Furcht gehabt, dass die Stoffe womöglich nur wenige Wochen halten würden und sie am Ende ein schlechtes Geschäft gemacht hätte. Doch das Gegenteil war der Fall. Der Stoff hielt zwischen einem Dreivierteljahr und einem ganzen Jahr, und die Kosten wurden durch die Einnahmen aus den Standgebühren um ein Vielfaches übertroffen.

Es war also ein Geschäft, das für alle von Vorteil gewesen war, waren doch die Ständler nach dem damaligen Marktfest so reichlich nach Köln zurückgekommen, dass es Elisabeths höchste Erwartungen noch übertroffen hatte. Vor allem aber waren sie geblieben, was Elisabeth tatsächlich den Stoffbahnen über ihren Köpfen zuschrieb, war dies doch eine Besonderheit, die keine der anderen Städte zu bieten hatte. So kamen immer mehr Menschen nach Köln, die nicht nur Waren kaufen, sondern auch die gespannten Tuche sehen wollten, und denen es ein Vergnügen war, eben hier einkaufen zu können.

Elisabeth bog in die Mühlengasse, in der das Haus stand, in dem sie lebte. Heute war ein wichtiger Tag für sie, hatte sie doch ein Treffen im Rathaus mit Bürgermeister Werner von Spiegel vereinbart, um ihm das Geld zu übergeben, das zum Kauf des Hauses diente, in dem sie nun schon drei Jahre lebte. Es hatte zuvor der Familie Lohrscheid gehört, die die Abgaben nach dem Tode des Vaters jedoch nicht mehr leisten konnte, sodass es in den Besitz der Stadt übergegangen war. Die damaligen Bürgermeister Gerhard Benesis und Tilmann Overstolz hatten sich darauf eingelassen, dass Elisabeth eine monatliche Zahlung an die Stadt Köln leistete, um dort mit ihrer Mutter und ihrem Gesinde leben zu können.

Das Haus, das früher einmal der Familie Hardenstein gehört hatte, war nach dem Tode des Vaters in den Besitz von

Stephen, Elisabeths Zwillingsbruder übergegangen. Nur wenige Monate danach hatte er es verkaufen müssen und war aus Köln verschwunden. Elisabeth wusste nicht, was aus ihm geworden war, und wollte es im Grunde auch nicht wissen. Der Streit zwischen ihnen würde sich niemals aus der Welt schaffen lassen. Zu ungeheuerlich war sein Verhalten nach dem Tode des Vaters gewesen, kaum, dass dieser den letzten Atemzug getan hatte. Er war und blieb ein Nichtsnutz, und Elisabeth würde sich nie wieder von ihm täuschen lassen. Wenn er überhaupt noch lebte, denn selbst das wusste sie nicht. Und auch wenn sie tief in ihrem Innern zugeben musste, dass es ihr nicht einerlei war, wollte sie nicht weiter darüber nachdenken. Zu schmerzhaft waren die Erinnerungen an ihn und die Art, wie er mit ihr und auch der Mutter umgegangen war. Und wofür? Für Geld. Die Verachtung, die Elisabeth hierüber empfand, hätte größer nicht sein können.

»Martha, ich bin wieder da«, rief Elisabeth in den Flur hinein, worauf die Haushälterin mit einem Trockentuch in der Hand aus der Küche trat.

»Ihr seid aber rasch zurück«, befand die Haushälterin. »Der Haferbrei braucht noch einen kleinen Moment.«

»Eil dich nicht«, sagte Elisabeth. »Ist meine Mutter schon aufgestanden?«

»Aufgestanden ja, doch sie ist noch oben.«

»Geht es ihr nicht gut?«, fragte Elisabeth etwas ängstlich, befürchtete sie doch, dass die Melancholie, die sich jahrelang wie ein Dämon in den Körper der Mutter gekrallt hatte, eines Tages wiederkehren könnte.

»Aber nein, sorgt Euch nicht«, gab Martha mit einem Lächeln zurück. »Sie ist nur etwas müde von der vielen Arbeit in letzter Zeit.«

»*In letzter Zeit* ist gut«, gab Elisabeth mit einem kleinen Seufzer zurück. »Die letzte Zeit zieht sich nun schon über Jahre. Doch ich bin dankbar, dass wir so gut zu tun haben, immerhin würden wir wesentlich mehr Sorgen haben, hätten wir keine Aufträge, Kleider zu fertigen.«

»Das stimmt wohl, doch solltet Ihr wirklich weitere Näherinnen einstellen. Wir bräuchten dringend noch einige helfende Hände.«

»Wenn du jemanden weißt, nur her damit!«, entgegnete Elisabeth, die nun schon seit Monaten Ausschau nach weiteren Näherinnen hielt, jedoch bisher nur eine einzige gefunden hatte, deren Fähigkeiten sie für gut genug befand.

»Womöglich seid Ihr zu anspruchsvoll, was die Arbeit angeht.«

»Nein, das bin ich nicht«, stellte Elisabeth klar. »Wir fertigen die schönsten Kleider aus den teuersten Stoffen für die vornehmsten Damen. Da kann mein Anspruch gar nicht hoch genug sein.«

Martha seufzte, wusste hierauf nichts zu erwidern. »Ich sehe nach dem Haferbrei, bevor er noch anbrennt.« Damit drehte sie sich um und verschwand wieder in der Küche.

Elisabeth wandte sich der Treppe zu, als genau in diesem Moment ihre Mutter Ennlin am oberen Absatz erschien.

»Guten Morgen, Mutter«, sagte Elisabeth freundlich, was Ennlin mit einem Lächeln quittierte.

»Guten Morgen, Elisabeth. Du strahlst schon wieder wie die Sonne selbst.« Ein Lächeln huschte über das Gesicht der Mutter, was Elisabeth von Herzen freute. Sie war im Vergleich zu den Jahren, die sie jammernd im Bett gelegen und sich ihrem Leiden hingegeben hatte, wirklich nicht wiederzuerkennen.

»Martha sagte, du wärst noch müde, aber du siehst aus wie das blühende Leben.«

Ennlin schritt langsam die Stufen herab. »Bist du denn wirklich nicht matt? Wäre nicht so viel zu tun, würde ich tatsächlich einmal einen ganzen Tag im Bett liegen bleiben.« Ennlin hob die Hand, als sie den Gesichtsausdruck ihrer Tochter sah. »Keine Sorge, nicht wegen eines Leidens. Ich bin einfach nur erschöpft.« Ennlin erreichte die letzte Stufe, machte einen Schritt vor und beugte sich zu ihrer Tochter herüber, um ihr einen Kuss auf die Wange zu hauchen.

»Ich habe heute Nacht Renatas Hochzeitskleid fertiggestellt«, erklärte Elisabeth. »Jetzt wird es ein wenig ruhiger werden, Mutter. Das verspreche ich dir.«

»Du hast es fertig? Bis wann hast du noch gearbeitet?« Die Sorge darum, dass Elisabeth sich selbst kaum Schlaf gönnte und immer weiterarbeitete, war Ennlin ins Gesicht geschrieben.

»Nicht sehr lange«, schwächte die Tochter sogleich ab. »Es ging rascher voran, als ich dachte.«

Ennlin schien nicht überzeugt. »Ich weiß, wie viel an dem Kleid noch zu tun war«, erwiderte sie. »Es würde mich wundern, wenn du mehr als zwei Stunden Schlaf bekommen hättest.«

Elisabeth wusste nichts zu erwidern, also sagte sie rasch: »Heute ist ein großer Tag, Mutter. Nachher werde ich ins Rathaus gehen und den Vertrag unterschreiben. Dann gehört das Haus endlich wirklich uns.«

Ennlin strich ihrer Tochter zärtlich über die Wange. »Was für eine Frau du geworden bist«, befand Ennlin. »Wenn doch dein Vater dich sehen und reden hören könnte! Er wäre so stolz auf dich, genau wie ich es bin.«

»Danke, Mutter.« Elisabeth umarmte sie.

In diesem Moment klopfte es an der Tür. Elisabeth löste die Umarmung, ging hinüber und öffnete.

»Gott zum Gruße, Herrin«, sagte Otilia, die zusammen mit der zweiten Näherin Ursel das Haus betrat. Brid, die erst vor

Kurzem von Elisabeth eingestellt worden war, war noch nicht zu sehen. Wie fast immer kam sie später als die beiden anderen.

»Guten Morgen«, sagte Elisabeth. »Kommt mit und esst erst einmal etwas«, bot sie an. »Martha hat soeben das Morgenmahl bereitet.«

»Aber sollten wir nicht lieber gleich anfangen?«, fragte Ursel. »Ich habe schon etwas gegessen, und wir haben so viel zu tun.«

»Nein«, befand Elisabeth. »Ich habe das Hochzeitskleid für Renata Kleingedank heute Nacht fertiggestellt, und die anderen Gewänder sind so weit auf dem Laufenden. Es muss möglich sein, dass wir einmal ohne Hast in den Tag gehen.«

»Ihr habt das Kleid fertig bekommen?«, staunte Ursel. »Bis wann habt Ihr denn gearbeitet?«

»Ich sage ihr auch immer, dass sie zu viel arbeitet«, brachte sich Ennlin ein.

»Lasst uns zusammen etwas essen«, sagte Elisabeth und ging nicht weiter darauf ein. »Und dann werden wir gestärkt an das Tagewerk gehen.« Sie breitete die Arme aus und schob die Näherinnen ein Stück in Richtung Küche, aus der Martha nun vermeldete, dass das Morgenmahl bereitet sei. Eilig stellte die Haushälterin noch weitere Schalen bereit, als sie sah, dass auch die Näherinnen Elisabeth und Ennlin zum Essen begleiteten.

Elisabeth bat ihre Haushälterin, neben dem Haferbrei auch einen guten Schinken und Brot aufzutragen. Dann setzten sich alle und begannen zu essen und hierbei fröhlich zu plaudern. Es war eine heitere, gelöste Stimmung, und Elisabeth war dankbar und fühlte sich beschenkt, von solch wunderbaren Menschen umgeben zu sein.

Gerade als sie fertig waren und sich erhoben, um zum Nähzimmer hinüberzugehen, klopfte es, und als Ottokar öffnete, trat Brid ins Haus.

»Bin ich womöglich zu spät?«, fragte sie Elisabeth, ganz so, als ob sie die Antwort nicht selbst am besten wüsste.

Wenn sie nicht so wenige Näherinnen gehabt hätte, hätte Elisabeth sie am liebsten direkt hinausgeworfen. »Ja«, gab sie nun freundlich zurück, »doch wir haben ebenfalls noch nicht mit der Arbeit begonnen. Lediglich das Morgenmahl mit einem guten Schinken hast du verpasst. Doch zur Arbeit bist du nun genau zur rechten Zeit gekommen.« Elisabeth konnte ein etwas hämisches Grinsen, als sie Brids verdutzten Gesichtsausdruck sah, nicht vollends vermeiden.

2. Kapitel

»Ah, Tuchhändlerin Auerberg«, grüßte Bürgermeister Werner von Spiegel, der in diesem Jahr in das Amt gewählt worden war. »Es ist mir eine Freude.«

»Die Freude ist auf meiner Seite, Bürgermeister von Spiegel.« Elisabeth ging auf ihn zu, reichte ihm die Hand und knickste.

»Bitte setzt Euch, Tuchhändlerin.« Er deutete auf einen der beiden Stühle, die im Amtszimmer vor seinem Schreibtisch standen. Er selbst nahm auf dem weich gepolsterten Stuhl hinter seinem Schreibtisch Platz.

Kaum, dass Elisabeth saß, kam ein Diener herein und stellte einen Becher mit Würzwein vor den Bürgermeister und dessen Besucherin. Ohne ein Wort zu sagen, ging er wieder hinaus.

»Ich habe den Vertrag vorbereiten lassen. Nun mag es daran liegen, dass ich erst kürzlich in das Amt des Bürgermeisters gewählt worden bin, doch muss ich zugeben, dass mir nie etwas Vergleichbares untergekommen ist.«

»Ich verstehe nicht«, bat Elisabeth um eine Erklärung, wenngleich sie sich denken konnte, worauf die Bemerkung des Bürgermeisters hinauslief.

»Nun, Ihr seid eine Frau. Ihr werdet mir zustimmen, dass es alles andere als üblich ist, dass ein Weib in ihrem eigenen Namen ein Haus kauft.«

»Ich stimme Euch zu«, erwiderte sie. »Aus ebendiesem Grunde habe ich die seinerzeitige Vereinbarung mit den damaligen Bürgermeistern Tilman Overstolz und Gerhard Benesis geschlossen, damit es zu einem späteren Zeitpunkt keine zweite Meinung zu der damaligen Festlegung geben kann.«

Der Bürgermeister hob in beschwichtigender Geste die Hände. »Oh, versteht mich nicht falsch. Ich bewundere Euren Mut. Und doch habe ich Zweifel den Kauf betreffend, ist es doch unnötig, das Haus an eine Frau zu verkaufen, die einen Mann an ihrer Seite hat, der dies ebenso tun könnte. Und die damalige Vereinbarung hatte andere Voraussetzungen.«

Elisabeth wurde nervös. Worauf wollte der Bürgermeister hinaus? »Ich fürchte, ich verstehe nicht ganz«, sagte sie, so ruhig es ihr eben möglich war, und streng darauf bedacht, die Besorgnis, die sich in ihr ausbreitete, nicht zuzulassen.

»Nun, in der Urkunde, die dem jetzigen Kaufvertrag zugrunde liegt, werdet Ihr noch als Elisabeth Hardenstein benannt, da Ihr zum Zeitpunkt der Vereinbarung unverheiratet wart. Von daher verstehe ich die Notlage, in der Ihr Euch damals befandet: von dem eigenen Bruder aus dem Haus gejagt und ohne eine Bleibe. Es war ein Akt der Wohltätigkeit der damaligen Bürgermeister, Euch das Haus der Familie Lohrscheid, das seinerzeit leer stand, gegen eine monatliche Zahlung zu überlassen.«

»Ein Akt der Wohltätigkeit«, sie legte den Kopf schräg, »gewiss. Doch es war ein Geschäft, mit dem die Stadt Köln guten Gewinn machte.«

»Eine kleine Summe im Vergleich zu den übrigen Einnahmen.«

»Die damals jedoch ebenso noch nicht gegeben waren«, ergänzte Elisabeth.

»Wie meint Ihr das?«

»Nun, Köln stand damals alles andere als gut da. Ich erinnere mich sehr gut daran, wie vermutlich auch der Rest der Kölner Bürgerschaft. Der Handel in der Stadt lag brach, von laufenden Einnahmen konnte bis auf die Steuern kaum eine Rede sein. Und auch diese flossen dadurch, dass die Händler kaum Geschäfte machten, nur sehr plätschernd.« Elisabeth war um Freundlichkeit bemüht, doch konnte sie eine gewisse Schärfe in ihrer Stimme nicht vermeiden.

»Ganz so habe ich es nicht in Erinnerung«, entgegnete der Bürgermeister.

»Es war so, ich versichere es Euch. Und ich denke, wen auch immer Ihr in Köln danach fragen würdet, er würde es Euch bestätigen.« Sie nickte ihm zu.

Der Bürgermeister schien kurz zu überlegen. Dann nahm er das Schriftstück, das auf seinem Schreibtisch lag, in die Hand. »Ich will ganz offen zu Euch sein, Tuchhändlerin«, verkündete er. »Ihr genießt Privilegien, die anderen in der Stadt nicht zuteilwerden. Und nicht jedem gefällt das.«

»Ohne Euch widersprechen zu wollen, so sind es schlicht Vereinbarungen, die zum beiderseitigen Wohl vor langer Zeit geschlossen wurden.«

»Eure mangelnde Einsicht beunruhigt mich.«

»Mangelnde Einsicht? Ich fürchte, ich verstehe nicht.«

»Ihr wollt die gottgegebene Ordnung durchbrechen«, sagte er, und sein Tonfall verriet, dass er kurz davor war, die Geduld zu verlieren.

Elisabeth hatte bisher noch nie mit ihm zu tun gehabt, wusste jedoch, dass er ihr und ihrer Art zu leben längst nicht so zugetan war wie die früheren Bürgermeister Gerhard Benesis und Tilmann Overstolz. Sie spürte, dass sie klug sein musste, wollte sie die kleine Auseinandersetzung nicht ausufern lassen.

»Ich denke, Ihr missversteht mich«, sagte sie nun und lächelte ihn an. »Ihr habt vollkommen recht, ich befand mich damals in einer Notlage. Und dass die Bürgermeister sich meiner annahmen und mir gütigst gestatteten, die Verträge in der vorliegenden Form zu schließen, war alles andere als selbstverständlich und zeugt von der Klugheit der Menschen, die das Amt eines Bürgermeisters in unserem schönen Köln innehaben können. Es ist genau, wie Ihr es sagt: Ich war damals ohne Ehemann, und mein Bruder hat das Elternhaus, in dem ich aufgewachsen war, nach dem Tode unseres Vaters für sich beansprucht. Doch irgendwo musste ich schließlich hin. Und auch für meine Mutter musste gesorgt werden. Doch wie es in dem damaligen Vertrag vereinbart wurde, habe ich das Recht, das Haus innerhalb von fünf Jahren nach Abschluss des Mietvertrages zu erwerben, wenn ich denn das Geld dafür zusammenbekomme. Nun, ich habe das Geld und möchte jetzt meinerseits den Vertrag erfüllen.«

»Warum kauft es nicht Euer Ehemann?«

»Er ist auf Handelsreise.«

»Und weshalb sollten wir nicht warten, bis er wieder zurück ist? Dann kann er es immer noch kaufen.«

»Wie gesagt, weil ich das Geld zusammenhabe und es mir nicht zuzumuten ist, weiterhin einen monatlichen Nutzungsbetrag zu bezahlen, während ich das Haus kaufen könnte und damit keine weiteren Ausgaben hätte. Ganz so, wie es dort in dem Vertrag geregelt ist, der Euch vorliegt und der seinerzeit von den beiden Bürgermeistern und meinem Advocatus gegengezeichnet wurde.«

Die beiden sahen sich einen Moment lang an. Elisabeth konnte förmlich spüren, dass der Bürgermeister nach Argumenten suchte, den Kaufvertrag nicht erfüllen zu müssen.

»Wenn es Unklarheiten geben sollte, so bin ich gern bereit, den Advocatus, der seinerzeit mit unterschrieben hat, kommen zu lassen. Er steht auch heute noch in meinem Dienst. Und ich bin zuversichtlich, dass auch die früheren Bürgermeister Overstolz und Benesis sich gut an das erinnern, was damals vereinbart wurde, und nach einem kurzen Blick auf den Vertrag bestätigen würden, dass es so und nicht anders geregelt wurde.« Sie zögerte, ob sie die Bemerkung, die ihr auf den Lippen lag, aussprechen sollte. Dann hörte sie sich auch schon sagen: »Ich gebe aber zu, dass ich die beiden nur ungern holen lassen würde, damit sie noch einmal wiederholen, was dort in der Urkunde festgehalten ist. Es würde ja den Eindruck machen, als würdet Ihr, der amtierende Bürgermeister Kölns, nicht in der Lage sein, einen klar formulierten Vertrag zu verstehen. Und das, obwohl Ihr nur sorgsam seid und das Beste für Köln wollt.« Elisabeth schluckte schwer. War sie zu weit gegangen? Schon jetzt überlegte sie, sich auf keine weitere Auseinandersetzung einzulassen, gleich aufzustehen und das Amtszimmer zu verlassen, um den Advocatus zu holen. Hier würde sie sonst nicht weiterkommen. Und sie hatte das Recht, das Haus zu erwerben. Genau so stand es geschrieben.

»Nun«, setzte der Bürgermeister wieder an, »es stimmt mich froh, dass Ihr verstanden habt, dass mein Zweifeln lediglich meiner Sorgsamkeit um die rechte Ausübung des Amtes gilt.«

»Aber selbstverständlich.« Elisabeth bemühte sich um ein Lächeln. »Weshalb denn auch sonst?«

»Nun, dann, denke ich, sollten wir den Kaufvertrag unterzeichnen und Euch in den Besitz des Lohrscheid'schen Hauses bringen.«

»Habt Dank, mein Bürgermeister.« Elisabeth war einen Moment lang erleichtert, fragte sich jedoch gleich darauf, ob noch weitere Einwände kommen würden.

»Allerdings«, er hob die Hand, »würde ich doch gern noch Zeugen hinzuholen, damit auch meine Bedenken zum Kauf des Hauses durch eine Frau mit aufgenommen werden können.«

Elisabeth sah ihn an. »Selbstverständlich. Vermutlich ist es besser so. Ich werde sogleich nach meinem Advocatus schicken, auf dass er die Urkunde hierauf abermals prüft.«

»Weshalb das?«, fragte der Bürgermeister überrascht. »Wollt Ihr meine Aufrichtigkeit anzweifeln?«

»Aber woher denn! Keinesfalls«, versicherte Elisabeth. »Jedoch habe ich es mir zur Gewohnheit gemacht, stets alle Verträge, die mein Ehemann oder ich oder auch wir beide schließen, durch meinen Advocatus überprüfen zu lassen. Es hat sich bewährt, sodass ich auch in diesem Fall darauf zurückgreifen möchte.«

»Aber es steht lediglich ein zusätzlicher Satz in der Urkunde«, beschwerte sich der Bürgermeister. »Und soweit ich weiß, seid Ihr des Schreibens und Lesens mächtig.«

»Ich bin nur eine einfache Frau«, gab Elisabeth lächelnd zurück. »Wie wollte ich es mir also zutrauen, alles zu verstehen, was von klugen Männern niedergeschrieben wurde?«

»Fast macht es den Eindruck, als wolltet Ihr mich verhöhnen«, schnauzte er.

»Mein Bürgermeister, ich habe das Gefühl, als wolltet Ihr mich falsch verstehen.« Sie erhob sich. »Ich weiß nicht, was ich getan habe, um Euren Unmut auf mich zu ziehen. Doch habe ich das Gefühl, dass, egal was ich sage, es nur falsch sein kann. Aus diesem Grunde sollten wir beide Rechtssicherheit erlangen. Und hierbei brauche ich die Unterstützung meines Advocatus.«

»Ihr schafft Unruhe«, sagte er und schlug mit der flachen Hand auf den Tisch. »Man redet.«

Sie sah ihn verwundert an. »Ich verstehe Euch nicht.«

»Eine Frau sollte nicht selbstständig Handel treiben, und erst recht sollte sie nicht in der Lage sein, ein Haus zu kaufen.«

Elisabeth überlegte kurz, dann ließ sie sich wieder auf dem Stuhl nieder. »Ich glaube, Ihr kennt meine Geschichte nicht, Bürgermeister von Spiegel.«

»Was meint Ihr damit?«, fragte er ungehalten.

»Ja, ich gebe es zu, heute gefällt es mir, im eigenen Namen Handel zu treiben. Doch das war nicht immer so.«

Er sah sie abwartend an.

»Nur zu gern wäre ich eine Frau geworden, die Euch gefallen hätte. Ich habe den Handel von meinem Vater gelernt, während mein Zwillingsbruder zu den Welsers nach Augsburg in die Lehre geschickt wurde. Er wurde dort rausgeworfen und kam wieder nach Köln zurück. Es war immer mein Bestreben, mich in meine Rolle zu fügen, und ich war nur zu gern bereit gewesen, alles zu tun, um meinem Vater zuzuarbeiten und den Handel des Hauses Hardenstein zu fördern, bis dieser eines Tages an meinen Bruder übergeben worden wäre. Doch, nun ja«, sie hob in einer hilflosen Geste die Hände, »mein Bruder ist eben kein Händler. Und er ist auch kein guter Mensch. Meinem Vater war das klar, sodass er mit seinen letzten Worten verfügte, den gesamten Handel mir zu übertragen. Er hatte schon vorher, als ihn das erste Mal der Schlag getroffen hatte, den Zunftmeister zu sich bestellt und um eine Genehmigung für mich gebeten, Handel treiben zu dürfen, obwohl ich nur eine Frau bin. Er hat keine andere Möglichkeit gesehen.«

»Tatsächlich wusste ich nicht um diese Umstände.«

»Fragt den Zunftmeister«, bot Elisabeth an. »Oder auch den Advocatus. Sie wissen beide Bescheid.« Sie beugte sich weiter vor. »Ich musste so handeln, um meine Mutter, mich und auch das Gesinde zu ernähren. Ich hatte keine Wahl.«

»Wenn Euer Vater wirklich verfügte, dass Ihr alles erben und übernehmen solltet, weshalb habt Ihr dann den Handel nicht weitergeführt und auch das Haus bekommen?«

»Nur kurze Zeit nachdem ihn bereits der Schlag getroffen hatte, während er noch darniederlag, ereilte meinen Vater ein weiterer Schlag, dieses Mal schlimmer. Er hatte noch nach dem Advocatus geschickt, doch es war nicht mehr genug Zeit, eine Urkunde aufzusetzen, bevor mein Vater starb. Und eine mündliche Verfügung allein reichte nicht aus, da mein Bruder auf seinem Erbe bestand.« Sie zuckte mit den Schultern. »Versteht Ihr nun, weshalb ich handelte, wie ich es tat?«

»Ja«, sagte der Bürgermeister und kratzte sich nachdenklich am Kinn. »Tatsächlich verstehe ich es jetzt. Ich hatte ein falsches Bild von Euch.« Er räusperte sich. »Hierfür bitte ich Euch um Entschuldigung.«

»Ich danke Euch, mein Bürgermeister, für Euer Verständnis und Eure Worte.«

Er nickte ihr zu, schien zu überlegen. »Ich werde Euch das Haus kaufen lassen, und zwar ohne einen Zusatz in der Urkunde. Meine früheren Amtskollegen haben damals richtig gehandelt, und ich werde ihr Vorgehen nicht anzweifeln.«

»Das freut mich aufrichtig, mein Bürgermeister.« Sie sah ihn abwartend an, denn noch immer schien ihm etwas im Kopf herumzugehen.

Dann ging ein Ruck durch seinen Körper, und er griff das Pergament und reichte es Elisabeth. »Bitte, lest es und sagt mir, ob alles in Ordnung ist.«

Elisabeth nahm es entgegen und prüfte es. Es war ebendie Vereinbarung, die seinerzeit mit Overstolz und Benesis getroffen worden war. Lediglich war am Ende der Zusatz hinzugefügt worden, dass der amtierende Bürgermeister sich nicht mit der Regelung einverstanden erkläre und Bedenken gegen den Kauf durch ein Weib äußere.

»Den letzten Satz werde ich, nachdem ich nun um die Hintergründe weiß, tilgen lassen«, kündigte Werner von Spiegel an.

Elisabeth reichte ihm die Urkunde zurück. »Ja, ich wäre Euch sehr verbunden, wenn Ihr den Satz wieder streichen ließet.«

Der Bürgermeister nickte, erhob sich, ging zur Tür und trat auf den Flur. »Der Schreiber soll kommen«, sagte er zu einem der Büttel, die dort Wache hielten. Elisabeth hörte sich entfernende Schritte, dann trat der Bürgermeister wieder ein. »Der Schreiber wird jeden Moment kommen«, kündigte er an und setzte sich wieder.

»Vielen Dank. Sagt, mein Bürgermeister, darf ich Euch eine Frage stellen?«

»Gewiss.«

»Aber ich bitte Euch, mich nicht falsch zu verstehen.«

Er schmunzelte. »Sprecht frei heraus.«

»Nun, ich hatte den Eindruck, dass Ihr mir gegenüber von Beginn unseres Gespräches an sehr voreingenommen wart. Sagt mir bitte, wenn ich mich täusche. Doch wenn es so sein sollte, würdet Ihr mir wohl den Grund nennen?«

»Nun, ich fürchte, ich muss Euch zustimmen. Doch tatsächlich war meine anfängliche Ablehnung im Grunde nicht gegen Euch gerichtet. Es ist vielmehr meine Sorge, dass der Aufbruch der Zünfte sich auch hier in Köln fortsetzen könnte.«

»Der Aufbruch der Zünfte?«, echote Elisabeth.

»Aber ja. Und damit meine ich nicht die Handwerker, die immer öfter die Anerkennung durch die Zunft als Gleichstellung zum Handel fordern und in die Stadträte drängen. Ich meine den Aufbruch der Zünfte durch Frauen.«

»Mit Verlaub, Bürgermeister, aber die Anerkennung der Frauen innerhalb ihrer Berufe ist in vielen Städten des Landes längst keine Seltenheit mehr.«

»Da gebe ich Euch recht, doch unter anderen Bestimmungen. Gewiss kann ich es verstehen, wenn eine Frau, die schon jahrelang an der Seite ihres Mannes ein Handwerk ausgeübt hat, dieses nach dessen Tod weiterführt, zumindest für ein Jahr, bis die Trauerzeit ein Ende findet und der Zunftmeister sie einem geeigneten Gatten zuführt. Aber in Eurem Fall«, er machte eine gefällige Handbewegung, »und weil ich eben Eure Geschichte nicht kannte, bin ich von einem störrischen, rechthaberischen Weib ausgegangen, das durch wer weiß welche List den früheren Bürgermeistern unserer schönen Stadt eine Einwilligung abgerungen hat, die diese niemals hätten geben dürfen. Nun jedoch«, er nickte ihr zu, »da ich um die Hintergründe weiß, verhält es sich wahrhaftig anders.«

»Wenn Ihr es mir erlaubt, möchte ich Euch darauf hinweisen, dass es so manches Mal womöglich klug wäre, auf die Fähigkeiten der Frauen zu sehen, statt diese von vornherein als nicht ausreichend zu betrachten.«

»Was soll das heißen?« Die Stimme des Bürgermeisters war wieder streng geworden.

»Nun, ich habe die Erfahrung gemacht, dass sich Frauen, da sie eben nicht die gleichen Rechte wie die Männer haben, oftmals mehr anstrengen, um selbst etwas erreichen zu können.«

»Aber wozu?«, hielt der Bürgermeister dagegen. »Sie müssen doch gar nichts erreichen. Sie sollen sich nicht gar zu dumm anstellen und sich einen Mann suchen, der sie versorgt. Nur dann kann die Ordnung aufrechterhalten werden. Wie sollte es denn auch anders gehen? Was, wenn mit einem Mal alle Frauen Händler oder gar Handwerker werden wollen? Alles ginge durcheinander.«

»Nun, es gibt durchaus Frauen, die sogar in Handwerksberufen ausgebildet sind und als Meisterinnen gelten, sodass sie selbst in ihren Berufen ausbilden dürfen.«

»Ich hörte davon«, gab der Bürgermeister missmutig von sich. »Doch ich halte es für blanken Unsinn, dass die Stadtoberen diesem Treiben nicht Einhalt gebieten.«

Elisabeth legte den Kopf schräg. »Nehmen wir beispielsweise den Beruf des Goldschmieds. Glaubt Ihr nicht, dass eine Frau, weil sie ja schließlich viel kleinere Hände hat, sehr viel feiner arbeiten kann als ein Mann? Oder nehmt mich. Ich nähe zusammen mit anderen Frauen Kleider für die vornehmsten Damen unserer Stadt. Denkt Ihr nicht, dass ich, da ich selbst eine Frau bin, viel eher als ein Mann die Nähte so zu setzen vermag, dass das Kleid die Dame über die Maßen schmückt und diese am Ende ihrem Mann vortrefflich zu gefallen weiß?«

Es klopfte, sodass dem Bürgermeister eine Erwiderung erspart blieb. »Tretet ein«, rief er. Ein schlaksiger, kleiner Mann betrat den Raum, den Elisabeth schon von früheren Terminen im Rathaus kannte. »Ah, Schreiber«, grüßte der Bürgermeister ihn, »da seid Ihr ja.«

»Mein Bürgermeister.« Der Schreiber verbeugte sich. »Tuchhändlerin Hardenstein, es ist mir eine Freude, Euch wiederzusehen.«

»Gott zum Gruße, Schreiber.« Elisabeth nickte ihm zu.

»Diese Urkunde muss zweifach neu geschrieben werden«, ordnete der Bürgermeister an und hielt ihm das Pergament hin. »Dieser Satz hier«, er deutete auf die unterste Zeile, »erübrigt sich.«

»Sehr wohl.« Der Schreiber nahm das Pergament entgegen.

»Und würdet Ihr so freundlich sein und Euch bei dem Kaufvertrag auf die seinerzeitige Vereinbarung mit den Bürgermeistern Gerhard Benesis und Tilmann Overstolz beziehen?«, bat Elisabeth.

Der Schreiber sah den Bürgermeister an, der ihm zunickte. »Hier ist die damalige Urkunde.« Er nahm das auf seinem Schreibtisch liegende Pergament und reichte es ebenfalls dem Schreiber. »Bezieht Euch auf diese Urkunde, damit es eindeutig ist.« Er wandte sich an Elisabeth. »Ganz so, wie es die Tuchhändlerin wünscht.«

Diese lächelte und nickte dem Bürgermeister zu.

»Sehr wohl, Herr Bürgermeister.« Der Schreiber nahm auch das zweite Pergament entgegen und ging zur Tür. »Ich beeile mich«, versicherte er, dann verließ er die Amtsstube.

Der Bürgermeister wirkte zunächst etwas unschlüssig, dann hob er den Becher. »Wir sollten auf unsere Bekanntschaft und das bevorstehende Geschäft trinken, finde ich.«

»Da stimme ich Euch zu.« Elisabeth griff ebenfalls den Becher, und zusammen tranken sie. Dann unterhielten sie sich über belanglose Themen. Auf jeden Fall wollte Elisabeth vermeiden, dass abermals die Frauen zum Gesprächsgegenstand würden. Denn, so viel hatte sie verstanden, Bürgermeister von Spiegel war kein sehr aufgeschlossener Mann, wenn es hierum ging, und sie konnte von Glück sagen, wenn es ihr gelänge, das Gespräch ohne weitere Zwischenfälle zu Ende zu bringen.

So war sie erleichtert, als es nach einer Weile wieder klopfte und nach der Aufforderung des Bürgermeisters der Schreiber die Amtsstube betrat. »Die Urkunden«, verkündete dieser und übergab dem Bürgermeister das ältere Pergament, in dem der Mietvertrag und das Vorkaufsrecht für das Lohrscheid'sche Haus geregelt waren, sowie die zwei neu erstellten Kaufverträge.

»Danke.« Der Bürgermeister nahm sie und reichte ein Exemplar der gleichlautenden Urkunden sogleich an Elisabeth weiter. Diese begann genau wie der Bürgermeister zu lesen. Fast zeitgleich waren sie fertig und tauschten die Pergamente wie in einer stillen Übereinkunft aus. Es genügte jeweils ein kurzer Blick, um festzustellen, dass sich die Urkunden bis auf den letzten Buchstaben glichen.

»Ich hoffe, es ist so alles zu Eurer Zufriedenheit?«, fragte der Bürgermeister an Elisabeth gewandt.

»Ganz wunderbar. Habt vielen Dank.«

Der Bürgermeister griff nach der Feder, die in einer Halterung auf seinem Schreibtisch stand, tauchte sie in die Tinte und unterzeichnete erst die eine, dann die andere Urkunde. Dann reichte er Tinte und Feder an Elisabeth weiter, die ebenfalls unterschrieb. Sodann war der Schreiber an der Reihe, der mit seiner Unterschrift bezeugte, dass der Kaufvertrag in seinem Beisein geschlossen worden war.

»Nun, das wäre es. So bringt denn innerhalb der nächsten drei Tage das Geld, und das Geschäft ist damit abgeschlossen.«

»Ich werde sogleich nach Hause gehen und das Geld holen.«

»Soll ich Euch einen Büttel zur Begleitung mitgeben?«

»Das wird nicht nötig sein. Ottokar, meinem Wachmann, wird es eine Freude sein, mich sicher hierherzubegleiten.«

Der Bürgermeister erhob seinen Becher. »So trinke ich denn auf Euch und Euer selbst erworbenes Haus, Tuchhändlerin«, sagte er feierlich.

Elisabeth hob ihrerseits den Becher und war froh, mit dem Bürgermeister auf den gelungenen Abschluss anstoßen zu können. Eine Woge des Glücks überkam sie, als sie den restlichen Würzwein ihre Kehle hinunterlaufen ließ.

»Meinen Glückwunsch, Tuchhändlerin«, sagte nun der Schreiber. »Schon damals hatte ich nicht den geringsten Zweifel, dass Ihr Euer Vorhaben umsetzen würdet und es Euch tatsächlich gelingen würde, das Haus innerhalb der gesetzten Frist zu kaufen.«

»Danke, das ist wirklich sehr gütig.«

Der Schreiber nickte ihr gefällig zu. »Habt Ihr noch weitere Aufgaben?«, fragte er dann an den Bürgermeister gewandt.

»Nein, geht ruhig wieder an Eure Arbeit.«

»Gott mit Euch«, verabschiedete er sich und verbeugte sich abermals sowohl vor dem Bürgermeister als auch vor Elisabeth.

»Und Gottes Segen mit Euch«, erwiderte Elisabeth.

Dann ging der Schreiber hinaus.

Elisabeth nahm ihre Urkunde und verabschiedete sich von dem Bürgermeister mit dem Versprechen, innerhalb kürzester Zeit mit dem Geld zurück zu sein.

Als sie die Amtsstube verließ, hätte sie am liebsten einen lauten Jubelschrei losgelassen, verzichtete aber darauf im Hinblick auf die Büttel, die sie mit einem Kopfnicken grüßten. So schnell sie konnte, verließ sie das Rathaus, lief auf den direkt davor befindlichen Alter Markt und wäre beinahe vor lauter Überschwang in einen Gemüsestand gestürzt.

»He, he!«, rief der Gemüsebauer.

Elisabeth entschuldigte sich hastig bei ihm und rannte dann zum nördlichen Ende des Marktplatzes an der Botengasse. Die Buden und Stände flogen nur so an ihr vorbei, bis sie am Ende des Marktes nach rechts abbog und nach wenigen Augenblicken vollkommen atemlos die Mühlengasse erreichte. Erst als sie sich vergewissert hatte, dass außer ihr niemand hier war, stieß sie einen erleichterten Freudenschrei aus. Sie hatte es geschafft – sie war die stolze Besitzerin ihres eigenen Hauses!

3. Kapitel

Die Geldübergabe war eine reine Formsache gewesen und binnen weniger Momente erledigt. Der Bürgermeister hatte bereits ein Schriftstück vorbereiten lassen, auf dem er die Zahlung des Kaufbetrages bestätigte. Dieses Schriftstück wurde wiederum durch den Kämmerer der Stadt Köln gegengezeichnet, der die Münzen in die Kasse zählte. Damit war das Geschäft zum Abschluss gekommen.

Für den Abend hatte Elisabeth Martha gebeten, reichlich aufzutragen. Sie hatte Esther und Jeremias eingeladen, die ihr seit der schweren Zeit vor drei Jahren zu guten Freunden geworden waren. Zusammen mit ihnen und Ennlin, Martha und Ottokar wollte Elisabeth auf den Kauf des Hauses anstoßen und es sich an diesem Abend einmal wirklich gut gehen lassen.

Sie hatte auch Adelhaid eingeladen, bei der sie früher stets die Kräuter für ihre Mutter gekauft hatte, um gegen deren Melancholie anzukämpfen oder zumindest für Linderung zu sorgen. Doch Elisabeth hatte nur wenig Hoffnung, dass Adelhaid tatsächlich kommen würde. Zwar wusste Elisabeth, dass sie der Kräuterfrau wichtig war und dass diese gerade ein solches Ereignis wie den Hauskauf gewiss gern mit ihr begießen würde, aber mit den Jahren war es mit Adelhaid nicht einfacher geworden. Hatte sie früher des Öfteren vergessliche Momente gehabt, war es inzwischen eher so, dass sie nur gelegentlich klar war und nicht alles vergaß. Sie kam in unregelmäßigen Abständen vorbei, um beim Nähen zu helfen, und wollte kein Geld hierfür annehmen, sodass Elisabeth dazu übergegangen war, sie mit Lebensmitteln zu versorgen und ihr diese als Geschenk mitzugeben, damit sie sich überhaupt irgendwie erkenntlich zeigen konnte.

Doch es gab auch Tage, an denen Adelhaid einfach nicht erschien. Gerade erst war es so gewesen, dass sie ganze vier Tage nicht gekommen war, weshalb Elisabeth in großer Sorge bei Adelhaid zu Hause vorstellig geworden war. Die Kräuterfrau hatte ihr die Tür geöffnet und sie gefragt, was sie für sie tun könne. Offenbar, so hatte es auf Elisabeth den Eindruck gemacht, hatte sie nicht einmal gewusst, wer Elisabeth eigentlich war. Kurz hatte sie gezögert, dann hatte sie um einige Kräuter gebeten, diese gekauft und war wieder gegangen.

Zwei Tage später dann war Adelhaid ganz selbstverständlich morgens in die Näherei gekommen und hatte ihre Arbeit aufgenommen, ganz so, als wäre es nie anders gewesen. Elisabeth hatte nichts weiter dazu gesagt. Doch sie konnte nicht umhin, sich um Adelhaid zu sorgen, würde es im Laufe der Zeit doch eher schlimmer als besser werden. Und dass sie sich an die Einladung zum Abendessen zur Feier des Tages erinnern würde, hielt Elisabeth für geradezu ausgeschlossen.

»Ich möchte etwas sagen«, verkündete Esther und erhob ihren Becher. Alle Augen richteten sich auf die Jüdin. »All das, was du, liebe Elisabeth, erreicht hast, ist so erstaunlich, dass es kaum in Worte zu fassen ist. Du bist eine Händlerin, wie sie klüger und geschickter nicht sein könnte, und die Sorgfalt, mit der du Kleider nähst, sucht ihresgleichen. Und ich glaube, für alle hier zu sprechen, wenn ich sage, dass wir glücklich sind, dich in unserem Leben zu haben. Du kannst sehr stolz auf dich sein. Wir jedenfalls sind es.«

Elisabeth lächelte glücklich und prostete zuerst ihrer Freundin und dann allen anderen am Tisch zu. »Mein Eindruck war, dass Bürgermeister Werner von Spiegel mir nicht wirklich gern das Haus im Namen der Stadt verkauft hat«, begann sie und berichtete dann vom Gespräch mit dem Bürgermeister und dessen Äußerungen über die Frauen und deren Wunsch, eigene Geschäfte zu tätigen.

»Er ist eben ein Mensch voller Vorurteile«, befand Jeremias. »Das ist nicht weiter ungewöhnlich. Meist ist es Furcht, die die Menschen dazu bringt, Neues abzulehnen.«

»Vor mir braucht sich niemand zu fürchten«, entgegnete Elisabeth. »Ich möchte einfach nur gute Geschäfte machen und mich um die Meinen kümmern. Das ist alles. Doch ich gebe es zu: Ich will mich nicht dafür rechtfertigen müssen, nur weil ich eine Frau bin.«

»Du hast allen gezeigt, welch geschickte Händlerin in dir steckt«, brachte sich Ennlin ein. »Doch gib Obacht, dass du es nicht übertreibst und damit Menschen gegen dich aufbringst, die dir schaden könnten.«

»Was sollen sie schon tun?«, gab Elisabeth leichtfertig zurück. Jedoch veränderte sich ihre Miene, als sie den besorgten Gesichtsausdruck ihrer Mutter sah. »Keine Sorge, Mutter. Ich weiß, dass das Denken noch nicht so weit ist und Frauen wie Esther und ich die Ausnahme sind.« Elisabeth wurde nachdenklich. »Und so manches Mal, das gebe ich zu, hatte ich auch schon Furcht, was geschehen könnte.«

»Was meinst du damit?«, fragte Esther.

Elisabeth zuckte mit den Schultern. »Ich weiß ja, dass meine Art zu leben so einigen in der Stadt nicht gefällt. Und gewiss habe ich mich das eine oder andere Mal gefragt, ob ich nicht zurückhaltender sein sollte in meinem Vorgehen, um nur nicht zu viel Aufsehen zu erregen, damit am Ende nicht noch jemand auf den Gedanken verfällt, mir alles nehmen zu wollen, was ich mir so hart erarbeitet habe.« Sie trank mit nachdenklichem Gesichtsausdruck einen Schluck Wein. »Was die Menschen nur eben gern vergessen, ist, wie ich in diese Lage gekommen bin, was ich vorhin auch Bürgermeister von Spiegel erklärt habe. Denn als Frau alles selbst in der Hand haben zu wollen, war ja im Grunde nie mein Bestreben. Doch was hätte ich denn damals tun sollen, als Stephen entgegen dem Willen unseres Vaters nach dessen Tod alles an sich gerissen hat? Weiter für ihn nähen und damit seinen Suff bezahlen? Meine Mutter wie auch ihr beide, Martha und Ottokar, standet vor dem Nichts. Und ich war die Einzige, die in der Lage war, zu handeln und damit uns allen ein gutes Leben zu ermöglichen.«

»Und dass Ihr genau das getan habt, Herrin, hierfür werden Martha und ich Euch auf ewig dankbar sein.«

»Ich ebenso«, fügte Ennlin hinzu.

»Danke«, sagte Elisabeth ein wenig schwach. »Ich finde es nur so ungerecht, dass all das, was sich damals zugetragen hat, vergessen scheint und das, was die einzige Rettung für mich und die Meinen bedeutete, heute abgetan wird als der Starrsinn einer Frau, die sich nicht in ihre Rolle als Ehefrau fügen will.«

»Niemand spricht so von dir, Elisabeth«, versicherte Jeremias.

»Bei euch Juden vielleicht nicht, lieber Freund. Doch ich weiß, dass viele meiner eigenen Nachbarn die Nase darüber rümpfen, dass ich mein Leben einfach weiterführe, auch wenn mein Ehemann auf Handelsreise ist und ich mich nicht an seine Schulter lehnen kann.«

»Es sind die, deren Seele selbst schwach ist, die so etwas denken«, gab Jeremias zurück.

»Du hast stets die richtigen Antworten auf den Lippen«, erwiderte Elisabeth.

»Ich wollte dir durch meine Bemerkung nicht die heitere Laune verderben«, sagte Ennlin mit Bedauern in der Stimme. »Hätte ich nur nichts gesagt, an einem so wichtigen Abend.«

»Aber nein, Mutter.« Elisabeth griff über den Tisch und berührte kurz die Hand ihrer Mutter. »Du hast meine Laune nicht getrübt. Ich weiß es als das zu schätzen, was es ist, nämlich mütterliche Sorge.«

Ennlin lächelte.

»Trotz aller Bedenken sollten wir nicht vergessen, weshalb wir heute hier zusammengekommen sind«, sagte Esther nun und erhob abermals den Trinkbecher. »Auf eine ganz außergewöhnliche Frau, die mit ihrem Einsatz und Können bewiesen hat, dass nichts in diesem Leben unmöglich ist!«

»Auf meine Herrin!«, sagte Ottokar und hob seinen Becher.

»Auf meine Tochter, auf die ich stolzer nicht sein könnte!«, ließ Ennlin vernehmen und erhob ebenfalls den Becher.

»Ich danke euch allen«, sagte Elisabeth glücklich. »Und ich trinke auf die Freundschaft, die Liebe und die Hoffnung auf ein immerwährend gutes Leben, die uns alle verbindet. Mögen wir stets so eng verbunden und glücklich sein wie am heutigen Abend!«

Sie prosteten sich zu und tranken miteinander, und noch Stunden später plauderten sie ausgelassen über dies und das, bis sich Jeremias und Esther auf den Heimweg machten. Es war ein heiterer Abend gewesen, und Ottokar begleitete die Juden das Stück, das sie gemeinsam zurücklegen konnten. Dann verabschiedeten sich Esther und Ottokar an der Ecke der Gasse, in der Jeremias' Haus lag, von diesem, und Ottokar begleitete Esther noch bis zu deren eigenem Stadthaus, das dem Kölner Patrizier Wyland, Esthers Ehemann, gehörte. Wyland war schon fast genauso lange auf Handelsreise wie Elisabeths Ehemann Rafael, sodass die Frauen sich mit ihren Wachmännern behalfen, wenn es vonnöten war, am Abend noch durch die Gassen Kölns zu gehen.

Freundlich verabschiedete Ottokar sich von der Freundin seiner Herrin und wartete, bis diese ins Haus getreten und zu hören war, dass der Schlüssel im Schloss herumgedreht und der Riegel vorgelegt worden war. Dann machte er sich auf den Rückweg zu seinem eigenen Zuhause, und noch mal ging ihm hierbei durch den Kopf, dass es seit dem heutigen Tage tatsächlich seiner Herrin gehörte, einer Frau, die er über die Maßen bewunderte und der er zu tiefem Dank verpflichtet war.

Sie war nicht nur gut zu ihm und hatte ihn stets mit Freundlichkeit, ja sogar mit Respekt behandelt. Vielmehr warf er sich bis heute vor, dass er nicht von Anfang an die Traute gehabt hatte, sich gegen Stephen Hardenstein, den Zwillingsbruder seiner Herrin, zu stellen, als dieser ihn und Martha damals nach dem Tod des Vaters Erhard Hardenstein eingeschüchtert und ihnen gedroht hatte. Womöglich hätte es nichts genützt, doch noch immer plagte Ottokar das schlechte Gewissen, wenngleich seine Herrin es ihm noch am gleichen Abend verziehen und nie wieder ein Wort darüber verloren hatte. Er wusste, dass es ihr nicht leichtgefallen war, ihm und Martha danach noch zu vertrauen. Und doch hatte sie es getan. Niemals, solange er auch nur noch einen Atemzug übrig hätte, würde er zulassen, dass dieser Frau oder ihren Lieben etwas geschah. Das hatte er sich damals geschworen, und heute, nachdem Jahre vergangen waren und er von seiner Herrin so gut wie nie zuvor in seinem Leben behandelt wurde, hatte ebendieser Schwur noch an Gewicht gewonnen.

Die meisten Talgleuchten am Marktplatz waren bereits gelöscht zu dieser späten Stunde. Nur am Anfang, am Ende und etwa mittig leuchteten noch drei verbliebene Leuchten schwach denen, die jetzt noch unter den Stoffbahnen entlanggingen, um zu ihren Häusern zu gelangen. Etwas weiter entfernt hörte

Ottokar jemanden zornig etwas rufen, was er jedoch nicht verstand. Womöglich war es ein Name gewesen, doch sicher war er nicht. Wieder war die laute Stimme zu hören, diesmal mit einem gar lästerlichen Fluch. Dann war es wieder ruhig. Ottokar schüttelte den Kopf. Kurz darauf sah er am Ende des Marktplatzes eine Gestalt, die sich mit raschen Schritten auf ihn zubewegte. Ottokar maß ihn gut einen Kopf größer als sich selbst, obwohl auch er nicht von kleiner Statur war. Der andere war darüber hinaus um einiges breiter als er selbst, vor allem aber wirkte er durch den prallen Bauch, den er vor sich hertrug, recht wuchtig.

»Hast du ein Mädchen gesehen?«, rief ihm der Mann im Näherkommen entgegen. »Sie ist so groß«, er deutete mit der Hand in Höhe seiner Brust, »hat lange dunkle Haare und ist noch keine zwanzig Lenze alt.«

Ottokar blieb stehen und schüttelte den Kopf. »Nein, habe ich nicht.«

»Woher kommst du gerade?«

Ottokar drehte sich um und deutete mit dem Arm in die Richtung. »Aus der Engen Gasse. Mir ist niemand begegnet.«

Wieder fluchte der Größere und schimpfte vor sich hin.

»Na, na«, brachte Ottokar hervor. »Nicht gar so unwirsch, wenn ich bitten darf. Was ist denn geschehen, und wen sucht Ihr? Gar Eure Tochter?«

»Diese kleine Hure ist gewiss nicht meinen Lenden entsprungen«, spie der Mann aus und spuckte auf die Gasse.

Ottokar schüttelte abermals den Kopf, dieses Mal jedoch, weil er das Gebaren des Mannes und die Art, wie er sprach, geradezu abstoßend fand. »Der Herr auf Euren Wegen«, sagte Ottokar als Verabschiedung, musterte ihn noch einmal und ging dann weiter.

»He, wenn du sie siehst«, rief der andere ihm nach, »dann sag mir Bescheid. Ich bin der Wirt vom ›Roten Eber‹. Bring sie mir, und es soll dein Schaden nicht sein.« Er lachte kehlig auf. »Kannst dann eins von meinen Weibern besteigen und musst nicht dafür bezahlen.«

Ottokar drehte sich nicht mehr um. Keinen Augenblick länger wollte er einem Kerl widmen, der solche Reden schwang. Er hörte noch, dass sich die Schritte hinter ihm rasch entfernten. Offenbar rannte der Wirt nun weiter, um nach dem Mädchen zu suchen.

Ottokar hatte das Ende der Stände fast erreicht, hielt sich nun links und blieb dann abrupt stehen. War da ein Geräusch gewesen? Er sah sich nach allen Seiten um. Wurde er etwa beobachtet? Einen Moment lauschte er, konnte aber nichts mehr hören. Er musste sich geirrt haben, schüttelte den Kopf und setzte sich wieder in Bewegung, blieb dann jedoch abermals stehen. Sein Instinkt sagte ihm, dass er nicht allein war. »Ist hier jemand?« Ottokar spürte, wie sein Herz rascher schlug, während er in die Stille lauschte. Er räusperte sich, um seiner Stimme einen festen Klang zu geben. »Ich bin Wachmann und werde jeden niedermachen, der es wagt, sich mir entgegenzustellen«, ließ er mit tiefer Stimme vernehmen.

»Bitte, helft mir!« Es war nicht mehr als ein leises Flüstern gewesen.

Dann hörte Ottokar ein fast ebenso leises Wimmern. Er drehte sich um seine eigene Achse und sah sich nach allen Seiten um. Schließlich fiel sein Blick auf die Stände, wo sich noch die Tische befanden, die zu schwer waren, um sie nach dem Markt abzubauen, und die, durch die Tuchbespannung geschützt, auf dem Marktplatz stehen blieben.

Ottokar ging in die Hocke, konnte aber kaum etwas erkennen. War jemand darunter? »Ich kann Euch nicht sehen«, sagte er. »Kommt heraus! Ich tue Euch nichts.«

»Ist er weg?«, hörte er eine schwache Stimme flüstern.

Ottokar erhob sich und blickte in die Richtung, in der er den Wirt zuletzt gesehen hatte. Es war niemand mehr zu erkennen. Also ging Ottokar wieder in die Hocke. »Ja, er ist weg. Kommt heraus. Ihr habt nichts zu befürchten.«

Einen Moment tat sich nichts, dann nahm Ottokar eine Bewegung wahr und erschrak. Die junge Frau, die unter dem Marktstand hervorgekrochen kam, war splitternackt.

»Beim Herrn«, gab er bestürzt von sich, zog sich seine Jacke aus und hängte sie ihr sogleich über. »Steckt Eure Arme hinein.«

Das Mädchen tat, wie ihr geheißen.

»Was ist denn nur geschehen?«, fragte Ottokar.

Sie antwortete nicht, zitterte trotz der Jacke am ganzen Körper.

»Seid Ihr das Mädchen, das der Wirt sucht? Ich werde Euch nach Hause bringen.«

»Nein!« Sie riss erschrocken die Augen auf und schüttelte den Kopf, zog sich die Jacke von den Schultern, gab sie Ottokar zurück und machte Anstalten, sich entfernen zu wollen.

»Beim Herrn, zieht augenblicklich die Jacke wieder über«, mahnte Ottokar und hielt sie zurück. »Ihr holt Euch ja den Tod.«

Etwas zögerlich ließ sie es geschehen, dass Ottokar ihr abermals die Jacke überzog. »Ich werde Euch nirgendwo hinbringen, wo Ihr nicht hinwollt«, stellte er klar. »Doch könnt Ihr hier auch nicht bleiben.« Er deutete in die Richtung, in der er den Wirt hatte verschwinden sehen. »Ich nehme an, Ihr möchtet nicht warten, bis er zurückkommt.«

Sie schüttelte heftig den Kopf.

»Das dachte ich mir.« Ottokar überlegte. »Und habt Ihr sonst nichts, wohin Ihr gehen könnt? Eure Eltern oder Verwandte? Freunde?«

Wieder schüttelte sie nur den Kopf und ließ den Blick gesenkt.

Ottokar seufzte. »Was mache ich nun mit Euch?«, sagte er mehr zu sich selbst. »Na, kommt erst einmal mit. Gewiss wird meine Herrin nicht begeistert sein, doch irgendwo müsst Ihr ja hin.« Er seufzte abermals und setzte sich in Bewegung.

Kurz zögerte die junge Frau, dann stolperte sie im Abstand von einigen Schritten hinter ihm her.

Auf dem Weg zurück zum Haus fragte er sich, wie er seiner Herrin wohl erklären sollte, dass er mit einem Mädchen, das seine Jacke trug und sonst nackt bis auf die Haut war, wieder dort erschien. Sosehr er auch überlegte, wusste er es immer noch nicht, als er die Stufen zu dem Haus hinaufging und klopfte, damit Martha ihm öffnen sollte.

»Nun kommt schon«, sagte er zu der Fremden, die zitternd am Stufenabsatz stand und ihn nur anstarrte, sich jedoch nicht die Treppe hinauftraute.

Martha öffnete die Tür und gab den Eintritt bereitwillig frei. Erst auf den zweiten Blick nahm sie die Fremde wahr, die zitternd vor dem Haus stand und sie ängstlich anblickte.

»Ich habe sie auf dem Marktplatz gefunden und wusste nicht, was ich tun sollte«, begann Ottokar sogleich eine Erklärung. »Sie war splitternackt, also habe ich ihr meine Jacke gegeben. Offenbar hat sie versucht, sich zu verstecken.« Ottokar hob die Schultern.

Martha sah von ihm zu dem Mädchen und wieder zurück. Dann fasste sie sich ein Herz und ging die Stufen hinab. »Na, kommt erst einmal herein. Ihr zittert ja am ganzen Körper.« Sie legte den Arm um die Schultern der jungen Frau und ging mit ihr zusammen die Treppe hinauf. Erst als sie das Haus, dessen Flur durch vier Talgleuchten erhellt war, betraten, sah Ottokar das erste Mal das Gesicht des Mädchens im Licht. Er erschrak so sehr, dass er sich die Hand vor den Mund schlug.

»Beim Herrn«, brachte er eilig hervor, »was ist denn nur mit Euch geschehen?«

»Was ist denn?«, fragte nun Elisabeth, die vom Esszimmer aus, wo sie noch mit Ennlin gesessen und den restlichen Wein getrunken hatte, die Stimmen im Flur wahrgenommen hatte. Sie blieb abrupt stehen, als sie die Fremde in ihrem Haus sah. Sofort sah sie zu Ottokar und verlangte eine Erklärung.

»Es tut mir leid, Herrin, doch ich wusste nicht, wie ich mich verhalten sollte.« Noch einmal erzählte er das, was er zuvor schon Martha gegenüber geäußert hatte.

Elisabeth, hinter der nun Ennlin im Türrahmen auftauchte, brauchte einen Moment, um zu reagieren. Dann ging sie auf die Fremde zu und fasste deren Hände. »Ihr seid willkommen in meinem Haus«, sagte sie. »Kommt. Hier wird Euch nichts geschehen.« Sie zog die junge Frau noch ein wenig weiter in den Hausflur, und Martha schloss die Haustür.

»Bitte, kommt hier herein und setzt Euch erst einmal.« Elisabeth geleitete sie ins Esszimmer. »Martha, hol das Essen noch einmal her und wärme den Würzwein an.«

»Ja, Herrin«, erwiderte Martha. »Ich beeile mich.«

Elisabeth wandte sich wieder an die Fremde. »Wollt Ihr uns sagen, was geschehen ist?«

Das Mädchen sah Elisabeth an, öffnete die Lippen und schloss sie wieder.

»Sprechen kann sie aber«, warf Ottokar ein, der im Türrahmen stand.

»Wollt Ihr uns Euren Namen verraten?«, fragte Elisabeth.

»Marlein«, antwortete das Mädchen leise.

»Mein Name ist Elisabeth, Marlein. Ich bin die Herrin dieses Hauses. Dies ist meine Mutter Ennlin, unsere Haushälterin heißt Martha, und der stramme Kerl, der Euch hierhergebracht hat, ist Ottokar.« Elisabeth bemühte sich um ein Lächeln, was ihr beim Anblick der jungen Frau alles andere als leichtfiel.

»Wenn Ihr möchtet, könnt Ihr heute Nacht hierbleiben«, bot Elisabeth an, gerade als Martha mit einem Tablett, auf dem ein Krug mit Würzwein, ein Becher und eine Platte mit Schinken und Brot standen, das Esszimmer betrat.

»Das wird Euch guttun«, befand die Haushälterin.

»Martha, das ist Marlein«, stellte Elisabeth sie vor, als diese das Tablett abstellte.

Martha lächelte dem Mädchen zu, dessen Blick auf das Brot und den Schinken gerichtet war. »Greift zu«, forderte Martha sie auf. »Es ist ja für Euch.«

Marlein zögerte kurz, dann griff sie rasch nach einer Scheibe des dick abgeschnittenen Schinkens und schob sich diese gierig in den Mund.

»Du hast wohl lange nichts zu essen bekommen, was?«, fragte Ennlin, die sich Marlein gegenüber an den Tisch gesetzt hatte, mitfühlend nach.

Marlein reagierte nicht darauf, kaute den Schinken und nahm dann eilig einen Schluck Würzwein.

»Lassen wir sie erst einmal essen und trinken«, sagte Elisabeth. »Martha, würdest du ihr ein Bett für die Nacht bereiten?«

»Ich helfe dir«, erbot sich Ottokar sogleich, der sich für die Mehrarbeit, die Martha nun hatte, irgendwie verantwortlich fühlte.

»Danke«, sagte Martha zu Ottokar und dann an Elisabeth gewandt: »Wir sind gleich zurück.«

Zusammen gingen sie über den Flur zum Gesindetrakt hinüber. Ganz selbstverständlich hatte Martha entschieden, dass sie der Fremden zwar helfen, diese jedoch nicht in den oberen Räumlichkeiten und damit über Nacht in der Nähe ihrer Herrin und Ennlins oder gleich neben Ottokars und ihrer eigenen Kammer haben wollte. Es war wahrlich ungewöhnlich genug, dass Ottokar und auch sie selbst ihre Kammern oben direkt neben der Herrin hatten. Dies war von Anfang an so gewesen, seit sie vor über drei Jahren in dieses Haus gezogen waren. Und Martha war dankbar hierfür, ließ ihre Herrin doch keine Gelegenheit aus, Ottokar und sie fast wie Gleichgestellte zu behandeln. Ja, es war schon ein wirklich wunderbares Leben, das ihnen bei ihrer Herrin vergönnt war, und Martha nahm es alles andere als selbstverständlich. Keinesfalls wollte sie jedoch riskieren, dass die Gutgläubigkeit ihrer Herrin, die in jedem stets das Gute zu sehen vermochte, auch wenn es noch so tief in der Seele eines Menschen verborgen war, ausgenutzt wurde. Und so erbärmlich die junge Frau auch aussehen mochte, so war sie nun einmal eine Fremde, und Martha konnte nicht wissen, ob ihr zu trauen war. Und bis sie sich dessen gewiss sein konnte, würde sie mehr als nur ein Auge auf sie haben, auch wenn zu vermuten war, dass das Mädchen am nächsten Morgen schon wieder verschwunden sein würde.

4. Kapitel

In der Nacht hatten sie Marlein nur noch zu Ende essen lassen, ihr eine Waschschale bereitgestellt, ein Nachthemd von Elisabeth sowie ein einfaches Kleid für den nächsten Tag herausgelegt und diese dann auf ihre Lagerstatt entlassen, ohne weitere Erklärungen zu fordern. Am nächsten Morgen jedoch wollte Elisabeth in jedem Fall in Erfahrung bringen, was geschehen war und was die junge Frau hatte erdulden müssen.

Wie fast immer war Elisabeth auch an diesem Morgen die Erste, die aufstand. Zwar wäre dies eigentlich die Aufgabe des Gesindes gewesen, doch Elisabeth wusste, dass fast überall die Arbeit nicht vor Sonnenaufgang begann und nur sie selbst gar nicht anders konnte, als sich eine gute Stunde zuvor von der Lagerstatt zu erheben und mit dem Tagewerk zu beginnen.

Sie hatte sich einen heißen Sud aus Kräutern aufgegossen und diesen mit in ihr Nähzimmer genommen. Nur kurz darauf klopfte jemand an den Rahmen der offen stehenden Tür, und Elisabeth sah auf. Marlein stand da, den Blick unsicher auf Elisabeth gerichtet, und presste die Lippen aufeinander. »Gott zum Gruße, Marlein«, sagte sie freundlich. »Möchtest du hereinkommen und dich setzen?«

»Danke schön.« Marlein betrat zögerlich die Nähstube und nahm auf einem der Stühle vor Elisabeths Tischchen Platz.

»Ich habe mir einen Kräutersud bereitet. Möchtest du auch einen?«

»Ihr seid zu gütig. Doch ich kann das alles nicht bezahlen.«

Elisabeth stand auf. »Das weiß ich, doch es ist ohne Bedeutung. Einen Moment nur. Das Wasser wird noch immer heiß genug sein. Ich bin gleich wieder da.« Sie verließ die Nähstube, ging in die Küche und kam kurze Zeit später mit einem Becher mit Kräutersud zurück. Marlein saß noch immer genau so da, wie Elisabeth sie verlassen hatte.

»Gib Obacht, er ist noch sehr heiß«, warnte Elisabeth und stellte den irdenen Becher vor Marlein hin. Dann setzte sie sich wieder auf ihren Stuhl am Nähtischchen, griff ihren eigenen Becher, führte ihn an ihre Lippen und trank in kleinen Schlucken.

»Danke.« Zögerlich nahm Marlein den Becher und trank etwas von dem Sud. Sie hielt das Gefäß in den Händen, als wollte sie sich daran wärmen, obwohl es in der Nähstube warm genug war und sie bestimmt nicht frieren musste.

Elisabeth besah das Gesicht der jungen Frau. Ihre Augen waren rot und blau, das linke war so stark geschwollen, dass Marlein Mühe hatte, hiermit etwas zu sehen. Ihre Nase wirkte schief, war womöglich gebrochen, und auf ihrer Oberlippe war eine Platzwunde, die nun krustig hervorstach. Elisabeth beobachtete sie eine kleine Weile und fragte sich, wie alt Marlein war. Gestern noch war sie von einer Frau ihres Alters, also um die zwanzig, ausgegangen. Nun jedoch kam sie ihr jünger vor, wenngleich das versehrte Gesicht hierüber nicht wirklich Auskunft zu geben vermochte.

»Willst du mir sagen, was geschehen ist?«, fragte Elisabeth nach einer Weile.

Marlein senkte den Blick und hielt ihn starr auf den Becher in ihren Händen gerichtet. Eine Weile sagte sie nichts, dann wisperte sie: »Ich habe es nicht mehr ausgehalten.«

»Was hast du nicht mehr ausgehalten?«, hakte Elisabeth mit sanfter Stimme nach.

Marlein nahm einen Schluck, dann langsam noch einen. Offenbar suchte sie nach Worten. Sie räusperte sich, bevor sie zu sprechen begann. »Ich arbeite im ›Roten Eber‹«, sagte sie leise. »Kennt Ihr die Schänke?«

Elisabeth musste nicht lange überlegen. Zwar war sie selbst noch nie dort gewesen, doch sie wusste, was man darüber sagte. Es war mehr als nur eine einfache Schänke. Dort gab es Hübschlerinnen, die der Wirt für seine Gäste bereithielt. »Ich habe davon gehört«, antwortete Elisabeth.

»Es ist ein Hurenhaus«, erklärte Marlein ohne Umschweife und mit Bitterkeit in der Stimme.

Elisabeth nickte nur und wartete, bis Marlein weitersprach.

»Ich habe dort fast ein halbes Jahr lang gearbeitet«, fuhr Marlein fort. »Doch ich kann das nicht mehr. Ich, ich …«, stammelte sie. Dann stellte sie eilig den Becher auf dem Tisch ab und hielt sich die Hände vor die Augen.

»Es tut mir sehr leid, was du erleiden musstest.«

Marlein knetete ihre Finger, rang um Fassung. »Es ist schlimmer geworden mit der Zeit. Am Anfang, nun ja, da war es nur, also, ich musste mich nur hinlegen, und alles war auch gleich wieder vorbei. Doch seit einigen Wochen kommen diese drei Männer, die immer nur mich wollen.«

Elisabeth schluckte schwer. Der Anblick der jungen Frau, wie sie so dasaß und um Worte rang, schnürte ihre Brust zusammen.

»Sie zahlen dem Wirt viel Geld. Einer von ihnen macht nichts, er sieht immer nur zu. Aber die anderen beiden …«

»Was meinst du damit, dass er nur zusieht? Er ist mit im Raum, während du einem nach dem anderen zu Diensten sein musst?«

»Zur gleichen Zeit«, sagte Marlein mit zittriger Stimme, und ihre Augen füllten sich mit Tränen.

Elisabeth presste Luft durch die Lippen. »Bitte verzeih, ich wusste nicht, dass so was …« Sie brach ab.

Marlein nickte. »Ich habe zuvor auch nicht gewusst, dass es so geht. Es ist nicht nur, dass die beiden sich an mir gütlich tun, während der Dritte zusieht. Sie schlagen mich, sie schlagen mich davor und dabei. Alles tut mir weh. Ich halte es einfach nicht mehr aus.« Sie zögerte einen Moment, dann lockerte sie die Schnüre des Kleides, stand auf und drehte Elisabeth den Rücken zu, während sie das Gewand ein Stück heruntergleiten ließ.

Elisabeth schlug sich die Hand vor den Mund, um nicht aufzuschreien. Marleins Rücken war mit Striemen übersät, und über die gesamte Fläche zeichneten sich rote und blaue Abdrücke wie von Fäusten ab.

»Herr, unser Gott!«, brachte Elisabeth entsetzt hervor, während Marlein das Kleid wieder hochzog, die Schnüre zuband und sich dann wieder setzte. »Das ist ein Verbrechen, das dem Stadtvogt angezeigt gehört.«

Marlein lächelte schwach. »Was sollte es schon nützen? Ich stehe dort im Dienst, und der Wirt bekommt gutes Geld, damit sie das mit mir machen können.« Marlein senkte den Blick. »Gestern kamen sie wieder. Doch da war etwas anders.«

»Was war anders?«

»Derjenige, der sonst nur zusieht, ist allein mit mir in die Kammer gegangen und hat mir sogleich mehrere Male ins Gesicht geschlagen. Ich glaube, er hat mir die Nase gebrochen. Ich bekomme schwer Luft.«

»Was ist dann geschehen?«

»Er hat einen Moment die Kammer verlassen, um seine Kumpane zu holen. Ich hatte solche Angst, dass sie mich dieses Mal umbringen würden. Da habe ich mich aus der Kammer geschlichen, als er oben an der Treppe stand und nach seinen Männern gerufen hat. Am hinteren Ende des Korridors ist in der Wand eine Holzklappe, die nach draußen führt. Ich weiß nicht, wozu sie benutzt wird, vermutlich, um etwas nach oben zu schaffen. Ich habe sie geöffnet und bin hinausgesprungen.«

»Du bist oben aus der Schänke gesprungen?«

»Ja.« Marlein deutete nach unten. »Der Fuß tat mir danach ein wenig weh, doch gebrochen ist wohl nichts. Ich konnte fortlaufen.« Sie sah Elisabeth an. »Es war schon dunkel, sodass ich mich verstecken konnte. Sie haben mich gesucht, die drei und auch der Eberhart, dem das Wirtshaus gehört. Ich habe mich durch die Gassen geschlagen und bin schließlich bis zum Marktplatz gekommen. Dort habe ich mich unter den Ständen versteckt. Eberhart war dicht hinter mir. Dann hat er Euren Wachmann getroffen und diesen gefragt, ob er mich gesehen hat. Und als er dann weiterlief, habe ich mich zu erkennen gegeben.«

»Und Ottokar hat dich hierhergebracht.«

Marlein nickte. »Es tut mir leid, wenn ich Euch Umstände mache.«

»Du machst mir keine Umstände«, erklärte Elisabeth sogleich. »Ich bin fassungslos über das, was du erdulden musstest.« Sie überlegte einen Moment. »In jedem Fall gehst du nicht dorthin zurück. Leben deine Eltern in der Nähe oder irgendwelche Verwandten?«

Marlein schüttelte den Kopf. »Nein, ich habe niemanden. Meine Eltern hatten ein Wirtshaus in Ramrath. Ich habe das Geschirr gespült und die Gäste bewirtet.«

»Was ist mit deinen Eltern geschehen?«

»Sie wurden krank. Erst Mutter, dann Vater.«

»War es die Pest?«

»Nein.« Marlein schüttelte den Kopf. »Es war ein Husten, der immer schlimmer wurde. Schließlich hatten sie blutigen Auswurf, und nur wenige Tage danach waren sie tot.«

»Was wurde aus der Schänke?«

»Ein anderer Wirt aus dem Dorf hat sie übernommen. Das Wirtshaus hätte als meine Mitgift gegolten, und ich sollte bleiben und ein paar Monate später seinen Sohn Lorenz ehelichen. Doch das wollte ich nicht.« Sie presste die Lippen aufeinander. »Hätte ich ihn nur genommen!«

Elisabeth seufzte. Marlein tat ihr so leid. »Bis wir wissen, was wir tun, bleibst du hier und wirst erst einmal wieder gesund.«

»Ich habe wirklich kein Geld. Gar keines.«

»Das habe ich verstanden. Mach dir darum keine Gedanken.« Elisabeth legte den Kopf schief. »Sag mir, Marlein, wie alt bist du eigentlich?«

Marlein zögerte, als müsse sie selbst darüber nachdenken. »Es ist schon warm geworden, das Frühjahr fast vorbei. Dann bin ich jetzt vierzehn Jahre alt.«

Elisabeth schloss für einen kurzen Moment die Augen. Als sie sie wieder öffnete, sagte sie entschlossen: »Du bleibst hier. Ich werde nicht zulassen, dass dir wieder etwas geschieht.«

»Danke«, brachte Marlein hervor. »Ich weiß nicht, was ich sonst sagen kann.«

Auf der Treppe waren Schritte zu hören. Offenbar war Martha aufgestanden und auf dem Weg zur Küche.

»Du brauchst nichts zu sagen«, entgegnete Elisabeth und hob dann den Kopf. »Martha«, rief sie. »Wir sind in der Nähstube.«

Kurz darauf trat die Haushälterin ein. »Ah, guten Morgen, Herrin. Marlein.« Sie nickte beiden zu.

»Gott mit dir, Martha. Marlein und ich haben uns schon ein wenig unterhalten. Sie wird für eine Weile hierbleiben.«

»Ich verstehe«, sagte Martha und betrachtete dann das Gesicht von Marlein, die sich zu der Haushälterin umgedreht hatte. »Es sieht schlimmer aus als gestern Abend im Dunkeln.«

Marlein senkte den Blick.

»Verzeih, es war nicht so gemeint. Ich war nur eben etwas erschrocken.« Martha schüttelte den Kopf. »Was ist nur mit dir geschehen, Mädchen?«

»Marlein hat es mir erzählt«, brachte sich Elisabeth ein. »Wir sprechen später darüber.«

»Ja, Herrin. Dann werde ich erst einmal zur Kochstelle gehen und das Morgenmahl bereiten«, kündigte Martha an, nickte noch einmal und ging dann.

»Sie ist herzensgut, genau wie Ottokar«, erklärte Elisabeth.

»Ihr seid alle so freundlich«, stellte Marlein fest. »Ich habe noch nie so gütige Menschen erlebt, die helfen, obwohl sie genau wissen, dass sie nichts dafür bekommen werden.« Ihr Gesichtsausdruck veränderte sich. Plötzlich sah sie erschrocken aus. »Oder was verlangt Ihr, das ich tun soll?«

»Wir verlangen gar nichts von dir. Fass Vertrauen, Marlein, auch wenn es dir schwerfällt.« Elisabeth legte wieder den Kopf schief. »Wobei du tatsächlich etwas tun könntest, wenn du das möchtest.«

»Was?«, fragte Marlein sogleich, und das Misstrauen war aus dem einen gesprochenen Wort deutlich herauszuhören.

Elisabeth konnte es ihr nicht verdenken. Hatte sie selbst schon harte Zeiten durchstehen müssen, waren diese doch nichts gegen das, was Marlein über sich hatte ergehen lassen müssen.

Elisabeth deutete mit der Hand auf die Stoffe. »Wie du siehst, betreibe ich eine Näherei. Wenn du möchtest, kann ich dir zeigen, wie es geht, und du könntest dich so nützlich machen.« Sie hob abwehrend die Hände. »Aber wirklich nur, wenn du es willst. Es ist nicht deine Pflicht, um hierbleiben zu können. Wir helfen dir auch so.«

Marleins Gesicht erhellte sich. »Eine Näherei? Wirklich? Das wäre meine Aufgabe?«

»Sie könnte es sein.«

Marlein schlug sich die Hand vor den Mund, offenbar, um nicht vor Freude laut auszurufen. »Ich kann nähen«, bekräftigte sie und nickte heftig mit dem Kopf. »Gewiss könnt Ihr mir noch viel beibringen. Doch ich bin geschickt und lerne rasch. Ich wäre überglücklich, wenn ich das tun dürfte!«

»Wunderbar«, entgegnete Elisabeth zufrieden. »Dann brauchst du dir auch keine Sorgen mehr zu machen, weil du kein Geld hast. Du kannst hier wohnen, bekommst Essen und Trinken und sogar noch ein paar Pfennige, die du nur für dich verwenden kannst.« Sie griff über das Tischchen und legte sanft ihre Hand auf Marleins. »Es wird alles gut werden. Von nun an wird sich dein Leben zum Besseren wenden.«

Tränen traten in Marleins Augen, und ganz plötzlich, ohne dass Elisabeth noch reagieren konnte, beugte sie sich vor und legte ihren Kopf auf Elisabeths Hand. »Ich danke Euch«, brachte sie schluchzend hervor. »Möge Gott es Euch vergelten!«

Elisabeth war um Normalität bemüht, als sie zusammen mit Ennlin, Martha, Ottokar und Marlein das Morgenmahl einnahm. Von keinem am Tisch wurde Marlein darauf angesprochen, was sich zugetragen hatte. Es war wie eine stille Übereinkunft, dass man die junge Frau in Ruhe lassen wollte.

So plauderten sie nur über dies und das, und Marlein ließ sich genau erklären, wie es sich mit Elisabeths Rolle als Tuchhändlerin und Näherin verhielt.

Fast konnte die Jüngere nicht glauben, dass Elisabeth verheiratet war und dennoch ihren eigenen Handel betrieb, unabhängig von ihrem Ehemann, der Salzhändler war. Nie zuvor hatte sie davon gehört, dass so etwas möglich sein konnte, und staunte nicht schlecht, als sie erfuhr, dass es ebenso keine andere als Elisabeth gewesen war, die vor drei Jahren den gesamten Kölner Marktplatz mit Stoffbahnen überzogen und damit den Handel in der Stadt zu einer unvergleichlichen Blüte geführt hatte. Schon viel hatte sie von dieser Händlerin gehört, denn noch immer sprachen vor allem Reisende davon, dass sie nicht hatten glauben wollen, dass der Marktplatz derart gestaltet war, bis sie es mit ihren eigenen Augen gesehen hatten. Vor allem aber wunderte Marlein, dass die Beschreibung der Frau, die das getan hatte und auch was sonst über diese gesprochen wurde, eben tatsächlich Elisabeth sein sollte. Denn in ihrer Wahrnehmung musste es sich um eine Frau handeln, die die besten Jahre bereits hinter sich hatte, grimmig dreinblickte und stets mit einer Peitsche um sich schwang, tat nur eine Seele nicht, was sie anordnete. Diese junge, bildschöne Frau, die sie hier vor sich hatte, wollte sich so gar nicht in das Bild aus den Beschreibungen einfügen lassen, geschweige denn passte deren Wesen zu dem, was ihr erzählt worden war. Die verhärmte, grässliche Alte mit dem vielen Geld und Elisabeth waren zwei vollkommen unterschiedliche Menschen.

Als sie das Morgenmahl gerade beendet hatten, klopfte es, und Otilia und Ursel traten, nachdem Ottokar geöffnet hatte, ins Haus, um mit ihrer Arbeit zu beginnen. Elisabeth stellte den beiden Marlein kurz vor und teilte ihnen mit, dass diese sie künftig bei der Arbeit unterstützen werde.

Zwar war den Näherinnen anzusehen, dass sie sich über das zugerichtete Gesicht der jungen Frau wunderten, doch keine von ihnen sagte etwas dazu. Vielmehr erklärten sie sich sogleich bereit, Marlein alles zu zeigen, und boten ihr freundlich an, dass sie sich jederzeit an sie wenden könne, sollte sie eine Frage haben oder nicht genau wissen, wie sie zu arbeiten habe. Elisabeth warf den beiden einen dankbaren Blick zu, dass sie sich Marleins so bereitwillig annahmen.

Noch immer haderte sie mit sich, ob sie zum Stadtvogt gehen und Meldung machen sollte. Einerseits fand sie, dass er die vielen Verletzungen so bald wie möglich zu sehen bekommen sollte, um sich einen Eindruck davon verschaffen zu können, wie schrecklich mit der jungen Frau umgegangen worden war. Denn nur so wäre es möglich, dass die, die ihr dies angetan hatten, und ebenso der Wirt, der es zugelassen hatte, dafür bestraft würden. Andererseits wollte sie es Marlein nicht zumuten, alsbald mit dem, was hierdurch losgetreten würde, konfrontiert zu werden, wirkte sie doch so furchtbar zerbrechlich, dass es womöglich besser war, sie erst einmal zur Ruhe kommen zu lassen.

So fasste Elisabeth den Entschluss, Esther hierzu zu befragen. Die Freundin war um einiges erfahrener als sie selbst und wusste eher, wie man sich in einer solchen Situation verhalten musste.

Ganz abgesehen davon war Wyland, Esthers Ehemann, ein angesehener Patrizier und Mitglied im Kölner Rat. Zwar war er noch immer auf Handelsreise, doch würde man seinem Eheweib gewiss zuhören, sollte es dazu kommen, dass die Verbrechen, die an Marlein begangen worden waren, zur Anzeige gebracht würden. Ob Marlein dies jedoch überhaupt wollte, war fraglich. Bevor diese hierüber zu entscheiden hatte, wollte Elisabeth jedoch Esther befragen. Sollte ihre Freundin nämlich von einem Vorgehen gegen die Männer abraten, wollte Elisabeth gar nicht erst den Vorschlag gegenüber Marlein äußern.

Erst kurz bevor Elisabeth das Haus verlassen wollte, um zu Esther zu gehen, kam Brid ebenfalls zur Arbeit und ging direkt in die Nähstube. Sie schien bester Laune und sich keiner Schuld bewusst, obwohl sie nun schon zum wiederholten Male zu spät war.

Wie erstarrt blieb sie im Türrahmen stehen, als sie Marlein erblickte, und starrte diese unverhohlen an. »Wer ist das?«

Noch ehe Marlein oder eine der anderen antworten konnten, trat Elisabeth hinter sie. »Auf ein Wort«, sagte Elisabeth und gab Brid ein Zeichen, ihr in den Gesindetrakt zu folgen, damit niemand sonst hören konnte, was sie mit ihr zu besprechen hatte.

»Ja, Herrin?«, gab Brid von sich und sah Elisabeth direkt in die Augen.

»Ist dir bewusst, dass du stets die Letzte bist, die in der Näherei erscheint?«

Brid zuckte die Achseln. »Die reichen Damen werden ja nicht nackt gehen müssen, nur weil ein Kleid mal einen Tag später fertig wird.« Brid verdrehte die Augen.

»Wie bitte?« Elisabeth stemmte die Hände in die Hüften. »Was bildest du dir eigentlich ein?«

»Schon gut. Ich werde künftig früher kommen.«

»Nein«, sagte Elisabeth, »es ist überhaupt nichts gut. Ich habe dir diese Anstellung gegeben, weil dein Vater mich darum gebeten hat. Doch so geht es nicht mehr weiter.«

»Wenn er endlich einen Mann für mich finden würde, bräuchte ich mir nicht die Finger wund zu nähen.«

»Sag mal, ist das wirklich dein Ernst? Du bist dermaßen undankbar. Und wenn dein Vater nicht ein guter Bekannter meines Ehemannes wäre, würde ich dich auf der Stelle nach Hause schicken.«

»Macht nur«, gab Brid schnippisch zurück. »Mir ist es einerlei. Irgendjemand wird schon für mich sorgen.«

Elisabeth schüttelte fassungslos den Kopf über das Lehrmädchen. »Ich verstehe Frauen wie dich nicht«, stellte sie fest. »Deine Eltern haben dir alle Möglichkeiten mit auf den Weg gegeben, um dich zu beweisen, bevor du in die Ehe gegeben wirst. Doch du scheinst hiervon nichts wissen zu wollen.«

Nun war es Brid, die ihre Hände in die Hüften stemmte. »Ihr meint, weil nicht jede so sein will wie Ihr?«

Elisabeth atmete tief durch. »Du lässt mir keine Wahl. Ich werde mich an deinen Vater wenden müssen.«

»Nur zu. Bedeutet das, dass ich dann heute nicht zu arbeiten habe?«

Elisabeth machte einen Schritt vor. »Das geht zu weit. Du stehst in meinem Dienst und schuldest mir Gehorsam, vergiss das nicht.«

»Pah!«, machte Brid. »Ihr seid nur eine Frau, genau wie ich. Gehorsam schulde ich einem Mann und sonst niemandem. So war es schon immer. Und nur weil Ihr Euch nicht damit abfinden könnt und Euren Gatten der Lächerlichkeit preisgebt, indem Ihr alles selbst zu regeln versucht, ändert das nicht das Geringste.«

»Hinaus, bevor ich mich vergesse!« Elisabeth hob den Arm und zeigte in Richtung Tür. Sie hatte Mühe, nicht die Fassung zu verlieren. Am liebsten hätte sie Brid für diese Unverschämtheit ins Gesicht geschlagen.

»Ganz wie Ihr wollt. Aber Ihr schuldet mir noch den Lohn für die letzten zwei Tage.«

Elisabeth machte noch einen Schritt auf sie zu. »Deinen Lohn«, sie tippte Brid gegen die Brust, »werde ich deinem Vater bezahlen. Schließlich ist er dein Herr.«

»Es ist mein Geld«, protestierte Brid nun.

»Aber du bist nur eine Frau«, erwiderte Elisabeth mit einem breiten Grinsen. »Und so einem dummen kleinen Frauchen wie dir sollte ich doch lieber nicht das Geld anvertrauen, sondern besser deinem Herrn, nicht wahr?« Sie lächelte böse. »Und nun mach, dass du rauskommst!«

Brid zögerte kurz.

»Hinaus! Oder soll ich erst Ottokar holen, damit er dich auf die Gasse wirft?«

Brid stieß einen gar lästerlichen Fluch aus, dann machte sie kehrt, verließ das Haus und ließ die Tür krachend ins Schloss fallen.

»Was war das denn?« Ennlin war aus dem Nähzimmer herausgeeilt, und nur einen Moment später kam auch Ottokar, der im Kontor die Stoffe gestapelt hatte, herbeigelaufen.

»Herrin? Ist alles in Ordnung? Was war das für ein Lärm?«

»Brid«, sagte Elisabeth nur. »Und auch wenn ich es sonst nicht tun würde, werde ich doch jetzt direkt zu ihrem Vater Sigmund gehen und mit ihm sprechen.«

»Was hat sie getan?«

»Sie hat mir deutlich gemacht, dass sie nicht bereit ist, im Dienste einer Frau zu stehen und dieser Gehorsam zu leisten. Nun denn, soll sie eben das Leben führen, das sie will. Ich habe genug für sie getan.«

»Fast möchte ich dem Herrn, unserem Gott, danken, dass er dir die Weisheit zu dieser Entscheidung gegeben hat. Es war längst überfällig«, befand Ennlin.

»Du hast mir nie gesagt, dass du so denkst.«

»Weil ich wollte, dass du selbst darauf kommst. Es wäre nicht gut für dich, wenn ich mich einmische.«

Elisabeth warf ihrer Mutter einen liebevollen Blick zu. Erst jetzt bemerkte sie, dass Marlein am Türrahmen zur Nähstube stand und ängstlich verfolgte, was sich auf dem Flur tat. »Es gibt keinen Grund zur Sorge«, versuchte Elisabeth die Jüngere zu beruhigen.

Kurz blickte Marlein noch ängstlich drein, dann nickte sie und ging zurück in die Nähstube.

»Bitte, kümmere dich um sie«, bat Elisabeth ihre Mutter. »Sie hat so viel Schreckliches durchmachen müssen. Ich erzähle es dir am Abend in Ruhe.«

»Ich glaube nicht, dass ich alles wissen möchte«, erwiderte Ennlin. »Ihr Anblick und ihre Verängstigung reichen mir, um ahnen zu können, was geschehen ist. Es ist gut, dass sie nun eine starke Frau wie dich an ihrer Seite hat, die gewiss klug genug ist, die Sache nicht auf sich beruhen zu lassen.«

Elisabeth zögerte, gab der Mutter dann ein Zeichen, dass sie weiter vorkommen sollte, was Ennlin auch tat. »Wie meinst du das?«

»Nun, als du dich eben vor deinem Zusammenstoß mit Brid bereit gemacht hast, das Haus zu verlassen, wolltest du dich da nicht auf den direkten Weg zum Stadtvogt machen?«

»Nein, tatsächlich wollte ich zu Esther, um ihren Rat zu erbitten. Ich dachte nicht, dass du … Nun ja, ich möchte dich nicht verletzen, Mutter, doch ich dachte nicht, dass du auch nur in Erwägung ziehen würdest, ein solches Verbrechen zu melden.«

Ennlin blickte Elisabeth einen Moment lang nachdenklich an. »Du weißt nicht alles von mir, meine Elisabeth. Und es gab auch eine Zeit, bevor du und dein Bruder auf die Welt kamt.« Sie machte eine wegwerfende Handbewegung. »Aber, ach, das ist alles lange her. Doch wenn du nicht nur Marlein, sondern allen Frauen einen Gefallen tun willst, dann sei stark und folge deinem Herzen. Wir brauchen eine kluge und starke Stimme wie deine, die sich nicht durch einen polternden Kerl einschüchtern lässt.«

Elisabeth hätte überraschter nicht sein können. Viele Fragen kamen ihr augenblicklich in den Kopf, doch sie wagte nicht, sie zu stellen. Was hatte ihre Mutter ihr damit sagen wollen? War sie womöglich ebenfalls eine Frau, der Derartiges angetan worden war? Sie wagte nicht, den Gedanken zu Ende zu bringen. Zu groß war die Furcht, dass er wahr sein könnte.

Also verabschiedete sie sich von ihrer Mutter und ging schließlich hinaus. Doch das, was sie gehört hatte, schnürte ihr die Kehle zu.

5. Kapitel

Der Besuch bei Sigmund, Brids Vater, war kurz ausgefallen. Und er war längst nicht so unangenehm, wie sie es sich gedacht hatte. Elisabeth hatte Vorwürfe vom Freund ihres Mannes erwartet oder zumindest die Forderung, Brid wieder in ihren Dienst zu nehmen. Doch Sigmund wirkte eher resigniert, ja fast schon ermattet, als er von Elisabeth erfuhr, wie seine Tochter sich aufgeführt hatte. Vor allem aber wirkte er keinesfalls überrascht.

Am Ende hatte sie ihm die Groschen, die sie Brid noch für ihre Dienste schuldete, in die Hand gezählt. Fast hoffte sie, dass er seiner Tochter ordentlich Bescheid geben würde, doch etwas an seiner Art verriet ihr, dass dies nicht geschehen würde. Also hatte sie ihm einen guten Tag gewünscht, war gegangen und hatte sich auf direktem Wege zum Haus von Esther begeben, um ihr von Marlein zu erzählen.

Die ganze Zeit wollten ihr die Worte ihrer Mutter nicht mehr aus dem Kopf gehen. Was könnte sie mit ihren Andeutungen gemeint haben? Was war ihr widerfahren, wovon Elisabeth nicht die geringste Ahnung hatte? Und stand dies womöglich in Zusammenhang mit der Jahre andauernden Trägheit und Trauer, ihrer Melancholie? Hatte Elisabeth ihr unrecht getan, weil sie geglaubt hatte, dass ihre Mutter nur stark genug gegen die dunklen Dämonen ankämpfen müsste, um wieder die Sonne des Tages und nicht nur die Dunkelheit zu sehen, und hierbei gar nicht wahrgenommen, dass etwas viel Schlimmeres dahintersteckte?

Fast fühlte sie sich schuldig, über lange Zeit so streng und unnachgiebig gewesen zu sein und die Mutter zum Aufstehen gedrängt, ja fast schon gezwungen zu haben, obwohl diese sich kraftlos und schlecht gefühlt hatte. Doch letztendlich, so versuchte sie sich zu beruhigen, hatte Ennlin ihr einige Male gesagt, wie froh sie sei, dass Elisabeth sich durchgesetzt und so unnachgiebig gezeigt hatte. Denn erst spät hatte Ennlin für sich erkannt, dass all die Kräuter, der viele Schlaf und die Ruhe, die sie sich gegönnt hatte, nichts, aber auch rein gar nichts genützt hatten. Erst mit der Arbeit, die Elisabeth ihr täglich gegeben hatte, war die Wendung gekommen, und seitdem fühlte sie sich zumindest wieder dem Leben näher als dem Tod, was über viele Jahre genau andersherum gewesen war.

Elisabeth stieg die Stufen zu Wylands Stadthaus hinauf und klopfte. Es dauerte nicht lange, bis Herrmann, Esthers Wachmann, die Tür öffnete. »Gott zum Gruße, Tuchhändlerin.«

»Der Segen des Herrn mit dir, Herrmann. Ist deine Herrin zu sprechen?«

»Für Euch gewiss. Bitte, tretet doch ein. Ich werde sogleich melden, dass Ihr gekommen seid.«

»Danke.« Elisabeth trat in den geräumigen Korridor und betrachtete kurz die silbernen Kerzenhalter an den Wänden, die mit einer speziellen Vorrichtung dort angebracht waren. Der Einrichtung war anzusehen, wie teuer alles gewesen sein musste. Vor allem aber sprach aus dem Gesamtbild der gute Geschmack Esthers, die jedes einzelne Einrichtungsstück, wie sie Elisabeth einmal erzählt hatte, selbst auf den Märkten zusammengetragen oder hatte anfertigen lassen.

»Elisabeth, welche Freude!« Esther kam aus dem Esszimmer heraus und ging auf Elisabeth zu. »Ich hatte nicht mit einem so baldigen Wiedersehen gerechnet. Umso größer ist die Freude.«

»Leider ist der Grund meines Besuches überaus ernst«, gab Elisabeth mit einem Seufzen von sich.

»Ist etwas geschehen? Mit deiner Mutter? Oder Adelhaid?«

»Nein, nichts dergleichen. Können wir ungestört miteinander sprechen?«

»Aber gewiss, komm herein. Ich lasse uns auftragen.«

Elisabeth hob abwehrend die Hand. »Nein, danke. Ich möchte weder etwas essen noch trinken.«

»Nun gut, wie du wünschst.« Esther war anzusehen, dass Elisabeths Auftreten ihr Sorge bereitete. »Komm hier herein und setz dich.«

»Danke.«

Esther schloss die Tür hinter sich, nachdem Elisabeth ins Esszimmer getreten war. Nur einen Moment später klopfte es, sodass Esther noch immer an der Tür stand und diese sogleich öffnete.

»Gott zum Gruße, Tuchhändlerin«, sagte Agathe, die Haushälterin. »Der Herrmann sagte, dass Ihr zu Besuch seid. Kann ich auftragen?«

Elisabeth gab den Gruß zurück, schüttelte aber bereits hierbei den Kopf.

»Danke, Agathe, doch wir brauchen nichts«, antwortete Esther, worauf die Haushälterin nickte und sogleich kehrtmachte. Esther schloss abermals die Tür, dann nahmen die beiden Frauen Platz. »Ich bin beunruhigt«, begann Esther sogleich. »Was ist geschehen?«

»Gestern Abend hat Ottokar, nachdem er dich nach Hause gebracht hat, eine junge Frau gefunden.« Elisabeth wiegte den Kopf. »Wobei *gefunden* nicht ganz richtig ist.« Sie erklärte Esther, was sich zugetragen hatte und dass Marlein über Nacht bei ihr untergekommen sei. Erst am Morgen habe sie das Ausmaß der Verletzungen erkannt, worauf Marlein ihr berichtet habe, was geschehen war. »Sie müssen wie die Tiere über sie hergefallen sein, und das wieder und wieder«, endete sie. »Und der Wirt hat es gewusst und nichts getan.«

Esther legte bestürzt die Hand auf ihre Brust und drückte ihren Rücken gegen die Stuhllehne. Sämtliche Farbe war aus ihrem Gesicht gewichen. Langsam schüttelte sie den Kopf. »Auch wenn ich schon vieles gehört habe, entsetzt es mich doch immer wieder, wozu Menschen fähig sind.«

»Mir geht es genauso«, pflichtete Elisabeth ihr bei. »Es ist einfach widerlich.«

Einen Moment sagte keine der Frauen etwas. Zu betroffen waren sie über das, was Marlein widerfahren war.

»Und sie ist gerade mal vierzehn Jahre alt, sagst du?«, vergewisserte sich Esther.

»Ja. Und das auch erst seit Kurzem. Sie war dreizehn, als sie diesen ekelhaften Kerlen in die Hände fiel.«

Esther schloss für einen kurzen Moment die Augen. »Und jetzt bist du gekommen, um mich zu fragen, wie du dich verhalten sollst?«

»Ebendeshalb. Soll ich dem Stadtvogt Meldung machen oder die Sache auf sich beruhen lassen, um Marleins willen?«

»Hast du sie schon gefragt?«

Elisabeth schüttelte den Kopf. »Nein, ich wollte erst mit dir sprechen. Wenn du mir abrätst, es auch nur vorzuschlagen, dann sage ich besser nichts. Du bist erfahrener als ich. Kannst du dich an Fälle erinnern, die beim Stadtvogt zur Anzeige kamen und bei denen die Männer bestraft wurden?«

»In der Tat, eine Handvoll mögen es gewesen sein. Doch wenn ich mich recht erinnere, waren es allesamt verheiratete Frauen, die ihre eigenen Männer anzeigten, und auch nur hochgestellte Persönlichkeiten. Fast könnte man meinen, dass die reichen Männer noch grausamer sind als die armen. In zwei Fällen waren es die Väter der Frauen, die zur Anzeige brachten, dass die Ehemänner mit dem gewalttätigen Vorgehen gegen ihre Töchter den geschlossenen Vertrag gebrochen hätten, sodass sie die Rückzahlung der Mitgift forderten.«

»Solche Kerle behandeln ihr Vieh besser als ihre eigenen Frauen«, urteilte Elisabeth, worauf Esther zustimmend nickte.

»Was wirst du jetzt tun?«

»Ich weiß es nicht. Als Erstes werde ich nach Hause zurückkehren und noch einmal mit Marlein sprechen. Sollte sie die Taten beim Stadtvogt zur Anzeige bringen wollen, werde ich mit ihr dorthin gehen und ihr Unterstützung leisten. Und wenn nicht«, sie zuckte die Achseln, »werde ich einfach für sie da sein und ihr helfen, wieder ins Leben zu finden.«

Die beiden Frauen erhoben sich. Esther machte einen Schritt auf Elisabeth zu und umarmte sie. »Du bist ein guter Mensch, Elisabeth Auerberg.« Sie löste die Umarmung und fasste Elisabeths Schultern, sodass sie dicht vor ihr stand und ihr in die Augen sah. »Höre nie auf, die Kraft, die in dir steckt, für andere zu nutzen! Das ist der Weg, der dir vorbestimmt ist.«

»Manchmal frage ich mich, ob ich wirklich so stark bin, wie viele zu denken glauben.«

»Stärker«, befand Esther und gab Elisabeth einen Kuss auf die Stirn. »All die Kraft, die Marlein jetzt so dringend braucht, ist in dir.«

Elisabeth lächelte. Es war ein Gefühl, als hätte sie soeben ein Geschenk erhalten. »Ich danke dir.«

Die Frauen verließen das Esszimmer, und Esther begleitete Elisabeth noch zur Tür. Dann verließ die Tuchhändlerin das Haus und machte sich auf den Rückweg über den gut besuchten Marktplatz, wo eifrig Handel getrieben wurde und die Menschen miteinander feilschten, lachten und plauderten. Elisabeth sah sich kurz um. Sie liebte diesen Ort, und sie liebte

Köln und die Menschen, die hier lebten. Nur ein paar wenige, die andere so entsetzlich quälten und schlecht behandelten, die hätte sie am liebsten aus dieser Stadt vertrieben und mit dem Besen hinter ihnen aufgekehrt.

»Elisabeth!«

Sie erschrak fast ein wenig, weil sie so in Gedanken versunken gewesen war, dass sie Helene, ihre Schwiegermutter, gar nicht wahrgenommen hatte. »Helene, Gott mit dir.« Elisabeth war stehen geblieben und beugte sich nun zu Helene vor, um ihr einen zarten Kuss auf die Wange zu hauchen.

Helene hatte sich nie besonders für Elisabeth erwärmen können, was diese auch sehr genau wusste. Es war eben so, dass Rafaels Mutter gern eine andere Frau an der Seite ihres Sohnes gesehen hätte. Und die Hochzeit mit Annemarie Regenbrecht, Tochter einer angesehenen und sehr vermögenden Patrizierfamilie, war schließlich bereits vollends vorbereitet gewesen. Hätte die Familie Regenbrecht nicht kurz vor der Heirat erfahren, dass die vormals vermögenden Auerbergs in finanzielle Schieflage geraten waren, ja fast vor dem Bankrott standen, hätte einer Eheschließung nichts mehr im Wege gestanden. Und im Gegensatz zu Rafael hatte sich Annemarie auf die Hochzeit mit ihm gefreut. Dass es am Ende anders kam, war sowohl für Rafael als auch Elisabeth ein Glück gewesen, liebten die beiden sich doch schon seit Jahren. Und mit der Mitgift, die Elisabeth aus ihren eigenen Mitteln eingebracht hatte, konnte das Haus der Auerbergs gehalten werden und Helene deshalb darin wohnen bleiben.

Rafael hatte gemeinsam mit seinem Bruder Alexander alle Hände voll zu tun gehabt, das Salzhandelsgeschäft wieder zum Laufen zu bringen, insbesondere nach dem Freitod des Vaters, von dem die meisten jedoch dachten, dass er eingeschlafen und nicht wieder aufgewacht war. Doch irgendwie, das spürte Elisabeth noch heute, nahm Helene es ihr persönlich übel, wie alles gekommen war. Dabei hatte Elisabeth nun wirklich nicht den geringsten Anteil an den geschäftlichen Misserfolgen der Auerbergs gehabt, wenngleich sie sich zweifelsohne gefreut hatte, dass die Hochzeit mit der Tochter der Regenbrechts aus diesem Grunde nicht zustande gekommen war.

»Der Segen des Herrn mit dir, mein Kind.« Helene betrachtete sie. »Fast dachte ich, du wolltest mich nicht sehen.«

»Aber nein, entschuldige bitte«, sagte Elisabeth, »ich war nur so in Gedanken.«

»Hast du eine Botschaft von Rafael erhalten?«, fragte Helene.

»Nein.« Elisabeth schüttelte den Kopf. »Ich hoffe jeden Tag darauf oder, besser noch, dass er heimkommt.«

»Ja, ich ebenso.« Helene war die Sorge ins Gesicht geschrieben. »Alexander und ihm wird doch nichts geschehen sein?«

»Aber nein, sorge dich nicht.« Elisabeth bemühte sich um ein Lächeln. »Gewiss verzögert sich ihre Heimkehr nur, weil sie so erfolgreiche Geschäfte abgeschlossen haben und deshalb noch weiter gereist sind, als sie es ursprünglich geplant hatten.« Elisabeth wusste nicht, ob sie mit ihren Worten die Schwiegermutter oder vielmehr sich selbst beruhigen wollte.

»So wird es wohl sein«, gab Helene zurück.

»Geht es dir denn gut? Hast du alles oder benötigst du etwas?«

Helene hob die Augenbrauen. »Nun, gewiss wäre vieles für mich leichter, würden wir gemeinsam in einem Haus leben, wie es sich für eine Familie gehört.«

»Mein Haus steht dir immer offen, Helene. Das weißt du.«

»Ich meine natürlich das Haus der Familie Auerberg«, gab Helene entrüstet zurück.

Elisabeth war dieses ewig gleiche Thema so leid. »Sehr gern, wenn dort meine gesamten Stoffe lagern könnten und meine Näherinnen einen geeigneten Raum hätten. Ganz abgesehen von meinem Gesinde und meiner Mutter, die selbstverständlich nicht schlechter leben sollen als jetzt.«

»Die Auerbergs haben eigenes Gesinde, sodass deines nicht vonnöten wäre. Und eine Kammer für deine Mutter würde sich ebenfalls finden lassen.«

»Martha und Ottokar waren stets treu an meiner Seite. Ich betrachte sie als Teil meiner Familie, auch wenn sie nur Haushälterin und Wachmann sind.«

»Ottokar ist ein einfacher Knecht, das weißt du sehr genau. Nur weil du ihn Wachmann nennst, gibt es keinen Grund, ihn auch so anzusehen. Und deine Näherei und dein Tuchhandel wären nicht vonnöten, wenn du, wie es sich für eine Ehefrau ziemt, deinen Mann in seinen Geschäften unterstützen würdest.«

Elisabeth seufzte. Was für ein lächerlicher Vorstoß, verdiente sie doch mit ihrem Tuchhandel und der Näherei ein Vielfaches von dem, was Rafael und Alexander mit dem Salzhandel einnahmen. Doch sie wusste, dass es sinnlos wäre, hierüber mit ihrer Schwiegermutter zu reden. »Ich möchte hier wirklich nicht weiter mit dir darüber sprechen, Helene.«

Sie betrachtete ihre Schwiegermutter, der man noch immer ansah, dass sie einmal eine schöne Frau gewesen war. Doch die Sorgen hatten ihr über die Jahre tiefe Falten ins Gesicht gegraben, und erst recht nach dem Tode ihres Mannes war sie nicht mehr die Frau, die sie einst gewesen war, was Elisabeth ihr nicht verdenken konnte. Jedoch war sich Elisabeth nicht sicher, ob es hierbei um die Liebe ging, die Helene für ihren Mann empfunden hatte, oder darum, dass sie nunmehr Witwe war und damit das Ansehen verloren hatte, eine der hochgestellten Damen an der Seite eines reichen Mannes zu sein, die Gesellschaften zu geben vermochte. All das, was sie früher dargestellt hatte, schien ihr schrecklich zu fehlen, und Elisabeth hatte stets das Gefühl, dass Helene ihr eine Mitschuld hierfür gab. Eine echte

Verbundenheit würde sich zwischen ihnen in diesem Leben wohl nicht mehr einstellen.

Helene sah sie mit strengem Gesichtsausdruck an. Offenbar suchte sie nach Worten.

»Ich habe noch viel zu tun«, kam Elisabeth ihr zuvor. »Gottes Segen, Helene. Sobald mich eine Botschaft von Rafael erreicht, werde ich dir Mitteilung machen.«

»Nun denn, gehab dich wohl«, gab Helene schnippisch zurück, raffte ihre Röcke und ging davon.

Elisabeth sah ihr kurz nach, dann ging sie weiter in Richtung ihres eigenen Hauses. Ottokar stand davor und sprach mit einem Burschen, den Elisabeth nicht älter als fünfzehn oder sechzehn Jahre schätzte. Als Ottokar sie näher kommen sah, unterbrach er das Gespräch und nickte ihr zu.

»Ah, Herrin, wie gut, dass Ihr wieder da seid! Das ist Cuno, der junge Kerl, von dem ich Euch erzählte. Er stand im Dienste des Fassschlägers, bis dieser verstarb. Nun könnte er bei uns als Knecht arbeiten.«

Elisabeth blieb bei den beiden stehen und nickte Cuno zu. »Gottes Segen mit dir, Cuno.« Sie betrachtete ihn. Kräftig sah er nicht gerade aus. »Die Tuchballen, die du zu tragen hättest, sind schwer. Denkst du, dass du die Arbeit wirklich schaffen kannst?«

»Auch wenn man es mir nicht ansieht, Herrin, kann ich schwer heben und viel arbeiten. Ich würde Euch nicht enttäuschen, dessen könnt Ihr gewiss sein.«

»Ich habe gesehen, wie viel er tragen kann«, setzte Ottokar sich für Cuno ein. »Und er ist tüchtig und hat das Herz auf dem rechten Fleck. Er könnte mir eine große Hilfe sein.«

Elisabeth lächelte darüber, wie ihr treuer Wachmann, der tatsächlich alle Arbeiten rund um das Haus für sie erledigte, sich für den Burschen einsetzte.

»Er untersteht dir, Ottokar«, entschied Elisabeth. »Du bist für ihn verantwortlich und stehst für ihn ein.«

»Ja, Herrin.«

»Nun gut, dann soll es so sein. Er darf sich eine freie Kammer im Gesindetrakt aussuchen.«

»Danke, Herrin, danke! Ich werde Euch nicht enttäuschen! Niemals!« Cuno verbeugte sich mehrere Male vor Elisabeth.

»Na dann, willkommen in meinem Haus«, sagte Elisabeth, nickte ihm noch einmal zu, stieg die Stufen hinauf und ging ins Haus. Als sie sich umdrehte und die Tür schloss, sah sie, wie Ottokar dem Jüngeren gutmütig die Hand auf die Schulter legte, was ihr ein Lächeln ins Gesicht trieb. Es war ein gutes Gefühl, anderen helfen zu können.

Sie ging sogleich in die Nähstube, in der Ennlin, Otilia, Ursel, Marlein und zu Elisabeths Überraschung auch Adelhaid saßen und während der Näharbeit miteinander plauderten.

»Ich bin zurück«, verkündete sie. Elisabeth und Ennlin tauschten einen Blick.

»Gott zum Gruße, Elisabeth«, sagte Adelhaid freundlich. »Bitte verzeih mein Fehlen am gestrigen Abend. Mir war nicht wohl, und ich fürchtete, euch nur die Gesellschaft zu verderben, hätte ich mich zu euch gesellt. Dabei hätte ich wirklich gern mit euch die Übertragung des Hauses gefeiert.«

Wieder einmal war es der Kräuterfrau gelungen, sie zu überraschen. Elisabeth war wahrlich nicht davon ausgegangen, dass sich Adelhaid noch an die Einladung erinnerte, geschweige denn den Grund hierfür. »Du hast gefehlt, doch ich hoffe, dass es dir nun wieder gut geht«, sagte Elisabeth.

»Aber ja. Womöglich hatte ich etwas Falsches gegessen. Doch heute in der Früh habe ich gleich gespürt, dass wieder alles in Ordnung ist«, erwiderte Adelhaid.

»Das freut mich, Adelhaid.« Elisabeth wandte den Blick. »Marlein, könnte ich dich wohl einen Moment sprechen?«

»Gewiss.« Der jungen Frau stand augenblicklich die Angst ins Gesicht geschrieben, und sie schien sich zu fragen, was Elisabeth von ihr wollen könnte.

»Ach, Mutter, wärst du wohl so freundlich, ebenfalls hinzuzukommen?«, bat Elisabeth.

Ennlins Gesicht erhellte sich. »Sehr gern, mein Kind.«

Marlein und Ennlin erhoben sich fast zeitgleich und folgten Elisabeth, die zum angrenzenden Esszimmer gegangen war und dort an der Tür wartete, bis die beiden hineingegangen waren. Dann schloss sie die Tür, und alle drei setzten sich.

»Marlein«, begann Elisabeth, »ich möchte dich fragen, ob du die Vergehen gegen dich zur Anzeige bringen möchtest.«

»Nein.« Marlein schüttelte heftig den Kopf und sah mit weit aufgerissenen Augen zwischen Elisabeth und Ennlin hin und her. »Auf keinen Fall.«

»Ich wollte es dir lediglich anbieten und dir versichern, dass ich …« Elisabeth sah zu Ennlin, »dass wir dir helfen würden, wenn du es tun möchtest.«

»Wir wären an deiner Seite«, pflichtete Ennlin bei.

Wieder schüttelte Marlein den Kopf. »Nein«, brachte sie abermals hervor, und sofort stiegen ihr Tränen in die Augen. Sie schluckte schwer. »Werft Ihr mich nun hinaus?«

»Aber nein, auf keinen Fall«, erwiderte Elisabeth eilig. »Davon kann überhaupt keine Rede sein.«

»Wir helfen dir, ganz gleich, wie du dich entscheidest.« Ennlin sah Marlein an. »Doch bitte ich dich, dir darüber bewusst zu werden, dass nur du verhindern kannst, dass sie das auch anderen Mädchen antun.«

Marlein schüttelte heftig den Kopf, sagte nichts.

»Wir wollen dich nicht drängen«, versicherte nun Elisabeth. »Doch was diese Männer getan haben, steht unter Strafe. Und es hat in Köln schon einige solcher Fälle gegeben, die zur Anzeige kamen und bei denen die Männer bestraft wurden, damit sie eine Lehre daraus zogen.«

Marlein schüttelte ununterbrochen den Kopf. »Wenn Ihr verlangt, dass ich gehe, gehe ich. Doch anzeigen werde ich sie nicht.«

Ennlin und Elisabeth tauschten einen Blick. »Dann ist es entschieden«, stellte Elisabeth fest. »Wir wollten es dir anbieten, doch drängen werden wir dich nicht. Es ist deine Entscheidung.«

Marlein senkte den Blick. »Wie lange, denkt Ihr, kann ich hierbleiben?«

»Hier bei uns?«, hakte Elisabeth nach.

»Ja.«

»Nun, wenn du dich im Nähen als geschickt erweist, gibt es überhaupt keinen Grund, weshalb du nicht bleiben könntest, solange du willst. Ich brauche dringend Näherinnen, und das nicht erst seit gestern.«

»Ich werde alles tun, damit ich bleiben kann.«

»Dann sorge dich nicht weiter. Deine Wunden werden heilen, und du wirst hier ein sicheres Heim haben. Alles andere wird sich finden.«

»Danke.« Marlein ließ den Blick gesenkt, und einige Tränen tropften auf die Tischplatte.

Elisabeth sah zu Ennlin, glaubte, dass die Mutter etwas sagen wollte. Doch deren Lippen blieben geschlossen.

»Nun gut.« Elisabeth stand auf, was die anderen beiden ihr gleichtaten. »Dann gehen wir wieder an die Arbeit und machen die schönen Kölner Damen noch ein bisschen schöner.« Das Lächeln ihrer Lippen erreichte ihre Augen nicht.

Elisabeth öffnete die Tür und ließ die anderen beiden hindurchtreten. Marlein wischte mit dem Handrücken die Tränen weg, und die drei kehrten ins Nähzimmer zurück. Kurz darauf kam auch Martha, die mit ihrer Arbeit im Haus fertig war und nun ihren Platz einnahm, um ihrerseits die Nähereien voranzutreiben.

Gemeinsam arbeiteten sie bis zum frühen Nachmittag, aßen dann zusammen und machten anschließend weiter. Sie wollten gerade die Talgleuchten entzünden, als es kräftig an der Tür klopfte.

Ottokar ging sogleich und öffnete, und nur kurz darauf waren laute Stimmen zu vernehmen. Die Tür wurde zugeschlagen, und im nächsten Moment erschien Ottokar im Nähzimmer. »Könntet Ihr wohl kurz herkommen, Herrin?«

»Gewiss.« Elisabeth erhob sich von ihrem Stuhl. »Was ist denn geschehen?«

»Da ist ein Kerl, der Euch zu sprechen wünscht. Ich habe die Tür wieder geschlossen, weil er keinen besonderen Eindruck auf mich macht.«

»Du hast ihn nicht hereingebeten?« Elisabeth war überrascht, zeigte sich Ottokar doch sonst stets als überaus höflicher Mann.

»Nein.« Ottokar schüttelte den Kopf. »So einen nicht.«

Elisabeth ging zur Tür und öffnete. Vor ihr stand ein grobschlächtiger Kerl mit dickem Bauch und roten Wangen. Der Schnaps schien ihm aus allen Poren zu kommen.

»Seid Ihr die Tuchhändlerin?«, fragte der Kerl, ohne zunächst eine angemessene Begrüßung auszusprechen.

»Die bin ich. Was wollt Ihr?«, gab Elisabeth ebenso grob zurück.

»Ihr sollt etwas haben, was mir gehört.«

»Ich weiß nicht, wovon Ihr sprecht. Drückt Euch klarer aus.«

»Eine meiner Huren soll bei Euch untergekommen sein. Stimmt das?« Er bleckte die Zähne. »Dann gebt sie heraus!« Er machte einen Schritt auf sie zu.

»Das ist nah genug«, befand Ottokar, der an Elisabeths Seite getreten war und dem anderen nun den Arm entgegenstreckte, damit dieser sich nicht noch weiter nähern konnte. Tatsächlich trat er hierauf wieder einen Schritt zurück.

Elisabeths Gesichtsausdruck verhärtete sich. »Wer seid Ihr überhaupt?«, fragte sie, noch nicht sicher, wie sie sich verhalten sollte. Natürlich wusste sie nur zu genau, wen sie da vor sich hatte. Doch wusste sie nicht um ihre Pflichten. War es möglich, dass er tatsächlich verlangen konnte, dass sie ihm Marlein übergab?

»Ich bin Eberhart, der Wirt vom ›Roten Eber‹«, vermeldete er.

»Und?«

»Und was?«

»Und was wollt Ihr?«

»Das hab ich doch schon gesagt. Ich will meine Hure zurück.«

»Sagtet Ihr nicht soeben, dass Ihr Wirt seid?«

»Ja, wieso?«

»Also betreibt Ihr nun ein Hurenhaus oder eine Schänke?«

»Eine Schänke!« Ihm war anzusehen, dass die Wut sich ihren Weg an die Oberfläche bahnte.

»Weshalb fragt Ihr mich dann nach einer Eurer Huren, wenn Ihr doch ein Wirt seid und gar kein Hurenhaus betreibt?«

»Ich bin Wirt, aber sie arbeitet trotzdem bei mir.«

»Als Hure?«

»Genau.«

»Hm, habt Ihr eine Lizenz?«

»Eine Lizenz wofür?«

»Für ein Hurenhaus. Soweit ich weiß, benötigt man hierfür eine gesonderte Lizenz und muss höhere Abgaben leisten.« Elisabeth legte den Kopf schräg.

»Was soll das alles? Ist sie nun hier oder nicht?«

»Wer?«

»Meine Hure!«

»Welche Hure?«

Er ballte die Hand zur Faust.

Elisabeth sah Ottokar an. »Ich fürchte, er weiß selbst nicht, was er hier will«, befand sie dann. »Guter Mann, ich habe nicht den ganzen Tag Zeit. Ich kann Euch versichern, dass in meinem Hause nur genäht und Tuchhandel betrieben wird. Keinesfalls komme ich Euch also in die Quere, solltet Ihr nun Wirt oder Hurenhausbesitzer sein. Ich wünsche Euch noch einen guten Tag.« Damit machte sie kehrt und gab Ottokar ein Zeichen, dass er ebenfalls mitkommen sollte.

Ottokar machte Anstalten, die Tür zu schließen, doch der Wirt schob eilig einen Fuß in den Spalt.

»Ich will sie zurück, hört Ihr? Ich lasse mich nicht so abspeisen!«

»Ihr«, Elisabeth machte die Tür mit Schwung noch einmal weit auf und trat direkt auf den Wirt zu, »werdet jetzt von hier verschwinden – und zwar sogleich! Und wenn Ihr wirklich die Herausgabe irgendeiner Frau, die Ihr als Hure bezeichnet und die in Eurem Dienst stehen soll, fordern wollt, so kommt mit Eurer Lizenz und dem Stadtvogt wieder.«

»Das lasse ich mir nicht bieten!«, brüllte er. »Ich komme mit dem Stadtvogt wieder, und dann müsst Ihr sie rausgeben.«

»Na dann, gehabt Euch wohl derweil.« Elisabeth trat ihm so heftig auf den Fuß, dass er diesen augenblicklich zurückzog. Dann ließ sie blitzschnell die Tür ins Schloss fallen, und Ottokar schob geistesgegenwärtig den Riegel vor.

»Der wird wiederkommen«, sagte Ottokar dann leise zu Elisabeth.

»Ja«, sagte sie, »ich weiß.« Die Sorge war ihr tief ins Gesicht geschrieben. Erst jetzt bemerkte sie, dass die Frauen allesamt aus dem Nähzimmer herausgetreten waren und offenbar alles genau verfolgt hatten. Ennlin hatte ihren Arm um die Schultern von Marlein gelegt, die am ganzen Körper zitterte und herzergreifend schluchzte.

Elisabeth überlegte kurz, dann sah sie Ottokar an. »Was ist mit dem neuen Knecht, Cuno? Wo ist er?«

»Hinten beim Ochsen im Innenhof.«

»Hol ihn. Er muss, so rasch er kann, zum Stadtvogt laufen und noch vor dem Wirt dort ankommen. Der Vogt soll mindestens vier seiner Büttel mitbringen. Sag ihm, dass mir Gewalt angedroht wurde und er kommen soll. Er selbst, hörst du?«

»Ja, Herrin.« Ottokar rannte im Laufschritt davon.

»Ich sollte fortlaufen«, brachte Marlein zitternd und weinend heraus, »bevor er wiederkommt.«

»Nein«, sagte Elisabeth. »Das geht nun nicht mehr. Er würde dich finden.« Sie ging zu der Jüngeren hinüber. »Die Frage, ob du das Verbrechen zur Anzeige bringen willst, stellt sich nun nicht mehr. Jetzt musst du es tun, um unser aller Willen.«

Marlein gab einen wimmernden Laut von sich, dann sank sie weinend und schluchzend zu Boden. Ennlin bemühte sich, sie zu trösten, und auch die anderen Frauen sprachen ihr gut zu.

Nur Elisabeth blieb stehen und sah zur Tür. Sie würde stark sein müssen und durfte keine Furcht zeigen. Ein Kampf, den sie noch nie hatte austragen müssen, würde durch diese Tür hereinbrechen. Sie betete still zum Herrn, dass er ihr die nötige Kraft geben möge.

6. Kapitel

»Habe ich Euch nicht schon einmal gesehen?« Der Wirt blickte den Fremden direkt an.

Dieser schüttelte den Kopf. »Das denke ich nicht. An einen Prachtkerl wie Euch würde ich mich wahrlich erinnern.«

»Dauert es noch lange?«, fragte die Frau, die den Fremden begleitete. »Ich bin erschöpft und möchte mich gern ausruhen.«

»Aber nein.« Der Wirt händigte den Schlüssel aus. »Es ist die Kammer am Ende des Flurs.«

»Und es ist die beste, die Ihr habt?«

»Ja, Herr, die beste. Ich hoffe, dass sie Euren Ansprüchen genügen wird.«

»Vermutlich nicht, doch wir werden zurechtkommen.« Er wandte sich an seine Begleiterin. »Gehen wir hinauf, damit du dich ausruhen kannst.«

»Danke«, sagte sie, und die Erschöpfung, die in ihrer Stimme lag, war deutlich zu hören.

Der Wirt sah den beiden noch nach, als sie die Stufen zur Kammer hinaufstiegen. Sie hatten für eine Woche bezahlt und sich nicht lumpen lassen. Dafür, dass er dafür sorgen sollte, dass es ihnen an nichts fehlte, hatten sie dem Wirt einen ganzen Groschen mehr bezahlt, als fällig gewesen wäre. Doch irgendetwas an ihnen kam ihm eigenartig vor. Nicht nur, dass er sich fragte, in welchem Verhältnis die beiden zueinander stehen mochten. Die Frau war um einiges älter als der Mann, könnte vermutlich sogar seine Mutter sein. Doch wie Mutter und Sohn gaben sie sich nicht. Sie hatten sich mit dem Namen Wagner vorgestellt, wenngleich die Hände des Mannes nicht danach aussahen, als wäre er tatsächlich Wagenradbauer. Vielmehr sahen sie aus, als hätte er überhaupt nie in seinem Leben mit seinen Händen arbeiten müssen.

Seine Gäste hatten den oberen Treppenabsatz erreicht und verschwanden nun aus seinem Blickfeld, sodass er sich wieder seiner Arbeit zuwandte. Er überlegte noch immer, wo er den Mann schon einmal gesehen haben könnte. Nie vergaß er ein Gesicht, und er war sicher, diesen Mann zu kennen. Doch er konnte sich beim besten Willen nicht erinnern, woher. Wagner. Er ließ den Namen in seinem Kopf kreisen. Nein, mit einem Wagner brachte er das Gesicht nicht in Verbindung.

»Noch ein Bier! Und stell uns einen Schnaps dazu«, hörte er nun eine Stimme rufen und sah zu dem Gast hinüber, der zusammen mit einem anderen auf der Bank saß und sich mit diesem unterhielt.

»Kommt sogleich«, rief der Wirt zurück und widmete sich wieder seiner Arbeit. Ihm würde schon noch einfallen, wo er das Gesicht schon einmal gesehen hatte. Oder eben auch nicht. Im Grunde war es ja auch einerlei.

Stephen ließ das Bündel, das er mit sich führte, achtlos zu Boden fallen. Er war verwundert, denn er fand, dass er mit dem dunklen Vollbart völlig anders aussah als früher, ganz abgesehen davon, dass er sich seit drei Jahren nicht in Köln hatte blicken lassen und davon ausgegangen war, dass ihn niemand hier mehr kennen würde. Es beunruhigte ihn ein wenig, andererseits konnte er dem Wirt, selbst wenn dieser ihn ganz direkt darauf ansprechen sollte, ob er nicht Stephen Hardenstein sei, immer noch eine Lüge auftischen. Außerdem, so fand Stephen, bestand keine Gefahr, dass der Wirt auf direktem Wege zu Elisabeth gehen und dieser berichten würde, dass er glaubte, ihren Bruder in seinem Wirtshaus zu beherbergen. Weshalb sollte er das auch tun? Stephen schüttelte den Kopf. Nein, er durfte sich nur nicht selbst verrückt machen. Es würde schon alles gut gehen.

»Was hast du?«, fragte die Frau.

»Ich? Gar nichts.«

»Du hast eben den Kopf geschüttelt.«

»Ach ja? Das ist mir gar nicht aufgefallen.« Er reichte ihr die Hand. »Komm, leg dich ein wenig nieder und ruhe dich aus. Es war eine anstrengende Reise.«

»Kennst du den Wirt?«, fragte sie mit Argwohn in der Stimme.

»Ich? Aber nein, woher denn!«

»Nun, es schien ihm offenbar, als wärt ihr euch schon einmal begegnet.«

»Mein Gesicht ist wie das von vielen«, erklärte Stephen. »Womöglich wollte er sich auch nur einschmeicheln und so tun, als wären wir gute Bekannte.« Den Blick, den sie ihm zuwarf, konnte er nicht recht deuten.

»So wird es wohl sein«, sagte sie dann beiläufig. »Ich bin erschöpft und brauche ein wenig Ruhe. Leistest du mir Gesellschaft?« Sie setzte sich auf das Bett und klopfte mit der Hand auf den Platz neben sich.

»Ruh du dich nur aus. Ich werde gehen und mich ein wenig in Köln umsehen.«

Sie löste die Bänder ihres Kleides. »Das kannst du auch nachher noch. Ich möchte, dass du bleibst und dich um mich kümmerst.«

Wie sehr er es hasste, wenn sie so mit ihm sprach! Es klang wie eine Bitte, doch es war keine, und das ließ sie ihn spüren.

Es war eine Anordnung, das zu tun, was sie von ihm verlangte. Am liebsten hätte er ihr den Hals umgedreht und sie spüren lassen, wie sehr es ihn anwiderte, ihr zu Diensten sein zu müssen. Denn das und nichts anderes war es: ein Dienst, den er zu erbringen hatte. Aber gut, es musste eben sein, damit er bekam, was er wollte. Nicht mehr lange, dann könnte er das Geschäft abschließen und sie danach zum Teufel jagen. Doch hierzu brauchte er ihr Geld, und zwar alles.

Also zwang er sich ein Lächeln ab, öffnete die Hose, beugte sich zu ihr hinunter und küsste sie. »Also bist du doch nicht so erschöpft, wie ich dachte«, raunte er und drückte sie in die Kissen.

Bestimmt waren die jungen Dinger in Köln noch immer genauso hübsch wie früher. Er musste sich nur eines von ihnen in Erinnerung rufen, dann würde es schon gehen. Und später dann würde er sich einige Münzen greifen und in eine der Schänken gehen, in denen genau diese jungen Dinger schon auf ihn warteten. Der Gedanke daran ließ sein Glied steif werden. Ja, so war es gut. Damit würde er alles von ihr kriegen, was er wollte.

Er blieb noch ein wenig bei ihr, nachdem er fertig war, und hielt sie eine Weile in seinem Arm. Dann gab er ihr einen Kuss zum Abschied, stand auf, griff sich die nur knapp gefüllte Geldkatze, die sie ihm zugebilligt hatte, zog sich an und verließ die Kammer. Endlich raus aus dem Mief und Joch von Unterdrückung und verlangtem Gehorsam. Ein halbes Jahr ging das nun schon so. Und sein anfängliches Vorhaben, Dorothea Wagner dazu zu bringen, ihn zu ehelichen, sodass er das Sagen übernommen hätte, war an der Sturheit dieser alten Schachtel gescheitert. Womöglich hatte er sich die Sache zu einfach vorgestellt und nicht gedacht, dass sie so viel Verstand hatte, ihm nicht zu vertrauen. Sie teilten das Bett, und Dorothea hielt ihn mit Münzen bei Laune. Immer gerade so, dass es ihm an nichts fehlte und er als wohlhabender Kerl an ihrer Seite auftreten konnte, doch an das wirklich große Geld, das sie besaß und über das sie seit dem Tode ihres Mannes frei verfügen konnte, ließ sie ihn nicht heran.

Sie stammte aus reichem Hause und hatte zeitlebens nie arbeiten müssen. Ihr Vater hatte sie mit Ronald Wagner verheiratet, einem Wagenradbauer, der sein Geschäft selbst schon vom Vater übernommen hatte. So war Geld zu Geld gekommen und hieraus noch mehr Geld geworden. Dorothea hatte nach dem Tode ihres Vaters alles geerbt, und nur kurze Zeit danach war auch ihr Ehemann ums Leben gekommen. Das Geschäft ihres Mannes hatte sie mit großem Gewinn dem Zunftmeister übertragen und ihm sämtliche Rechte gegeben, damit zu tun, was er wollte. Und die Ländereien ihrer Eltern nebst mehreren Häusern, die nach dem Tode des Vaters, der die Mutter bereits um viele Jahre überlebt hatte, zu vererben waren, hatte sie ebenfalls erhalten und hierfür einen Verwalter eingesetzt, der sich um alles Geschäftliche kümmerte. Diese Frau hatte mehr Geld, als ein Mensch in drei Leben ausgeben konnte. Und Stephen hatte vor, sich jeden einzelnen Silberling hiervon unter den Nagel zu reißen. Es stimmte schon, was er ihr erzählt hatte. Er benötigte das Geld, das er sich von ihr leihen wollte, um in Köln ein ganz besonderes Geschäft abzuschließen. Nur kannte sie nicht die Hintergründe, die ihn hierzu bewogen.

Er eilte die Stufen hinab und verließ ohne ein Wort das Wirtshaus, wandte sich dann nach links, ließ die Schildergasse hinter sich und querte die Hohe Straße, die alte, in Nord-Süd-Richtung verlaufende Römerstraße, und ging kurz dahinter nach links in Richtung Norden auf die Grenze des Alter Markt zu. Er benutzte einige kleine namenlose Gässchen, um nicht zufällig alten Bekannten zu begegnen, und umging auch das

Rathaus. Vielmehr lief er weiter in Richtung Rhein und näherte sich dem Marktplatz schließlich von Osten.

Er sah sich nach allen Seiten um, verglich, was noch genau wie in seinen Erinnerungen war und was sich verändert hatte. Er kannte Köln wie seine Westentasche, war hier schon als kleiner Junge durch die Gassen gelaufen, hatte auch mal die einen oder anderen Tuche und Stoffe zu einem Kunden seines Vaters gebracht und dafür ein paar Pfennige bekommen. Wie er hier nun so entlangging, fragte er sich, ob es eine gute Zeit gewesen war. Denn schon immer, ja auch als Kind, hatte er das Gefühl gehabt, als verstünden die Leute ihn nicht. Sie lachten über andere Dinge, empörten sich über solches, das ihm nur allzu normal erschien. Diese Menschen mit ihren albernen Vorstellungen davon, was richtig und falsch war. Dieses Gefühl hatte Stephen schon immer gehabt. Ja, immer schon hatte er sich bevormundet gefühlt, stets hatte ihm jemand gesagt, was er tun, vor allem aber, was er lassen sollte. Doch er konnte und wollte das nicht hinnehmen. Nein, er hatte auf die Alten gespuckt, die ihn einen frechen Burschen schimpften, wenn er wieder einmal zu rasch irgendwo entlanggerannt kam und sie hierbei fast von den Beinen holte. Klapprige Greise, die dem Erdboden näher waren als der Atemluft. Er verachtete ihr jämmerliches, bald endendes Dasein. Genau genommen fand er alles erbärmlich und nicht lebenswert, was ihm schwächer schien als er.

Hier, in dieser Gasse, hatte er Dresche von dem Knochenhauer bekommen, weil er sich ein Vergnügen daraus gemacht hatte, dessen Hund in eines der Wasserfässer zu werfen, um ihm beim Ersaufen zuzusehen. Was hatte er gelacht und gefeixt, als der dumme Köter Wasser trat und seine Schnauze herausreckte, um nicht zu ertrinken! Der Knochenhauer kam nur einen Moment zu früh und holte den Köter wieder aus dem Fass. Fast hätte Stephen den Spaß bis zum Ende erleben können. Die Aufregung, die es hierum gegeben hatte, konnte er bis heute nicht verstehen. Es war doch nur ein dreckiger Köter. Wenn man nicht über sein Gejaule lachte, wozu war er dann überhaupt gut?

Ja, Stephen wusste, dass die Leute ihn nie verstanden hatten und er sie ebenso wenig. Es gab nicht viele, die er gemocht hatte, weil kaum jemand so dachte wie er selbst. Deshalb waren ihm die Gassen und Plätze zwar vertraut, doch ein Zuhause war ihm Köln im Grunde nie gewesen. Zu sehr waren die Leute hier darauf bedacht, dass es dem Nachbarn ebenso gut ging wie ihnen selbst, was in direktem Gegensatz zu Stephens Denkweise stand.

Er bog um die nächste Ecke und erreichte den Marktplatz. Ja, da war er mit all den Möglichkeiten, die er für Stephen bringen würde. Er zog den Hut ein wenig tiefer ins Gesicht, um zu vermeiden, dass ihn womöglich noch jemand erkannte. Sein Blick wanderte zu den Stoffbahnen hinauf, die hell und freundlich den Marktplatz überspannten. Diese kleine Hure und ihre verdammten Einfälle! Schon immer war sie so gewesen. Die schlaue Zwillingsschwester, die nur wenige Minuten vor ihm das Licht der Welt erblickt hatte. Fast müsste er sie bewundern wegen all ihrer Einfälle. Doch so weit würde er keinesfalls gehen. Vielmehr hatte er vor, was sich schon zu Kindheitstagen bewährt hatte: sich das, was sie tat, zunutze zu machen und für sich selbst Vorteile hieraus zu ziehen. Warum auch nicht? Sollte sie doch arbeiten und im Schweiße ihres Angesichts alles bereiten, auf dass er es dann dankbar annehmen könnte. Ihm sollte es nur recht sein. Sie glaubte ja schon immer, die Schlauere zu sein. Am Ende würde sich zeigen, wer von ihnen die Nase vorn haben würde.

Er schlenderte die Stände entlang, betrachtete in aller Ruhe die ausgelegten Waren. Die Sonne stand hoch am Himmel und es war angenehm, unter den Stoffbahnen gehen zu können, ohne dass die Wärme einem den Schweiß am Rücken herunterlaufen ließ.

Er staunte nicht schlecht über all das, was dieser Markt zu bieten hatte. Fast wäre er mit den Märkten in Florenz vergleichbar, wenn er auch gestehen musste, während seiner Zeit dort nicht allzu oft auf einen Markt gegangen zu sein. Eigentlich nur ganz am Anfang, als er gerade erst in der Stadt angekommen war. Später dann war es ihm wegen einiger nicht so gut gelaufener Würfelpartien nicht mehr möglich gewesen, sich am helllichten Tage zwischen all den Leuten zu bewegen. Ja, er gestand sich ein, dass hierfür die Schuld tatsächlich bei ihm lag. Er hätte durchschauen müssen, dass diese Kerle, mit denen er sich auf das eine oder andere Spiel eingelassen hatte, vermutlich unter einer Decke steckten und so dafür Sorge getragen hatten, dass er keinesfalls als Gewinner aus den Spielen hervorging. Und es war ebenso wenig klug gewesen, sich in einem unbeobachteten Moment das Geld, das als Einsatz gedient hatte, zu greifen und damit zu fliehen. Von diesem Tage an hatte er tatsächlich um sein Leben gefürchtet. Andererseits hatte er alles verloren und hätte nicht einmal mehr genug gehabt, um sich auch nur irgendwo einen Kanten Brot zu kaufen. Er befand sich also in einer ausweglosen Lage und hatte nichts mehr zu verlieren. Und sie waren schließlich die Betrüger gewesen, nicht er. Da konnte es nur recht sein, es ihnen mit gleicher Münze heimzuzahlen.

»Das sind die besten Bürsten, die Ihr bekommen könnt«, wurde er von einer betagten Frau angesprochen, deren Rücken so verkrümmt war, dass sie seitlich zu ihm hochsehen musste, um ihm ins Gesicht blicken zu können.

»Sehe ich aus wie einer, der Bürsten braucht?«, gab er barsch zurück, besann sich dann aber sofort. Nein, er hatte sich fest vorgenommen, freundlich und entgegenkommend zu sein. Sogleich veränderte sich sein Gesichtsausdruck. »Aber, nun ja, ansehen kann ich sie mir ja. Und womöglich habt Ihr ein schönes Stück für mein Weib.«

»Aber ja, der Herr, gewisslich doch.« Sie griff eine der Haarbürsten und hielt sie ihm entgegen. »Die Schweineborsten sind ganz weich. Genau das Richtige, wenn Euer Eheweib ihre Haare striegeln will.«

Stephen nahm die Bürste in die Hand. »Habt Ihr nicht eine, die ein bisschen aufwendiger gefertigt ist? Mein Weib ist sehr auf ihr Aussehen bedacht und darauf, nur schöne Dinge zu benutzen.«

Die Ständlerin ließ ihren Blick über die Auslagen wandern. »Ich habe nur das, was Ihr hier vor Euch seht.«

Stephen zuckte die Schultern und reichte der Frau die Bürste zurück. »Dann ist es nicht das Richtige für mich. Gute Geschäfte Euch und der Segen des Herrn.«

»Der Herr mit Euch, Fremder.«

Stephen nickte ihr zu und ging weiter. Ja, so war es viel besser. So würde es ihm gelingen, sich bei den Leuten einzuschmeicheln. Er brauchte nur ein bisschen Übung. Bei Dorothea war es ihm ja auch gelungen, sich so weit zusammenzunehmen, dass er sie hatte überzeugen können. Es würde gewiss von Begegnung zu Begegnung leichter werden.

An einem Stand mit Fellen blieb er stehen, betrachtete diese und ließ sich von dem Händler das eine oder andere Stück zeigen. Dann dankte er, kaufte nichts und ging weiter. So machte er es einige Male, und je mehr er mit den Leuten sprach, desto besser schien es ihm zu glücken, sie von seinem einnehmenden Wesen zu überzeugen. Und genau das würde er brauchen, wollte er das erreichen, was er sich nun schon seit Monaten überlegt hatte.

Er versuchte sich jeden Stand zu merken, zählte vor allem, wie viele es waren. An einigen gab es einfache Gewänder zu kaufen, längst nicht vergleichbar mit dem, was zu den Zeiten, da er es noch mitbekommen hatte, von Elisabeth geschneidert worden war. Ob sie womöglich nicht mehr nähte? Oder hatte sie keinen Stand auf dem Markt? Er trat an einen der Gewandstände heran und betrachtete die Auslagen.

Ein Mann und eine Frau standen dahinter, und nach einer Weile sagte der Mann: »Die Stoffe sind fest und taugen für die Hausarbeit. Wonach genau sucht Ihr, Fremder?«

»Nun«, gab Stephen zurück, »nichts für die Hausarbeit und das Gesinde. Ich bin fremd in der Stadt und möchte ein Kleid für mein Eheweib erwerben. Etwas Schönes liegt mir im Sinn.«

»Ich verstehe, was Ihr meint. Doch so was haben wir hier nicht.«

»Auf dem gesamten Markt nicht?«

»Nein«, brachte sich nun sein Weib ein. »Das, was Ihr sucht, nicht.«

»Eigenartig. Wir hörten, dass es in Köln ganz besonders schöne Kleider zu kaufen geben soll, prachtvolle Gewänder aus Seide und mit Perlen verziert.«

Das Ehepaar tauschte einen Blick. »Das ist schon richtig«, antwortete der Mann, und seine Frau ließ einen kleinen Seufzer vernehmen, »aber die gibt es nicht hier auf dem Markt. Zum Glück, müssen wir fast sagen, sonst wäre dort wohl ein einziger Andrang. Die Frau, die Ihr sucht, hat ihr Haus in der Mühlengasse.«

»Gibt es denn nur eine einzige Näherin in ganz Köln?«, fragte Stephen und schüttelte ungläubig den Kopf.

»Nein, das nicht. Es gibt noch andere. Doch wenn Ihr so besondere Kleider kaufen wollt, von denen Euch erzählt wurde, dann meint Ihr sie, glaubt mir. Sie ist weit über die Stadtmauern Kölns für die schönsten und prachtvollsten Gewänder bekannt.«

»Und wie heißt sie?«

»Das ist die Tuchhändlerin Hardenstein«, antwortete der Ständler.

»Sie heißt Auerberg, nicht Hardenstein«, mischte sich seine Frau ein.

»Aber alle nennen sie noch immer Hardenstein, weil ihr Vater so hieß«, erklärte der Mann.

»Dennoch stimmt es nicht«, beharrte die Frau.

»Und die finde ich in der Mühlengasse, sagtet Ihr?«

»Ganz recht. Ihr müsst nur dieser Budengasse folgen, bis es nicht mehr weiter geht, und dann dort vorn an der Ecke nach links in eine lange Gasse am Rande des Marktes abbiegen. Dieser folgt Ihr bis zum Ende des Alter Markt. Dort verläuft die Mühlengasse genau vor Eurer Nase. Ihr wendet Euch dann nach rechts, und schon steht Ihr fast vor dem Haus. Ihr könnt es nicht verfehlen, es ist ein goldenes Schneiderwappen über der Tür angebracht. Der Zunftmeister hat ihrem Antrag stattgegeben, das Wappen zu führen.«

Stephen ließ einen Pfiff hören. »Ein goldenes Schneiderwappen, sieh an!«

»Weil sie ein eitles Weib ist, das sich nur mit eitlen Weibern umgibt«, wetterte die Frau. »Manche fragen sich sogar, ob ihr Mann noch am Leben ist oder sie nur so tut, damit der Zunftmeister sie in Ruhe lässt. Gesehen hat den schon seit vielen Wochen niemand mehr.«

»Ist das wahr?« Ein amüsiertes Lächeln umspielte Stephens Lippen. Er dankte den beiden, wünschte ihnen noch gute Geschäfte und ging dann seines Weges. Bei dem Gezeter der Alten war ihm ein Gedanke gekommen. Er musste dankbar sein, dass Elisabeth sich offenbar nicht bei allen beliebt gemacht hatte mit ihrer Sturheit. Doch er wollte sich zügeln. Keinesfalls durfte er unüberlegt einen Vorstoß wagen und nicht an wirklich alles gedacht haben. Doch die Bemerkung der Händlerin hatte etwas in ihm ausgelöst. Es war, als spürte er das Gewicht der Würfel in seiner Hand mit dem sicheren Gefühl, einer Glückssträhne entgegenzusehen. Doch bevor er sich auf diese

Partie einließ, wollte er genau abwägen, wen er sich an den Spieltisch holte. Ja, dieses Mal würde er der Klügere sein und jede noch so unwahrscheinliche Wendung voraussehen. Das Grinsen in seinem Gesicht wurde breiter. Jetzt würde seine Zeit kommen. Das spürte er mit jeder Faser seines Körpers.

7. Kapitel

»Öffne«, befahl Elisabeth, nachdem kräftig an die Tür geklopft wurde, und Ottokar folgte ihrem Befehl sogleich.

Der Stadtvogt, mit dem sie bisher selbst noch nicht zu tun gehabt hatte, stand mit vier seiner Büttel vor der Tür und bat um Einlass. Elisabeth reckte den Hals, um zu sehen, ob der Wirt, für den Marlein gearbeitet hatte, womöglich auch mitgekommen war. Doch sie konnte ihn nirgendwo entdecken.

»Stadtvogt, habt Dank für Euer rasches Erscheinen. Bitte tretet mit Euren Männern ein und seid willkommen in meinem Hause.«

»Tuchhändlerin Hardenstein.« Der Stadtvogt nickte ihr zu. »Ich kann mich nicht erinnern, dass Ihr je mein Kommen erbeten hättet in all den Jahren. Da Ihr es nun tatet, muss ich annehmen, dass es etwas Ernstes ist.«

Bitte.« Elisabeth deutete mit der Hand zum Esszimmer hinüber. »Lasst uns in Ruhe sprechen. Und ja, es hat sich etwas sehr Ernstes zugetragen.«

»Erwartet Ihr einen Überfall, sodass lieber zwei meiner Büttel hier Posten beziehen sollten?«

Elisabeth überlegte kurz. Sie war bisher gar nicht auf den Gedanken gekommen, dass der Wirt womöglich mit einigen

Kerlen wiederkommen und sich Marlein gewaltsam holen könnte. »Nun, da Ihr es ansprecht, würde ich mich in der Tat sicherer fühlen, ließen Eure Männer die Türen nicht aus den Augen.«

Eine Kopfbewegung des Stadtvogts genügte, damit sich zwei Büttel neben der Haustür postierten. »Und dort geht es zum Hinterhof?«, fragte er.

»Ja, und zum Gesindetrakt.«

»Ein Mann dorthin«, befahl er, und sofort setzte sich ein dritter Büttel in Bewegung. »Gibt es weitere Eingänge?«

»Nein.« Elisabeth schüttelte den Kopf. »Und gewiss wird es gar nicht vonnöten sein, doch ich war nie in einer solchen Lage und weiß nicht damit umzugehen.«

»Das wird sich zeigen«, entschied der Stadtvogt, der nun mit nur noch einem Büttel und Elisabeth das Esszimmer betrat. Martha kam sogleich hinterher und befragte die hohen Gäste, was sie ihnen anbieten könnte. Schließlich holte sie Würzwein, Brot, Schinken und Schweineschmalz und richtete alles sehr ansehnlich vor den Gästen an. Dann knickste sie, verließ den Raum und schloss die Tür.

»Nun, Tuchhändlerin, was habt Ihr zu melden?«, fragte der Stadtvogt.

»Ein Verbrechen an einem jungen Mädchen«, brachte Elisabeth sogleich hervor. »Mein Wachmann hat sie am gestrigen Abend hilflos unter einem Marktstand aufgegriffen. Sie war nackt und schrecklich zugerichtet. Und nun verlangt derjenige, der dafür verantwortlich ist, dass ihr dies angetan wurde, ihre Herausgabe und bedrohte auch mich.«

»Ein junges Mädchen?«

Elisabeth nickte. »Sie ist vierzehn Jahre alt und noch keine Frau. Doch das, was sie erleiden musste, ist fast mehr, als eine junge Seele ertragen kann.«

»Ist sie noch hier im Hause?«

»Ja, und sie hat schreckliche Angst. Wärt Ihr so freundlich, sie nicht gar zu streng zu befragen? Sie würde daran zerbrechen, wenn Ihr es tätet.«

Der Stadtvogt nickte, worauf Elisabeth von ihrem Stuhl aufstand. »Ich hole sie, bitte geduldet Euch einen Augenblick und tut Euch an den Speisen gütlich.«

Der Büttel ließ sich dies nicht zweimal sagen und nahm sich eine dicke Scheibe Schinken, die er augenblicklich in seinem Mund verschwinden ließ, was ihm einen strengen Blick des Vogts einbrachte. Als Elisabeth hinausging, nahm sie jedoch wahr, dass nun auch der Stadtvogt zugriff.

»Ist Marlein noch im Nähzimmer?«, fragte sie Ennlin, die soeben in den Flur getreten war.

Diese trat mit Blick auf die Büttel, die an der Tür Wache standen und jedes Wort von dem hören konnten, was sie sprachen, näher an Elisabeth heran. »Ja. Sie sitzt dort und weint sich die Augen aus dem Kopf. Martha und Adelhaid versuchen, ihr Mut zuzusprechen. Ursel und Otilia sitzen daneben und wissen nicht, wie sie sich verhalten sollen«, gab Ennlin leise Auskunft. »Womöglich wäre es klug, wenn du die beiden für heute nach Hause schickst.« Ennlin beugte sich noch weiter zu Elisabeth. »Nur Adelhaids beherzter Griff hat Marlein soeben davon abhalten können, die Flucht zu ergreifen.«

Elisabeth sah zu den Bütteln hinüber, die an der Tür standen. Keinesfalls hätte Marlein sich einfach so davonmachen können. Doch das sagte sie nicht. »Ich kann es ihr nicht verdenken«, gestand sie stattdessen ein. »Und doch ist es die einzige Möglichkeit, ihr Leben zu schützen. Du hast den Wirt doch erlebt. Wir können von Glück sagen, dass wir ihn für den Moment vertreiben konnten. Doch einer wie der lässt sich kein zweites Mal einschüchtern.«

Ennlin, die gut einen halben Kopf kleiner war als Elisabeth, sah zu ihrer Tochter auf und streichelte deren Wange.

»Womöglich ist es gut, dass es so gekommen ist. Du hast richtig gehandelt, meine Elisabeth. Steh ihr bei, so gut du kannst, und gib ihr die Kraft, die sie selbst nicht hat, jedoch so dringend braucht.«

»Ich werde alles dafür tun«, versicherte Elisabeth und sah ihre Mutter nachdenklich an. Die Geschehnisse um Marlein hatten diese über die Maßen aufgewühlt. Nie zuvor hatte sie erlebt, dass Ennlin sich so leidenschaftlich für etwas eingesetzt hatte. Elisabeth war inzwischen ganz sicher, dass es ein Geheimnis gab, das ihre Mutter vor ihr verbarg. Irgendetwas war ihr widerfahren, von dem Elisabeth keine Ahnung hatte. Doch hatte sie überhaupt das Recht, danach zu fragen? Sollte eine Tochter ein Geschehnis wie das, was Elisabeth vermutete, von der Mutter wissen?

»Ich gehe sie jetzt holen«, kündigte Elisabeth an und beendete damit das Gespräch. Ennlin nickte und trat zur Seite.

»Marlein.« Elisabeth war in die Nähstube getreten. Der Anblick, der sich ihr bot, zerriss ihr fast das Herz. Marlein saß auf einem der Stühle, gestützt durch Martha, die neben ihr stand und ihr fortwährend über den Kopf strich. Adelhaid hockte vor Marlein und sprach leise auf sie ein. »Kommst du bitte? Du musst dem Stadtvogt sagen, was sich zugetragen hat. Nur so kann er dich schützen.«

Marlein sah auf. »Ihr sagtet, ich müsste es nicht tun, wenn ich nicht will, und könnte dennoch hierbleiben«, gab sie verzweifelt von sich.

»Ja, doch das war, bevor der Wirt hier war, und das weißt du. Er würde dich mit Gewalt holen kommen, du hast ihn doch gehört. Der Stadtvogt ist der Einzige, der helfen kann.«

Marlein schluchzte abermals auf, diesmal etwas lauter. »Ich kann nicht. Wenn ich all das noch einmal erzählen soll, und dann noch einem Mann …« Sie schlug die Hände vors Gesicht. »Bitte, Herrin, bitte nicht«, flehte sie.

»Es geht nicht anders.« Elisabeth trat direkt vor sie und streckte ihr die Hand entgegen. »Komm, Marlein, der Stadtvogt erwartet uns.«

Adelhaid erhob sich aus ihrer Position und gab Marlein so den Weg frei. Kurz zögerte diese noch, dann stand sie auf.

Martha tätschelte ihren Rücken. »Es wird alles gut werden«, versuchte sie Marlein zu trösten.

»Ihr könnt für heute eure Arbeit beenden«, sagte Elisabeth an Otilia und Ursel gewandt, die mit betroffenen Mienen an ihren Nähtischen saßen und nicht recht wussten, wie sie sich verhalten sollten. »Morgen werden wir unsere Arbeit wieder aufnehmen. Doch für heute soll es gut sein.«

»Ja, Herrin.«

»Komm.« Elisabeth nahm Marleins Hand.

Marlein ließ sich von ihr führen und leistete keinen Widerstand, stolperte wie eine Betrunkene hinter Elisabeth her.

Die Büttel sahen kurz auf, als die beiden Frauen über den Flur gingen. Ennlin stand noch immer da, wo Elisabeth sie verlassen hatte, und berührte nun kurz Marleins Schulter, als wollte sie ihr so Mut zusprechen. Die Jüngere schien es nicht einmal zu bemerken. In einem Schleier aus Tränen ließ sie sich von Elisabeth ins Esszimmer führen, wo der Stadtvogt und sein Büttel schweigend die Speisen zu sich nahmen, die ihnen aufgetragen worden waren. Als sie die beiden eintraten sahen, erhoben sie sich.

»Stadtvogt, das ist die junge Frau, von der ich Euch berichtete.« Elisabeth fasste Marleins Schultern und stellte sie direkt vor den Stadtvogt.

Dieser ließ einen grimmigen Laut vernehmen, als er Marleins Gesicht sah. »Ihr habt nichts zu fürchten«, sagte er zu ihr.

Marlein blickte ihn weder an noch rührte sie sich. Sie blieb einfach nur stehen, sah herab, und ihre Tränen tropften unaufhörlich zu Boden.

»Setz dich«, bat Elisabeth und deutete auf den Stuhl dem Stadtvogt direkt gegenüber. Sowohl Büttel als auch Stadtvogt warteten, bis die Frauen ihre Plätze eingenommen hatten, dann setzten sie sich ebenfalls wieder hin. Der Stadtvogt schob das Brett, auf dem er sich den Schinken bereitgelegt hatte, von sich, ganz so, als sei ihm der Appetit vergangen.

Elisabeth saß an der Stirnseite des Tisches, links von ihr Marlein, rechts der Stadtvogt und neben diesem der Büttel.

»Euer Gesicht wurde übel zugerichtet«, begann der Stadtvogt. »Habt Ihr weitere Verletzungen davongetragen?«

Marlein sah ihn nun das erste Mal an. Sie wirkte müde und erschöpft, und fast glaubte Elisabeth, dass das Mädchen gleich zusammensinken und einschlafen würde.

Ohne ein Wort löste Marlein die Schnüre ihres Kleides, stand auf und ließ es zu Boden gleiten, sodass sie nun im Unterkleid dastand. Sie drehte den Männern den Rücken zu und zog dann auch noch das Unterkleid herab. Ehe Elisabeth etwas tun oder reagieren konnte, stand Marlein splitternackt da, gewährte einen Blick auf ihre Rückseite und drehte sich dann zu ihnen um. Sie ließ ihre Arme einfach hängen, machte keine Anstalten, ihre Scham zu bedecken. Der Büttel sah verlegen zur Seite, während der Stadtvogt Marlein in aller Ruhe betrachtete. Fast fand Elisabeth es unangebracht, dass er Marlein so genau besah. Dann jedoch veränderte sich ihre Wahrnehmung, und sie erkannte, dass der Stadtvogt Marlein durchaus nicht lüstern oder interessiert betrachtete. Vielmehr schien er die Verletzungen, die ihr zugefügt worden waren, zu begutachten und zu beurteilen.

»Habt Dank für Eure Offenheit«, sagte er dann, worauf Marlein sich ohne ein Wort bückte, ihre Kleider aufhob und sich wieder anzog.

»Die Verletzungen wurden Euch nicht an nur einem Tag beigebracht«, stellte der Stadtvogt fest. »Viele davon sind Wochen alt und bereits am Abklingen, während andere erst wenige Tage oder Stunden alt sind.«

Marlein setzte sich wieder an den Tisch, und sofort legte Elisabeth ihre Hand auf Marleins. Elisabeth hatte keine Ahnung, wie solche Befragungen vonstattengingen, und war im ersten Moment erschrocken gewesen, wie selbstverständlich Marlein vor den Männern die Kleider hatte fallen lassen. Doch nun erschien es ihr richtig, hatte der Stadtvogt doch so einen ungeschönten Blick auf das werfen können, was ihr angetan worden war.

»Es ging etwa ein halbes Jahr, bis ich gestern fliehen konnte«, sagte Marlein, und Elisabeth war überrascht, wie fest ihre Stimme hierbei klang. Fast schien es ihr, dass Marlein nun, da diese Konfrontation unausweichlich geworden war, sich hiermit abgefunden hatte.

»Ein halbes Jahr?«, wiederholte der Stadtvogt und rieb sich nachdenklich das Kinn. »Ihr könnt von Glück sagen, noch am Leben zu sein. Erzählt mir genau, was Euch geschehen ist.«

Elisabeth schob Marlein den Becher mit Würzwein hin, aus dem die Jüngere mehrere kräftige Schlucke trank. Dann begann sie, dem Stadtvogt und seinem Büttel das zu erzählen, was sie bereits Elisabeth gegenüber geschildert hatte.

Die Männer hörten aufmerksam zu, tauschten nur einmal einen kurzen Blick, der die Abscheu darüber verriet, was sie zu hören bekamen.

»Dann hat mich Ottokar, der Wachmann, unter den Ständen gefunden und mich hierhergebracht«, endete Marlein.

Elisabeth sah den Stadtvogt an. »Reicht das, um dem Wirt beizukommen?«

Der Stadtvogt ging nicht gleich auf Elisabeths Frage ein, sondern wandte sich noch einmal an Marlein. »Wie alt, sagtet Ihr, seid Ihr?«

»Vierzehn.«

»Eine meiner Töchter ist im gleichen Alter wie Ihr«, sagte der Stadtvogt. »Und wenn ihr so etwas angetan worden wäre, könnten die Kerle dem Herrn danken, wenn es zu einer Anklage käme, bevor ich sie zu fassen bekäme.« Er sah Elisabeth an. »Sie ist ein einfaches Ding, und wenn es so ist, wie ich es verstehe, sind die Kerle, die ihr das angetan haben, reiche Männer. Sie werden den Wirt gut bezahlt haben, damit er sie gewähren lässt.«

Gerade wollte Elisabeth etwas erwidern, doch der Stadtvogt bat sich mit einer Handbewegung aus, weitersprechen zu dürfen.

»Doch ich will verdammt sein«, fuhr er fort, »wenn ich zulasse, dass die Verbrechen ungestraft bleiben. Darauf gebe ich Euch mein Wort.«

»Habt Dank, mein Stadtvogt«, sagte Elisabeth und neigte ergeben den Kopf. »Als einen solchen Mann habe ich Euch eingeschätzt.«

Er sah wieder zu Marlein. »Die Schänke ›Zum roten Eber‹, ja?«

»Ja.«

»Und der Wirt ist hier vorstellig geworden und hat die Herausgabe verlangt?«

Elisabeth nickte. »Er hat Marlein eine Hure genannt und gesagt, dass sie in seinem Dienst stünde. Ich fragte ihn nach seiner Lizenz für das Hurenhaus, weil mir so rasch nichts anderes einfiel. Das hat ihn zumindest so lange zum Nachdenken gebracht, dass mein Wachmann und ich die Tür zuschlagen konnten.«

Der Stadtvogt konnte sich ein Schmunzeln nicht verkneifen. »Das war geschickt von Euch«, lobte er. »Und im Übrigen stimmt es sogar. Hurenhäuser müssen höhere Abgaben leisten als einfache Schänken. Zwar ist den Stadtoberen bekannt, dass der Wirt mehr als nur eine Schänke betreibt. Doch er ist nicht der Einzige, und man lässt sie gewähren. Nun jedoch werden wir dies für uns zu nutzen wissen.«

»Wie meint Ihr das?«

»Nun, ich werde mit Bürgermeister von Spiegel sprechen und anraten, bei dem Wirt vorstellig zu werden und ihn damit unter Druck zu setzen, dass er die Schänke nur weiterbetreiben darf, wenn es dort nichts als Bier, Schnaps und einen Kanten Brot gibt. Ansonsten muss er eine Genehmigung vorweisen. Damit dürfte er erst einmal beschäftigt sein.«

»Doch was ist mit Marlein und den Verbrechen an ihr?«

»Wir brauchen mehr als nur den Wirt«, stellte der Stadtvogt fest. »Kennt Ihr die Namen der Kerle, die Euch so zugerichtet haben?«

Marlein schüttelte den Kopf. »Es schien, als sei der, der nur zuguckte …«, sie schluckte, »also der, der bis gestern nur zuguckte, der Herr der anderen. Seine Kleidung war die eines reichen Mannes, doch seinen Namen kenne ich nicht.«

»Haben die anderen ihn nie genannt? Oder sich untereinander mit Namen angesprochen?«

Marlein schüttelte den Kopf, senkte den Blick. »Sie haben nicht viel miteinander gesprochen, sich nur gegenseitig angestachelt, wer mich als Nächstes schlagen und …«, sie stockte abermals, »was der jeweils andere tun sollte.«

»Ich verstehe.« Der Stadtvogt verzog grimmig den Mund. Ihm war deutlich ins Gesicht geschrieben, wie angewidert er von dem war, was er zu hören bekam.

»Wie sollen wir uns verhalten, wenn der Wirt wiederkommt?«, fragte Elisabeth.

»Nun, wie ich schon sagte, werde ich dafür sorgen, dass er mit ganz anderen Dingen beschäftigt ist. Doch zur Sicherheit werde ich Euch meine Büttel hierlassen und zur Nacht eine Ablösung schicken, sodass Euer Haus Tag und Nacht bewacht wird.«

»Das ist sehr gütig von Euch. Habt vielen Dank.«

»Ich hasse solches Pack.« Der Stadtvogt ließ sich dazu hinreißen, seine geballte Faust mit Schwung auf den Tisch niedersausen zu lassen.

Marlein zuckte erschrocken zusammen.

»Verzeiht«, sagte der Stadtvogt und stand auf.

»Wäre es ratsam, meinen Advocatus kommen zu lassen?«, fragte Elisabeth, die sich genau wie der Büttel ebenfalls von ihrem Platz erhoben hatte. Nur Marlein blieb wie angewurzelt sitzen und beobachtete, was um sie herum geschah.

»Wenn Ihr einen kennt, der Euch Beistand leisten kann, wäre das klug«, befand der Stadtvogt.

»Gut. Ich werde ihn sogleich holen lassen.«

Der Stadtvogt sah seinen Büttel an, der an seine Seite getreten war. »Du hast alles mit angehört und weißt, was zu tun ist. Sollte der Wirt wieder hier erscheinen, jag ihn fort und gib ihm etwas zum Nachdenken mit auf den Weg. Ich werde eine Ablösung für die späten Stunden schicken. Bis dahin liegt die Sicherheit der Frauen in euren Händen.«

»Ja, mein Vogt«, erwiderte der Büttel dienstbeflissen.

»Ich werde nun dem Bürgermeister berichten und mich sodann mit einigen Männern auf den Weg zum ›Roten Eber‹ machen.« Der Vogt zögerte einen Moment und wandte sich dann noch einmal Marlein zu. »Sagt mir, gab es bestimmte Tage, an denen die Kerle dort auftauchten?«, fragte er sie.

Diese blickte auf. »Nein. Es war mal so, mal so.«

»Schade. Es wäre mir eine Freude gewesen, sie dort anzutreffen. Könnt Ihr sie mir beschreiben?«

Sie zuckte die Schultern. »Sie sahen aus wie alle anderen.«

»Doch wiedererkennen würdet Ihr sie?«

»Ja«, beeilte sich Marlein zu versichern, »das auf jeden Fall.«

»Gut.«

»Aber wenn sie mich dann sehen, werden sie mich umbringen«, brachte Marlein gequält hervor.

»Nein, aber nein«, der Stadtvogt hob beschwichtigend die Hände. »Ihr sollt nicht mit dem Finger auf sie zeigen. Doch wenn ich herausbekomme, um wen es sich handeln könnte, dann werde ich sie Euch aus einem sicheren Versteck heraus zeigen, aber so, dass sie Euch nicht sehen können.«

Marlein atmete erleichtert aus. »Danke.«

»Ich danke Euch für Eure Offenheit. Wir werden die Kerle finden. Und wenn der Herr mir gnädig ist, lässt er mich nur kurz allein auf sie treffen.« Sein Gesichtsausdruck wurde kalt. »Danach tun sie nie wieder irgendeiner Frau so etwas an. Dazu sind sie dann nicht mehr in der Lage.«

Elisabeth bekam bei den Worten des Stadtvogts eine Gänsehaut. Doch konnte sie nicht umhin, auch die Genugtuung zu spüren, die ihr der offensichtliche Hass des Amtmannes auf diese widerlichen Kerle bereitete. Sie zweifelte keinen Augenblick an seiner Entschlossenheit, genau das in die Tat umzusetzen, was er soeben angedeutet hatte. Und auch wenn sie Gewalt stets verabscheute, gab ihr der Gedanke daran, was die Kerle erwarten mochte, ein Gefühl, dass sie es so und nicht anders verdient hatten.

8. Kapitel

Der Stadtvogt genoss es, zu sehen, wie dem Wirt beim bloßen Anblick des Vogts und dessen Bütteln in der Schänke die Wut ins Gesicht kroch.

»Was wollt Ihr?« Der Wirt verzog missfällig das Gesicht.

»He, he, so schon mal gar nicht«, entgegnete der Stadtvogt. »Falls du mich nicht erkennst, sage ich dir gleich einmal, dass du hier den Vogt der Stadt Köln vor dir hast, bevor du noch etwas Falsches sagst.« Der Stadtvogt blickte ihn arrogant an. »Und dass ich mit einem wie dir überhaupt spreche, bevor ich handle, hast du rein meinem guten Benehmen zu verdanken.«

Hierauf wusste der Wirt nicht sogleich etwas zu erwidern.

»Du hältst deinen Mund, gut, das ist ein Anfang.« Der Stadtvogt blickte sich in der Schänke um und sah sogleich, dass sich mindestens drei Hübschlerinnen im Schankraum befanden und sich den Männern anboten.

Der Wirt folgte seinem Blick. »Ich wollte später am Tage ohnehin noch zu Euch, oder morgen«, versuchte er es versöhnlich. »Es ist gut, dass Ihr gekommen seid.«

»Ach ja? Und was will einer wie du dem Stadtvogt melden?«, gab er arrogant zurück.

»Einen Diebstahl.«

»Sieh an. Was wurde dir denn wohl Wertvolles gestohlen?«

»Eine Geldkatze. Eines von den Mädchen, die die Getränke an die Tische bringen, hat sie mir gestohlen.«

»Wirklich? Du meinst ein solches wie die dort vorne?« Er deutete auf die Frauen, die auf den Schößen der Männer saßen.

»Sie sorgen nur dafür, dass die Becher der Kerle nicht leer werden.«

»Gewiss.« Der Stadtvogt lachte freudlos auf. »Genau das dachte ich auch, als ich eben die Mädchen sah.« Der Stadtvogt blickte den Wirt eindringlich an. Die Andeutung der Tuchhändlerin hatte also bereits Früchte getragen, und der Schänker war aufgeschreckt, gar kein Hurenhaus betreiben zu dürfen. »Nun«, befand er dann, »sagst du also, dass hier keine Huren ihrer Arbeit nachgehen?«

»Aber nein. Sie sollen die Kerle nur dazu bringen, genug zu trinken, damit ich von meinem Verdienst meine Familie durchbringen kann.«

»Sieh an. Und was ist da oben?«, fragte der Stadtvogt.

»Was soll dort sein? Kammern, in denen Reisende unterkommen, um hier Rast zu machen.« Dem Wirt war die Nervosität nun ins Gesicht geschrieben, was dem Stadtvogt durchaus nicht verborgen blieb. Er hatte also Glück. Gewiss war mindestens einer dort oben zugange und vergnügte sich.

»Wenn das so ist, werde ich einfach mal nachsehen, ob es den Reisenden, die dort sind, auch an nichts fehlt.«

»Einen Dreck werdet Ihr!«, schnauzte der Wirt. »Ihr wollt mir die Gäste verschrecken.«

Die Büttel, die rechts und links vom Stadtvogt standen und die Unterhaltung verfolgt hatten, drückten ihre Rücken durch.

»Ich bin der Vogt der Stadt Köln, bestellt durch den Rat und im direkten Auftrag unseres Bürgermeisters Werner von

Spiegel. Glaubt mir, ich verschrecke keine Gäste. Wenn einer bei einem Wirt wie dir unterkommt, wird er sich bestimmt nicht schrecken lassen, wenn eine hochgestellte Persönlichkeit wie ein Stadtvogt sich nach seinem Wohl erkundigt.« Der Stadtvogt bleckte die Zähne, dann wandte er sich an die Büttel, die an der Tür standen. »Ihr nehmt die Frauen dort mit, auf dass wir sie befragen können. Und wir gehen jetzt nach oben und sehen uns mal die Reisenden dort an.«

»Keinen Schritt setzt Ihr dort hinauf!« Der Wirt war um seinen Schanktisch herumgekommen und stellte sich dem Stadtvogt in den Weg.

Ohne dass dieser etwas befehlen oder sagen musste, preschten die Büttel, die rechts und links vom Vogt standen, vor, packten den Wirt und zwangen ihn auf einen der Stühle. Der Stadtvogt trat vor ihn und blickte verächtlich zu ihm herab. »Du wirst schön hier warten.« Dann wandte er sich noch mal den Bütteln zu, denen er den Auftrag gegeben hatte, die Frauen zu holen. »Und fragt diese Kerle nach ihren Namen! Wollen wir mal hören, was ihre eigenen Weiber davon halten, wer sie hier bewirtet.«

Auf diese Weisung des Stadtvogts hin sprangen die Gäste, die sich eben noch vortrefflich amüsiert hatten, erschrocken auf und machten Anstalten, die Schänke zu verlassen.

»Lasst sie durch«, rief der Stadtvogt, »damit sie mit eingezogenen Schwänzen zu ihren Weibern laufen können.«

»Das werdet Ihr mir büßen«, spie der Wirt aus, worauf der Stadtvogt ausholte und ihm ohne Vorwarnung die Faust ins Gesicht schlug.

»Wag es nie wieder, so mit dem Vogt der Stadt Köln zu sprechen! Sonst wird es dir leidtun.«

Der Wirt war zu benommen, um etwas zu erwidern. Einer der Büttel blieb neben ihm stehen, um dafür zu sorgen, dass er sich nicht von der Stelle rührte. Der andere folgte dem

Stadtvogt die Treppe hinauf. Vor der ersten Kammer lauschte der Stadtvogt einen Moment und prüfte dann, ob sich die Klinke herunterdrücken ließ. Als sie nachgab, öffnete er mit Schwung die Tür.

Die junge Frau stieß einen Schrei aus, während der Kerl, der sich keuchend auf ihr bewegte, hochschreckte und laut schimpfte.

»Verzeiht mein Eindringen«, entschuldigte sich der Stadtvogt und trat näher an das Bett heran. »Arbeitet Ihr hier?«, fragte er die junge Frau, während sie sich hastig bemühte, ihre Blöße mit dem Laken zu bedecken.

»Ja«, gab sie Auskunft. »Doch ich habe nichts Falsches getan.«

»Das sage ich auch nicht.«

»He, Ihr«, mischte sich nun ihr Kunde ein. »Was denkt Ihr Euch, hier hereinzustürmen und uns zu unterbrechen?«

»Habt Ihr bereits bezahlt?«, fragte der Stadtvogt den Mann.

»Allerdings – einen ganzen Groschen, und ich bin nicht fertig geworden.«

»Wem habt Ihr das Geld gegeben?«

»Na, wem wohl, dem Wirt. Was stellt Ihr hier für Fragen?«

»Gut«, befand der Stadtvogt. »Ihr kommt mit mir. Zieht Euch etwas über.«

»Was soll denn das?«, empörte sich der Gast. »Mitkommen wohin?«

»Seid Ihr Kölner Bürger?«

»Nein, ich komme aus Lommitzheim und bin nur zum Markttag hier. Noch heute mache ich mich auf den Rückweg.«

»Du machst dich auf den Heimweg, wenn wir fertig miteinander sind. Ich bin der Vogt dieser schönen Stadt, und ich brauche deinen Namen und deine vom Schreiber aufgenommene Erklärung.«

»Von was redet Ihr da?«

»Halt nicht lange Maulaffen feil und beeil dich«, sagte der Stadtvogt nun grob. »Du kriegst deinen Groschen wieder, dafür werde ich Sorge tragen. Und du«, er sah zu der jungen Frau, »zieh dir ebenfalls etwas über. Du kommst auch mit.«

Sie riss erschrocken die Augen auf. »Wohin?«

»In mein Amtszimmer. Es wird niedergeschrieben, was sich hier ereignet hat. Dann kannst du gehen und hast weiter nichts zu erwarten.«

»Was sich ereignet hat?«, echote sie fragend.

»Ganz recht. Wie oft hast du den Gästen hier zu Willen zu sein?«

»Na, so oft, wie sie eben wollen«, gab sie verständnislos Auskunft, als wüsste sie nicht, was es hier zu erklären gab.

»Und wirst du dazu gezwungen?«

»Nein.« Sie schüttelte den Kopf. »Ich verdiene mein Geld damit, das ist alles.«

»Nur das und nichts anderes musst du dem Schreiber in die Feder sagen. Mehr verlange ich nicht.«

»Und dann kann ich wieder gehen?«

»Ganz recht, dann kannst du wieder gehen.«

Kurz schien sie zu überlegen, ob sie noch weitere Fragen hatte, doch der Stadtvogt unterbrach ihre Gedanken.

»Und jetzt auf und keine weiteren Erklärungen. Ihr könnt noch genug Fragen stellen, wenn wir in der Vogtei sind.«

Es dauerte nicht lange, bis beide ausreichend bekleidet waren und nach unten gehen konnten, um sich zu den anderen Frauen zu gesellen, die bei den Bütteln und dem unentwegt vor sich hin schimpfenden Wirt in der Schankstube warteten.

Der Stadtvogt ging Kammer für Kammer ab und trieb ein weiteres Pärchen auf, das, aufgeschreckt durch den Lärm, ihr Stelldichein bereits unterbrochen hatte.

Der Mann – sein Name war Lorentz Riemenschneider, und er war Mitglied im Rat – bekniete den Stadtvogt, nicht in die Vogtei mitkommen zu müssen. Der Stadtvogt kannte ihn schon einige Jahre als einen ehrlichen und aufrechten Mann, der hier wohl nur ein wenig Abwechslung suchte. Gewiss war es weniger die Furcht vor einer öffentlichen Demütigung als die vor seiner Frau, einem wahren Drachen von einem Weib, die dafür bekannt war, gern auch mal einen der gefertigten Riemen einzusetzen, um ihr Gesinde damit zu züchtigen. Sie überragte ihren Ehemann um fast eine Kopflänge und machte auch sonst den Eindruck, dass sie diejenige war, die das Sagen hatte. Der Stadtvogt konnte sich gut vorstellen, dass Lorentz Riemenschneider einiges auszustehen haben würde, sollte sie von dem kleinen Zwischenfall hier erfahren.

»Wir machen Folgendes«, erklärte er. »Ihr kommt mit in die Vogtei und sagt dem Schreiber, was sich zugetragen hat.«

»Was meint Ihr damit – was sich zugetragen hat?«, fragte Riemenschneider nach.

»Der Wirt«, erklärte der Stadtvogt, »zahlt keine Abgaben für das Hurenhaus.«

Riemenschneider machte große Augen. Erst jetzt wurde ihm klar, was das Erscheinen des Stadtvogts zu bedeuten hatte. »Das wusste ich nicht«, rechtfertigte er sich augenblicklich. »Man kann es mir nicht zum Vorwurf machen, wenn ich nicht wusste, dass er das Hurenhaus nicht hätte betreiben dürfen.«

»Ich mache Euch keinen Vorwurf. Wir müssen nur …« Weiter kam der Vogt nicht, da Lorentz Riemenschneider ihm ins Wort fiel.

»Ich kann nicht für etwas bestraft werden, von dem ich nicht wusste, dass es nicht rechtmäßig ist«, begann er sich zu verteidigen. »Und deshalb werde ich nicht mit Euch gehen. Ihr könntet mich nur dann zwingen, wenn ich wissentlich dem Gesetz zuwidergehandelt hätte.«

Der Stadtvogt ärgerte sich über sich selbst. Er hätte nicht sagen dürfen, worum es ging. Dann hätte Riemenschneider seiner Aufforderung vermutlich Folge geleistet. So jedoch würde er dessen schriftliche Aussage nicht bekommen. Dabei war gerade die wichtig. Die Angaben eines Mitgliedes des Rates, selbst eines des weiten Rates, wie Lorentz Riemenschneider es war, hatten Gewicht. Viel mehr als die eines dahergelaufenen Kerls, der in Köln nur einige Geschäfte machen wollte. Und letztendlich ging es dem Stadtvogt ja nicht darum, durch den Nachweis, dass der Wirt ein Hurenhaus statt einer einfachen Schänke betrieb, mehr Abgaben in die städtischen Kassen fließen zu lassen.

Der Vogt hatte es sich genau überlegt: Erst musste der Nachweis erfolgen, dass der Wirt ein Hurenhaus betrieb. Damit hätte er schon etwas gegen den Wirt in der Hand. Für die Vergewaltigungen an dem Mädchen, die er zugelassen hatte, würde vermutlich keine Strafe gegen den Wirt herauskommen, wenn er behauptete, nichts davon gewusst zu haben. Wenn aber der Stadtvogt genug gegen den Wirt zusammenbekäme, sodass dieser das Weiterbetreiben der Schänke, die nun einmal seine Einnahmegrundlage darstellte, ernsthaft in Gefahr sah, dann könnte das dessen Zunge lösen und er sich möglicherweise gezwungen sehen, die Namen der Männer preiszugeben, die dem Mädchen die Widerlichkeiten angetan hatten.

Ein kühnes Vorgehen, gestützt auf viele Eventualitäten. Doch er hatte schon gar zu oft erlebt, dass nur genug Leute in einem solchen Fall schweigen mussten, und schon bekam am Ende keiner von ihnen mehr eine Strafe. Das Mädchen jedoch, das all den Wirbel öffentlich noch einmal hatte durchmachen müssen, war als leichtes Mädchen, manchmal gar als Hure verschrien und musste sich dem Spott und den Pöbeleien der Menschen aussetzen, die einst ihre Nachbarn gewesen waren. Nein. Der Stadtvogt wollte es besser machen und sich von Anfang an klug genug verhalten, damit es in diesem Falle zu einer Bestrafung der Kerle kommen würde. Vor allem dem Anführer, den diese Marlein als reichen Kerl beschrieben hatte, wollte er unbedingt beikommen. Sollten sich diese Reichen doch kaufen können, was sie wollten. Aber keinesfalls würde er, solange er Vogt in dieser wunderschönen Stadt war, zulassen, dass sie mit einer solchen Schandtat davonkämen.

»Dann kann ich also jetzt gehen, nehme ich an?«, fragte Riemenschneider und holte den Stadtvogt so aus seinen Gedanken.

»Ja, gewiss, Ihr könnt gehen.« Der Vogt sah ihn eindringlich an. »Ich werde Euch morgen bei Euch zu Hause aufsuchen und mir dort von Euch schriftlich bestätigen lassen, dass Ihr eine Aussage ablehnt.«

»Was?«

»Das ist das übliche Vorgehen«, log der Stadtvogt. »Ihr wollt keine Angaben machen, das verstehe ich gut. Doch ich bin als Vogt verpflichtet, darüber Rechenschaft abzulegen, was sich ereignet hat und mit wem ich worüber sprach. Das müsste Euch als Ratsmitglied doch bekannt sein.«

»Nein, davon habe ich noch nie gehört. Und das ist doch auch unnötig. Es ist ja nichts geschehen.«

»Aber selbstverständlich ist etwas geschehen. Der Vogtei wurde zur Anzeige gebracht, dass ein einfacher Wirt ein Hurenhaus betreibt und somit die braven Kölner Bürger um die Einnahmen bringt, die ihnen zustehen. Was denkt Ihr, wie ebenjene Kölner es finden würden, sähe ich als Stadtvogt einfach darüber hinweg? Man könnte gar behaupten, ich steckte mit dem Kerl unter einer Decke.« Er lachte freudlos auf. »Keinesfalls möchte ich diesen Ruf haben.«

»Aber es muss doch einen Weg geben …«, setzte Riemenschneider an.

»Geht Ihr schon nach unten zu den anderen«, befahl der Stadtvogt der jungen Frau und wartete, bis sie sich angekleidet hatte und die Kammer verließ.

»Ich denke«, fuhr er dann fort, »ich kann Euch einen Ausweg anbieten, doch das nur unter großem Wohlwollen.«

»Sprecht«, forderte Lorentz Riemenschneider.

»Wenn Ihr in der Vogtei dem Schreiber gegenüber Eure Aussage macht und diese unterschreibt, sehe ich keinen Grund, weshalb jemand außerhalb der Amtsräume hiervon erfahren sollte.«

»Irgendjemand plaudert immer«, gab Riemenschneider zu bedenken.

»Wenn Ihr wollt, dass die Leute nicht darüber sprechen und so etwas anhängen können, solltet Ihr künftig zu Hause bleiben und Eure Lenden im Zaun halten.«

Riemenschneider verzog ob des zynisch gemeinten Rates des Stadtvogts das Gesicht. »Mein Weib …«, begann er dann eine Erklärung. »Wenn sie davon erfährt, dreht sie mir den Hals um.«

»Von mir erfährt sie es nicht, wenn Ihr tut, was ich sage.«

»Könnt Ihr nicht einfach vergessen, dass Ihr mich hier gesehen habt?« Es klang flehend.

Der Stadtvogt schüttelte den Kopf. »Bedaure, das ist ausgeschlossen.«

Riemenschneider seufzte tief. Dann raffte er seine Kleidung zusammen, zog sich vollständig an und ging zur Tür. »Also kommt schon. Gehen wir in die Vogtei, auf dass ich Eurem Schreiber sage, was sich zugetragen hat. Doch vergesst nicht, Stadtvogt: Wenn ich erfahren sollte, dass Ihr am Ende Euer Wort nicht haltet und meine Frau deshalb davon erfährt, dann seid Euch meines Zornes gewiss.«

»Nicht ganz so großspurig, Riemenschneider!«, gab der Stadtvogt gelassen zurück. »Ich will noch weniger mit Eurem Weibe zu tun haben als Ihr.« Er bedeutete Riemenschneider mit einer Handbewegung, die Kammer zu verlassen, und folgte ihm schließlich die Stufen hinab ins Erdgeschoss.

Der Wirt saß noch immer auf dem Stuhl und schimpfte vor sich hin, während der Büttel ruhig danebenstand und ein Auge darauf hatte, dass er nicht womöglich das Weite suchte.

»Seid Ihr jetzt zufrieden, Stadtvogt? Was soll das alles hier? Es ist wegen dieser kleinen Hure, nicht wahr?«

»Wie kann ich zufrieden sein, wenn es sich als wahr herausstellt, dass du die Abgaben nicht leistest, die du müsstest, und damit die braven Kölner um ihre Einnahmen betrügst?«

»Wenn es wirklich darum geht, dann sagt mir, was ich schuldig bin, und ich werde es bezahlen«, spie der Wirt aus.

»Nun, wie lange betreibst du dieses Hurenhaus bereits?«, fragte der Stadtvogt und war um Sachlichkeit bemüht.

»Erst seit letzter Woche.« Der Wirt grinste schief.

»Nun, siehst du, eben wegen solch dummer Antworten werden wir das Ganze in der Vogtei klären müssen.«

»Ein paar Monate, zwei, womöglich drei?«, bot der Wirt nun an.

»Wie viel einfacher hättest du dir das Leben doch machen können, wenn du nur dieses eine Mal über deinen Schatten gesprungen und ehrlich gewesen wärst, Wirt.« Der Stadtvogt hob die Hände, als bedauere er. »Aber das liegt wohl nicht in deiner Natur. Nun denn, sei's drum, alle kommen mit!«

»Ich muss hier Geschäfte machen. Wenn ich die Schänke für heute schließen muss, kostet mich das viel Geld.«

Der Stadtvogt beugte sich zu ihm herab. »Dann kann ich nur sehr hoffen, dass du mehr als ein paar Groschen beiseitegelegt hast für den Fall, dass du einmal Einbußen haben solltest.

Denn eines ist gewiss: Solange hier nicht alles geklärt ist und sämtliche Abgaben auch für die Vergangenheit gezahlt worden sind, wird diese Tür von außen verschlossen sein.«

Der Wirt sah ihn mit offenem Mund an. Sämtliche Farbe war aus seinem Gesicht gewichen. »Das könnt Ihr nicht machen«, sagte er dann und schluckte schwer.

»Ich bin schon dabei«, entgegnete der Stadtvogt. »Ich kann und ich werde.« Sein Tonfall war schärfer geworden. »Du hättest dir einfach gut überlegen sollen, was du tust. Nun wird dein Ausweg immer schmaler.« Er stellte sich wieder aufrecht hin. »Ein Büttel vorweg«, befahl er sodann. »Und ihr Frauen folgt ihm auf dem Fuß. Lasst euch ja nicht einfallen, aus der Reihe scheren zu wollen, sonst werdet ihr es bereuen. Macht, was ich sage, und euch wird nichts geschehen. Ihr habt nichts Falsches getan.«

Er sah in die Gesichter der Frauen, die er allesamt auf Mitte bis Ende zwanzig schätzte. Verlorene Seelen, die ihr Leben schon vor langer Zeit aufgegeben hatten. Er erwartete nicht, dass eine von ihnen Widerstand leistete. Dafür waren sie es viel zu sehr gewohnt, der Weisung von Männern zu folgen. Einige der Frauen nickten, andere nahmen es regungslos hin.

»Ihr Kerle reiht Euch dahinter ein. Meine Büttel werden an Eurer Seite gehen. Senkt Eure Köpfe, wenn Ihr auf dem Weg zur Vogtei nicht erkannt werden wollt. Meine Büttel werden Euch, so gut es geht, vor den Blicken der Menschen schützen. Ihr könnt Euch auch eine Decke über den Kopf legen, damit man Eure Gesichter nicht sehen kann. Doch wenn dann einer von Euch stolpert, weil er nichts mehr sieht, ist es nicht meine Schuld.«

Als hätte er nur auf einen solchen Hinweis gewartet, griff sich Riemenschneider einen Überwurf, den wohl eine der Frauen auf einem Stuhl abgelegt hatte, und legte ihn sich über den Kopf, sodass er nur noch nach unten etwas sehen konnte. Der Stadtvogt konnte sich ein Schmunzeln nicht verkneifen.

»Nun denn, wenn alle so weit sind, dann auf.«

Einer der Büttel öffnete die Tür und trat hinaus. Folgsam gingen die Frauen hinter ihm hinaus und schlossen sogleich auf, als der Büttel einige Schritte vorging.

»Wird's bald?« Der Büttel, der neben dem Wirt stand und auf diesen aufgepasst hatte, zerrte den Schänker hoch. »Ich kann dich auch bis zur Vogtei prügeln, wenn du's drauf anlegst. Glaub ja nicht, dass ich zögern würde«, drohte der Büttel, und seine Worte verfehlten ihre Wirkung nicht.

»Schon gut«, murmelte der Wirt und folgte den anderen hinaus.

Fast musste der Stadtvogt schmunzeln ob des Anblicks, den sie bieten mochten, wie sie so mit hängenden Köpfen in einer Reihe, rechts und links von Bütteln flankiert, zur Vogtei geführt wurden.

Einige Burschen, nicht älter als sechs oder sieben Jahre, liefen lachend und feixend neben ihnen her und schnitten Grimassen. Vor allem Riemenschneider, der den Überwurf fest über seinen Kopf gespannt hielt, um nur ja nicht erkannt zu werden, schien ihnen ein willkommenes Opfer. Mit Tritten gegen seine Kniekehlen versuchten sie, ihn zu Fall zu bringen. Der Stadtvogt ließ sie eine Weile gewähren, dann verscheuchte er die Jungen mit ein paar barschen Worten, und sie machten sich davon.

Der Wirt, der anfänglich noch Verwünschungen und gar lästerliche Flüche ausgespien hatte, war, noch bevor sie die Vogtei erreichten, vollkommen verstummt. Der Stadtvogt bemerkte es, und es war ihm eine Genugtuung, dieses Schwein von einem Menschen eingeschüchtert zu haben.

Als sie die Vogtei schließlich erreichten, ließ der Stadtvogt den Wirt in eine Kammer treten, in der gerade mal ein Schreibtisch und zwei Stühle Platz fanden.

»Ich lasse dir einen meiner Büttel hier, damit du nicht gestört wirst«, ließ der Stadtvogt vernehmen und grinste den Wirt breit an. »Und draußen auf dem Flur stehen weitere Büttel bereit. Nur, falls du etwas brauchen solltest.«

Der Wirt sah nur kurz zu ihm auf. »Und was soll ich hier?«

»Nun, wir werden erst die Frauen befragen und haarklein alles aufschreiben, was sie zu sagen haben. Dann sind deine Gäste dran. Danach wird der Schreiber gewiss etwas erschöpft sein und sich ein wenig ausruhen müssen. So früh am Tage ist es ja nicht mehr.« Er sah den Büttel an. »Ach, weißt du, ich habe es mir überlegt. Es kann ja eine lange Wartezeit werden, und da kann ich es dem Wirt unmöglich zumuten, die ganze Zeit auf einem harten Stuhl zu sitzen. Bring ihn nach unten, wo unsere Pritschen sind, damit er sich hinlegen kann.«

»Ganz nach unten?«, vergewisserte sich der Büttel, richtig verstanden zu haben.

»Dorthin, wo eben die Pritschen sind«, ließ der Stadtvogt vernehmen und bleckte die Zähne.

»Werft Ihr mich etwa in den Kerker?« Die Augen des Wirts weiteten sich.

»Aber woher denn! In einem richtigen Kerker gibt es doch keine Pritschen. Bei uns schon. Deshalb nenne ich es auch lieber Zellen, in denen sich unsere Gäste ausruhen können.«

»Was werft Ihr mir vor, dass Ihr mich wegsperrt? Nur die Münzen, die ich Euch angeblich schulde, können es nicht sein.« Dem Wirt stand der Schweiß auf der Stirn.

»Ach, es ist so mühsam, wieder und wieder alles erklären zu müssen«, gab der Stadtvogt gelangweilt von sich. »Wir machen es so: Mein Büttel hier bringt dich nun hinunter, einzig, damit du dich ausruhen kannst. Und schließlich muss ich Obacht geben, dass du von den anderen getrennt bleibst, damit du ihnen nicht am Ende etwas ins Ohr flüsterst, um bei der Aussage besser dazustehen.« Er machte einen Schritt auf den

Wirt zu. »Doch andererseits kannst du die Zeit dort unten auch nutzen, einmal dein Leben zu überdenken und mit dir selbst ins Gericht zu gehen. Hast du immer gottgefällig gehandelt, Wirt? Solche Fragen solltest du dir selbst stellen. Und wenn dir etwas einfallen sollte, irgendetwas, von dem du glaubst, es könnte mich womöglich interessieren und dein Gewissen erleichtern, so sage dem Büttel Bescheid, und ich werde kommen, sobald es mir möglich ist.« Er klopfte dem Wirt, der auf einmal viel kleiner wirkte als vorhin, als der Stadtvogt die Schänke des Kerls betreten hatte, auf die Schulter. »Und nun geh brav mit dem Büttel. Wer weiß? Womöglich sehen wir uns schon sehr bald wieder.«

Der Wirt sah sich kurz um, machte dann einen raschen Schritt zur Tür. Der Büttel blieb einfach nur stehen, als der Wirt die Tür ruckartig aufzog und auf den Flur preschte.

»Na, na, wohin denn so eilig?«, hörte man eine tiefe Stimme.

Der Stadtvogt trat nun ebenfalls auf den Flur, wo der Wirt sich noch kurz gegen den Griff des Büttels wehrte, dem er direkt in die Arme gelaufen war.

»Bringt ihn gemeinsam nach unten«, ordnete der Stadtvogt an und deutete mit einer Kopfbewegung zu dem Büttel, der mit in der Kammer gewesen war. »Er weiß, wohin.«

Der Vogt sah ihnen noch nach, wie sie den wild zappelnden und sich gegen die Klammergriffe wehrenden Wirt abführten. Er hatte noch nicht einmal wirklich etwas erreicht, doch das ängstliche, verzweifelte Mienenspiel dieses elenden Kerls zu sehen, der zugelassen hatte, dass seinen Mädchen solch schreckliche Verletzungen wie Marlein zugefügt wurden, gab ihm zumindest kurzzeitig ein gutes Gefühl.

Er wandte sich ab und ging in seine Amtsstube, wo Lorentz Riemenschneider schon bereitsaß, um dem Schreiber gegenüber die geforderten Angaben zu machen.

»Nun denn, Ratsherr.« Der Vogt nahm auf seinem Stuhl hinter seinem Schreibtisch Platz. »Nennt dem Schreiber Euren vollständigen Namen und Euren Beruf. Und dann erzählt ganz von vorne, wie oft Ihr im ›Roten Eber‹ zu Gast wart und seit wann das schon so ging. Und auch, woher Ihr wusstet, dass dieser Eberhart Huren anbietet.« Der Stadtvogt lehnte sich in seinem Stuhl zurück, um den Worten Riemenschneiders zu lauschen. Es war ein gutes Gefühl, für Ordnung in der Stadt zu sorgen. Für Ordnung, vor allem aber für Gerechtigkeit.

9. Kapitel

»Der Segen des Herrn mit Euch, Elisabeth. Ich bin sogleich hergeeilt, als mich Eure Botschaft erreichte.« Sein Blick fiel auf die beiden hochgewachsenen Büttel, die sich rechts und links von Elisabeth aufgebaut hatten und wahrlich eindrucksvoll wirkten.

»Gott mit Euch, Advocatus.« Sie griff seine Hände und zog ihn ins Haus. »Bitte, tretet ein. Ich danke Euch, dass Ihr so rasch gekommen seid. Welch ein Segen, dass Ihr wieder in Köln seid! Noch gestern wurde mir mitgeteilt, dass Ihr nicht da wärt.«

Der Advocatus sah erneut zu den Bütteln, die nun die Tür schlossen und ihre Wachposition einnahmen. »Ich bin heute wieder zurückgekehrt«, gab er zur Antwort, noch immer abgelenkt durch den Anblick der Büttel. »Ich war auf der Burg Rheinstolz, um einen Vertrag abzufassen«, fügte er erklärend hinzu.

»Ach, deshalb.« Nun verstand Elisabeth, warum ihr die Haushälterin des Advocatus gestern mitgeteilt hatte, dass dieser nicht in der Stadt sei. »Ich wollte Euch am gestrigen Tage schon einladen, jedoch aus einem anderen Grund.«

»Ach ja?«

»Ja. Ich konnte gestern das Haus bezahlen. Es war gut, dass Ihr seinerzeit den Vertrag so verfasst habt, wie Ihr es tatet. Sonst würde mir das Haus nun wohl kaum gehören.«

»Ach ja? Hat es Schwierigkeiten damit gegeben? Der Vertrag ist nicht anzuzweifeln«, stellte er fest.

»Es hat sich alles gefunden«, erklärte Elisabeth. »Doch deshalb habe ich nicht um Euer Kommen gebeten.«

»Was ist denn geschehen? Etwas mit Eurer Frau Mutter?«

»Aber nein, ihr geht es gut. Habt Dank für Eure Sorge.« Elisabeth deutete zum Esszimmer. »Bereitet mir die Freude und speist mit mir. So ist der Abend für Euch nicht ganz verloren, wo Ihr Euch schon so eilig herbegeben habt.«

»Ein Abend in Eurem Hause ist für mich nie verloren«, stellte der Advocatus fest, und Elisabeth fürchtete, dass sie bei dieser Schmeichelei errötete.

Noch immer übte dieser Mann eine gewisse Anziehung auf Elisabeth aus. Hätte sich die geplante Heirat Rafaels mit Annemarie Regenbrecht damals nicht so überraschend zerschlagen, wäre der Advocatus der Mann gewesen, dem sich Elisabeth zugewandt hätte. Es war nicht unbedingt so gewesen, dass sie seinerzeit mehr als Freundschaft für ihn empfunden hätte, geschweige denn eine solche Liebe, wie sie Rafael und sie verband. Doch da sie geglaubt hatte, niemals mit Rafael leben zu können, und der Zunftmeister ihr nach dem Tode des Vaters eine Frist gesetzt hatte, innerhalb derer sie einen Ehemann vorweisen müsste, da er ihr ansonsten einen geeigneten Gatten zugeführt hätte, war der Advocatus derjenige gewesen, für den sie sich gedanklich bereits entschieden hatte. Dass es letztendlich anders gekommen und Elisabeth das Glück vergönnt war, den Mann heiraten zu können, den sie schon immer geliebt hatte, war gewiss ein Segen gewesen. Doch noch immer fühlte sich Elisabeth auf besondere Weise zu dem Advocatus hingezogen, den sie damals als ihren zukünftigen Gatten erwählt hätte.

»Bitte, setzt Euch doch«, bot Elisabeth an. »Meine Mutter muss auch jeden Moment kommen. Sie wollte sich noch ein wenig herrichten.« Elisabeth griff den Krug, der zusammen mit drei Bechern schon bereitstand. »Einen Würzwein?«

»Sehr gern, danke.« Der Advocatus nahm seinen Platz ein.

Die Tür war noch geöffnet, und der Advocatus drehte sich um, als er eine Bewegung wahrnahm. Statt Ennlin betrat Martha mit einem Tablett in den Händen das Esszimmer.

»Gott zum Gruße, Advocatus.« Martha stellte das Tablett auf dem Tisch ab und richtete Fleisch, Brot, Schweineschmalz und frisches Gemüse an.

»Der Herr mit dir, Martha. Es duftet köstlich.«

»Und es schmeckt noch besser, als es duftet«, erwiderte die Haushälterin freundlich und fügte verschwörerisch hinzu: »Ich habe schon alles gekostet.«

»So ist es recht«, sagte der Advocatus, der es stets genoss, im Hause Elisabeths zu sein, die es so vortrefflich verstand, ihr Gesinde nicht nur gut zu behandeln, sondern diesem Wertschätzung in ihrem Tun entgegenzubringen. Dies, so befand der Advocatus, war vermutlich der Schlüssel, weshalb Elisabeths Geschäfte um so vieles besser vorankamen als die vieler anderer Leute, die er kannte. Die Menschen, die für Elisabeth arbeiteten, waren ihr treu ergeben und würden alles für sie tun, dessen war er sicher. Und das auf eine vergnügte Art und Weise, dass man spüren konnte, wie sehr sie es genossen, für sie Dienst tun zu dürfen.

»Advocatus, Gottes Segen mit Euch.« Ennlin hatte so leise den Raum betreten, dass sie fast nicht wahrgenommen wurde.

Sofort erhob der Advocatus sich von seinem Platz. »Ennlin, Gottes Segen mit Euch.« Er deutete eine Verbeugung an, was Elisabeths Mutter ein Lächeln abrang.

»Es ist stets eine Freude, wenn Ihr im Hause seid«, sagte Ennlin und ging zu dem freien Platz hinüber, der eingedeckt war.

Alle nahmen Platz, Elisabeth hob den Becher und prostete beiden zu, bevor sie einen kleinen Schluck Wein nahm.

»Ruft, wenn Ihr etwas braucht«, sagte Martha, bevor sie hinausging und die Tür hinter sich schloss.

»Danke, Martha«, erwiderte Elisabeth und wandte sich dann dem Advocatus zu. »Ich hoffe, es geht Euch gut und Eure Geschäfte verlaufen zu Eurer Zufriedenheit?«

»Streit gibt es immer«, stellte der Advocatus fest. »Mein Geschäft ist also vermutlich sicherer als jedes andere, selbst wenn es so vortrefflich gedeiht wie das Eure.«

»Das ist wohl wahr«, stimmte Elisabeth ihm zu.

Der Advocatus sah von Elisabeth zu Ennlin. »Ich plaudere sehr gern mit Euch, doch spüre ich genau, dass der Grund, weshalb ich hier bin, auf Eurer Seele brennt. Und die beiden Büttel stehen auch nicht dort draußen an der Tür, weil sich alles gar so friedlich gestaltet. Also, wie kann ich helfen?«

»Ein Mann der Tat«, befand Elisabeth und schenkte ihm ein Lächeln. Dann wurde ihre Miene ernst. »Es hat sich etwas ereignet, bei dem ich womöglich Eure Hilfe benötige.«

»Seid Ihr in Schwierigkeiten?«

»Ich selbst nicht. Doch es könnte sich auf mich auswirken, da ich nicht weiß, wie ich mich zu verhalten habe.« Elisabeth trank einen Schluck. Dann berichtete sie dem Advocatus, was am gestrigen Abend geschehen war. Fast schien es ihr bei ihren eigenen Worten unwirklich, dass alles, was sich ereignet hatte, gerade mal einen Tag her war.

»Das arme Ding«, urteilte der Advocatus, als er die ganze Geschichte gehört hatte. »Ich werde nie verstehen, wie es einem Menschen Freude bereiten kann, einen anderen zu quälen.«

»Keiner von uns kann verstehen, wie jemand so etwas tun kann«, brachte sich Ennlin ein. »Und doch geschieht es Tag für Tag, und wir können nur versuchen, unseren Anteil daran zu leisten, dass die bestraft werden, die Marlein dies antaten.«

Der Advocatus sah Ennlin fragend an. »Also soll meine Aufgabe darin bestehen, eine Anklage gegen den Wirt zu führen?«

Elisabeth sah zu ihrer Mutter hinüber. »Nein«, sagte sie dann nachdenklich. »Offen gestanden, wollte ich lediglich Euren Rat, wie ich mich verhalten muss, wenn der Wirt wieder vorstellig werden sollte und Marleins Herausgabe verlangt.« Sie sah erneut zu Ennlin. »Eine Bestrafung vorzunehmen, ist die Aufgabe des Stadtvogts.« Ihr Blick ging zum Advocatus. »Oder täusche ich mich da?«

»Nein, Ihr habt schon recht. Es ist seine Aufgabe, herauszufinden, wer die Kerle sind, und die Anklage gegen sie zu führen.«

»Aber nur Meldung zu machen, genügt einfach nicht«, fand Ennlin. »Er wird einige Fragen stellen, und dann wird alles weiterlaufen wie zuvor. Damit ist weder Marlein noch sonst irgendeinem jungen Ding geholfen, das in die Finger solcher Kerle gerät.«

Elisabeth wusste nicht, wie sie auf Ennlins Einwand reagieren sollte. Keinesfalls wollte sie der Mutter vor dem Advocatus widersprechen, doch gingen Ennlins und Elisabeths Einstellungen in dieser Sache auseinander. Elisabeth wollte Marlein helfen und dafür sorgen, dass sie im Hause bleiben und das, was ihr widerfahren war, hoffentlich eines Tages vergessen könnte. Doch sie empfand es nicht als ihre Aufgabe, für die Bestrafung der Vergewaltiger zu sorgen. Das war Sache der Stadtoberen.

»Ich kenne den Stadtvogt recht gut«, ging der Advocatus nun auf Ennlins Einwand ein. »Er ist ein Mann der Tat, das kann ich Euch versichern. Er hat das Herz am rechten Fleck und nimmt es persönlich, wenn so etwas innerhalb der Mauern der Stadt Köln geschieht, in der es an ihm ist, für Recht und Ordnung zu sorgen. Doch ich könnte ihn fragen, was er bereits unternommen hat, und ihm meine Unterstützung anbieten, wenn Ihr wollt.«

»Ja, das wäre gut. Bitte tut das.« Es war Ennlin, die das Angebot des Advocatus so eifrig angenommen hatte.

»Ja,« stimmte auch Elisabeth ein wenig abwesend zu. »Bitte, Advocatus, das wäre uns eine große Hilfe. Und sagt bitte, wie muss ich mich verhalten, wenn der Wirt erneut die Herausgabe Marleins fordert?«

»Wie ist Marlein in die Hände dieses Wirts geraten? War es ein Geschäft, das der Schänker mit dem Vater des Mädchens geschlossen hat?«

»Nein. Marleins Eltern sind tot. Sie stammt aus Ramrath und ist nach dem Tode der Eltern von dort fortgegangen. Sie hatte sich ein besseres Leben in Köln erhofft und wollte den Gästen in der Schänke die Getränke auftragen und hierfür einen Lohn erhalten. Stattdessen hat der Wirt sie zur Hure gemacht.«

»Dann hat er keinen Anspruch darauf, dass sie in seinem Dienst bleiben muss. Wenn kein Mann, in dessen Verantwortung das Wohl dieser Marlein lag, sie dem Wirt übergeben hat, kann sie gehen, wohin sie will.«

Elisabeth atmete erleichtert aus. Zum Zeichen, dass alles gut werden könnte, griff sie nach der Hand von Ennlin, der diese Geste ein Lächeln abrang.

»Also kann ich Marlein als Näherin einstellen, genau wie Ursel und Otilia, ihr einen Lohn zahlen und sie in meinem Hause leben lassen, ohne dass der Wirt Ansprüche geltend machen kann?«, vergewisserte sich Elisabeth nochmals.

»Ganz genau, ja.«

Elisabeth lehnte sich gegen die Stuhllehne und legte eine Hand auf ihre Brust. »Ich hatte gehofft, dass es so ist. Nun bin ich aufrichtig erleichtert und freue mich darauf, Marlein sagen zu können, dass wir den Wirt zum Teufel jagen werden, wenn er wiederkommt.«

»Solange die Büttel dort draußen stehen, wird es auch keine Schwierigkeiten geben. Was jedoch, wenn der Stadtvogt sie abzieht und sie anderswo Posten beziehen müssen?«, gab der Advocatus zu bedenken.

»Womöglich wird der Wirt Einsicht zeigen, wenn der Stadtvogt ihn sich einmal vornimmt und ihm Bescheid gibt, dass er Marlein nicht wiederbekommen wird.«

»Da gebe ich Euch recht. Auch wenn ich nicht sagen kann, was der Stadtvogt bisher unternommen hat, glaube ich ihn doch gut genug zu kennen, um sagen zu können, dass der Wirt womöglich bereits schwer bereut, dem Treiben dieser Kerle nicht Einhalt geboten zu haben.«

Elisabeth schmunzelte. »Bei der Befragung Marleins erwähnte er, dass eine seiner Töchter im gleichen Alter ist. Ihr hättet seinen Blick sehen sollen! Wenn ich schon meine Abscheu über die Taten kaum in Worte fassen kann, so genügte ein Blick in sein Gesicht, um zu wissen, dass es bei ihm sogar noch schlimmer war.«

»Ja«, bekräftigte der Advocatus, »so habe ich ihn auch kennengelernt.«

»Hoffen wir, dass er seinem Zorn Taten folgen lässt«, sagte Ennlin nachdenklich.

»Ich höre heraus, dass Ihr Zweifel hegt, ob wirklich mit aller Härte gegen die Kerle vorgegangen wird«, sprach der Advocatus Ennlin nun direkt an.

Ennlin räusperte sich und fuhr rasch mit der Zunge über ihre Lippen, ganz so, als fühlte sie sich ertappt. »Nun, ich weiß es ja nicht mit Bestimmtheit zu sagen. Doch habe ich schon des

Öfteren davon gehört, dass Kerle mit so etwas durchkamen, nur weil ein paar Münzen den Besitzer gewechselt haben.«

»Von solchen Fällen habe ich auch gehört, wieder und wieder«, bestätigte der Advocatus. »Doch nicht bei diesem Stadtvogt. Er ist nicht nur ein aufrechter Kerl, er hat eine ganz eigene Geschichte. Doch, nun ja, das würde hier zu weit führen.«

»Was meint Ihr damit?«, fragte Ennlin sichtlich interessiert.

»Ich kann es nicht mit Gewissheit sagen«, wand der Advocatus sich ein wenig. Ihm war anzusehen, dass er sich nicht ganz wohlfühlte. Vermutlich hatte er mehr gesagt, als er vorgehabt hatte. »Es soll so gewesen sein, dass seine eigene Mutter überfallen worden ist, als er noch ein kleiner Junge war. Er hat alles mit ansehen müssen. Ich kenne die Geschichte nicht genau, weiß auch nicht, wo sein Vater war und wie es dazu kam. Nur hat sich dieses Erlebnis wohl in seine Seele gebrannt. Unter anderem auch deshalb wurde er der, der er heute ist.«

»Dann hat der richtige Mann diesen Posten inne«, urteilte Ennlin, und ein leichtes Lächeln umspielte ihre Mundwinkel. »Nun bin ich zuversichtlich, dass es doch noch Gerechtigkeit geben kann.«

Der Advocatus und Elisabeth tauschten einen Blick, als verständigten sie sich still, den gleichen Eindruck von Ennlin zu haben. Sie war sonst eine stets ruhige, zurückhaltende Frau, die einer Wiederverheiratung nach dem Tode ihres Mannes nur durch den leidenschaftlichen Einsatz Elisabeths und des Advocatus hatte entgehen können, die Ennlins Melancholie angeführt hatten, die es dieser unmöglich machte, sich wieder einem Manne hinzugeben, sodass sie gleichermaßen unzumutbar für jeden Kerl war, der dem Leben näher war als dem Tod. Ebendiese Frau – die Jahre ihres Lebens in einer abgedunkelten Kammer zugebracht und sogar eine Todsünde begangen hatte, als sie versucht hatte, sich das Leben zu nehmen – nun so leidenschaftlich zu erleben, verblüffte die beiden.

»Ich würde diese Marlein gern kennenlernen und ihr meine Hilfe zusichern«, sagte der Advocatus.

»Sie ruht sich aus«, erwiderte Elisabeth. »Der heutige Tag hat ihr viel abverlangt.« Sie schilderte Ennlin und dem Advocatus, wie selbstverständlich Marlein ihre Kleider hatte fallen lassen, um dem Stadtvogt und dem Büttel einen Blick auf ihren geschundenen Körper zu gewähren.

»Ich glaube, sie hat bereits so viele Erniedrigungen und Demütigungen erfahren müssen, dass ihr dies womöglich gar nicht mehr so vorkam, als sei es etwas Nichtselbstverständliches«, befand der Advocatus.

»Ihre Seele ist gebrochen«, sagte Ennlin gedankenversunken. »Sie könnte sich auch nackt auf den Marktplatz stellen, ohne dass sie sich dabei schlimmer fühlen würde, als sie es ohnehin schon tut.«

Elisabeth schluckte schwer. Hatte sie zuvor noch Zweifel gehabt, war sie nun sicher, dass es etwas in Ennlins Leben gab, das so schrecklich und unaussprechlich war, dass sie all das, was Marlein zu erleiden gehabt hatte, ebenso nachspüren konnte, als wären die Wunden an ihrem eigenen Körper.

»Wenn es einen Ort gibt, an dem sie ins Leben zurückkehren kann, dann ist es hier in Eurem Haus«, sagte der Advocatus nachdenklich. »Ich habe schon einige Frauen erleben müssen, denen etwas angetan worden ist. Meist reiche Frauen, deren Väter ihre Männer zwingen wollten, die Gewalt aufzugeben, wollten diese nicht riskieren, dass ihnen alles genommen wurde. Und eines hatten all diese Frauen gemeinsam.«

Ennlin sah ihn an. »Was?«, fragte sie tonlos.

»Ihr Blick … sie alle hatten etwas in ihren Augen, das nur Frauen haben, deren Seele gebrochen ist.«

Elisabeth schluckte schwer. »Wir werden alles tun, was wir können, um Marlein das Geschehene vergessen zu lassen.«

»Ja, dessen bin ich gewiss«, antwortete der Advocatus und mühte sich um ein Lächeln.

Dann wechselte er geschickt das Thema und berichtete von dem Treiben auf Burg Rheinstolz, was die Frauen immer einmal wieder herzlich auflachen ließ. Er erzählte, dass der Burggraf sich in eine wahrhaft nicht einfache Lage gebracht hatte, indem er seine Geliebte auf der Burg einziehen ließ, während seine Ehefrau mit den Kindern ebenfalls dort lebte. Inzwischen hatten der Burggraf und seine Geliebte ein weiteres Kind gezeugt. Er hatte von seiner Ehefrau wie von der Geliebten Gehorsam verlangt und sie angehalten, gut miteinander auszukommen. Die Entwicklung, die sich hieraus ergab, war für ihn jedoch nicht vorhersehbar gewesen. Die beiden Frauen kamen nicht nur miteinander aus, sie freundeten sich sogar an. Und das so gut, dass sie sich zusammenschlossen und nun dem Burggrafen das Leben gar schwer machten, indem sie sich wechselseitig unterstützten und der Herr des Hauses im Grunde nichts mehr durchzusetzen vermochte. Hierfür sprach auch der Vertrag, den der Advocatus aufzusetzen hatte. Er wollte nicht zu sehr ins Detail gehen, doch berichtete er, dass die Frauen im Gegenzug dafür, dass sie den Burggrafen gut behandelten und ihm zumindest nicht vor dem Gesinde und seinen Wachleuten widersprachen, einen Vertrag abverlangt hatten, der ihre Rechte sichern sollte. Vor allem für den Fall, dass der Burggraf sich noch eine weitere Frau an seine Seite holte, wollten die beiden jetzigen Frauen abgesichert sein, und der Burggraf hatte mit erheblichen Einbußen zu rechnen. So erheblichen Einbußen, dass sie ihn hätten ruinieren können, sollte er dem Vertrag zuwiderhandeln.

Der Advocatus schmunzelte. »Ich weiß wirklich nicht, warum er sich darauf eingelassen hat. Den Titel Burggraf hat er wahrlich nicht verdient.« Er trank einen Schluck. »Und im Grunde ist der Vertrag auch entbehrlich.«

»Weshalb entbehrlich? Ist etwas darin enthalten, sodass die Frauen am Ende doch nicht bekommen, was sie wollen?«, fragte Elisabeth.

»Nein«, entgegnete der Advocatus. »In dem Vertrag ist alles geregelt für den Fall, dass eine weitere Frau hinzukommt. Da hat der Burggraf keine Wahl.«

»Und weshalb ist der Vertrag dann entbehrlich?«

»Weil dieser Fall niemals eintreten wird.« Nun lachte der Advocatus herzlich auf. »Der Burggraf hat dermaßen Respekt vor seinen Frauen, dass er gewiss nicht auf den Einfall käme, sich noch eine weitere ins Bett zu holen. Denn was wäre, wenn sie sich dann zu dritt gegen ihn verbünden würden?«

Elisabeth und Ennlin stimmten in das Lachen ein. Und tatsächlich wurde es noch ein heiterer Abend, auch wenn der Grund ihrer Zusammenkunft schlimmer nicht hätte sein können.

Es war schon spät, als der Advocatus sich verabschiedete.

»Ich geleite Euch noch zur Tür«, sagte Elisabeth.

»Danke.« Der Advocatus verbeugte sich Ennlin gegenüber. »Ich werde all meine Kraft und mein Wissen dafür einsetzen, dass man diesen Kerlen beikommt.«

»Das weiß ich zu schätzen«, gab Ennlin zurück, »und ich danke Euch, Advocatus. Gottes Segen mit Euch.«

»Der Herr mit Euch, Ennlin.«

Elisabeth und der Advocatus gingen auf den Flur. Kurz bevor sie die Haustür erreichten, blieb der Advocatus stehen.

»Habt Dank, Elisabeth, für diesen Abend.«

»Mein Dank gilt Euch, Advocatus. Gehabt Euch wohl und Gottes Segen.«

Er zögerte einen Moment, dann beugte er sich vor, damit die Büttel, die nur wenige Schritte entfernt auf ihrem Posten standen, ihn nicht hören konnten. »Dieser gebrochene Blick, den die Frauen haben …«, flüsterte er.

»Ja?«

»Es ist der in den Augen Eurer Mutter«, sagte er und ließ damit keinen Zweifel mehr an dem, was Elisabeth längst ahnte.

»Gebt gut acht auf sie! All das wird sie sehr aufgewühlt haben.« Er deutete eine Verbeugung an, machte einen Schritt rückwärts. »Gott zum Gruße, Elisabeth. Ich werde Euch Meldung machen, sobald ich etwas erfahre.«

Elisabeth nickte nur, unfähig, noch ein Wort herauszubringen.

Die Büttel öffneten die Tür und entließen den Advocatus in die Nacht. Die kalte Luft, die Elisabeth entgegenschlug, als er ins Freie trat, ließ sie erschaudern.

10. Kapitel

Er stand nun schon eine gute Viertelstunde in einiger Entfernung davor und betrachtete das Haus, in dem er geboren worden war und seine Kindheit verbracht hatte. Waren da irgendwelche Gefühle in seinem Innern, die er erspüren konnte?

Er zog sich den Hut tiefer ins Gesicht, als eine Frau, die am Ende der Gasse wohnte, an ihm vorbeiging. Die alte Fronicka war schon immer neugierig gewesen und wusste über jeden eine Geschichte zu erzählen. Ganz sicher konnte er es nicht gebrauchen, dass sie ihn womöglich erkannte und ansprach.

Er spürte, wie sie ihn neugierig musterte, während er den Blick starr auf den Boden gerichtet hielt. War sie bereits an ihm vorbei? Wie er dastand, konnte er nicht viel mehr als seine Fußspitzen erkennen.

»Kenne ich Euch?« Fronicka war direkt vor ihm stehen geblieben und sah ihn unverhohlen an.

»Nein«, gab Stephen unwirsch zurück. »Und nun mach, dass du weiterkommst, Alte!«

»Tse«, empörte sie sich. »Was fällt Euch denn ein?«

»Gaff nicht und geh weiter«, schnauzte er sie an, und tatsächlich setzte sie sich in Bewegung, nicht jedoch, ohne dabei zu meckern und zu schimpfen.

Stephen hob den Blick. So ein dummes altes Weibsbild! Die hatte ihm gerade noch gefehlt. Er warf einen letzten Blick auf das frühere Hardenstein'sche Haus, das er vor drei Jahren wie ein Sinnbild seines Verlusts als Letztes hatte verkaufen müssen. Ob es Elisabeth wohl schwer getroffen hatte, dass er das getan hatte? Dann hätte es wenigstens etwas Gutes an sich gehabt. Er wischte den Gedanken beiseite. Es brachte nichts, sich über die Vergangenheit den Kopf zu zerbrechen. Was geschehen war, war geschehen. Er würde nicht zulassen, abermals alles zu verlieren. Dieses Mal würde er es schaffen, und am Ende würde es Elisabeth sein, die alles verlor. Und wenn es das Letzte war, was er in seinem Leben tat.

Er schlenderte ziellos durch die Gassen Kölns, bis er irgendwann vor der großen Dombaustelle stand, wo es von Arbeitern nur so wimmelte. Im letzten Jahr, so hieß es, hatten die Arbeiten mit dem Dombaumeister Michael von Savoyen, von allen nur Meister Michael genannt, neuen Aufschwung erhalten, nachdem diese zuvor ins Stocken geraten waren. Stephen fand, dass sich in den drei Jahren, die er fort gewesen war, kaum etwas verändert hatte. So geschäftig hier auch alles wirken mochte, fragte er sich doch, ob dieses Gebäude jemals fertig und nicht am Ende nur die Ruine eines Gotteshauses sein würde, das als Sinnbild für Größenwahn und Versagen stand. Er wandte sich ab, setzte seinen Weg fort.

Zwar war er schon im Rathaus gewesen, doch weder heute noch morgen würde der Bürgermeister die Zeit finden, mit ihm zu sprechen, so war es gesagt worden. Irgendetwas hatte sich wohl ereignet, dass diesen den ganzen Tag in Anspruch nahm, und morgen, so hatte man es Stephen mitgeteilt, fand die wichtigste Hochzeit des Jahres statt, während der sich zwei der bedeutendsten Familien miteinander verbanden.

Stephen fragte sich, ob Elisabeth womöglich zu Gast sein würde. War sie so bedeutend geworden, dass sie zu einem solchen Ereignis eingeladen wurde, bei dem sich nur die Wichtigsten der Wichtigen ein Stelldichein gaben? Zuzutrauen wäre es dieser Kebse von einem Weib, die es wie keine andere verstand, die Menschen um den Finger zu wickeln, bis sie taten, was Elisabeth wollte. Aber nein, entschied er dann. Sie mochte eine gute Händlerin sein, wenngleich Stephen fand, dass auch hier eine gehörige Portion Glück mit im Spiel war. Glück und blinder Ehrgeiz, der es zuließ, dass sie sich für ihre Arbeit die Nächte um die Ohren schlug, während vernünftige Menschen sich zur Ruhe betteten oder aber ihrem Vergnügen nachgingen. Allein der Gedanke an Elisabeth ließ ihn schlechte Laune bekommen, die sich auch nicht mehr besserte, wusste er doch, dass er irgendwann in die Kammer in diesem elenden Wirtshaus zurückmusste, in der Dorothea schon auf ihn wartete.

Noch mindestens zwei weitere Tage, bis er Gelegenheit bekäme, mit dem Bürgermeister zu sprechen und ihm das Geschäft vorzuschlagen. Zwei Tage, in denen er nichts tun konnte, als in der kleinen Kammer mit Dorothea zusammen zu sein und so zu tun, als gefalle ihm, was er mit ihr machte. Er spuckte verächtlich aus. Kurz wog er das Gewicht der Geldkatze in seiner Hand. Die Münzen würden reichen, um es sich wenigstens für eine Weile in den Armen eines jungen Weibes gut gehen zu lassen, bei dem das Fleisch noch fest war. Er blieb stehen, machte kehrt und ging in Richtung Marktplatz zurück. Dort würde es die eine oder andere Schänke geben, die genau solche Weiber für ihn bereithielt. Einzig der Umstand, dass er es sich nicht erlauben konnte, dort auf einer der Bänke Platz zu nehmen und auch ein wenig zu saufen, verleidete es ihm ein wenig. Doch der Wirt des Gasthauses, in dem er untergekommen war, meinte schon, ihn erkannt zu haben. Und bis der alten Fronicka bewusst wurde, wen sie da vorhin gesehen hatte, würde es auch nicht mehr lange dauern. Er musste unauffällig bleiben, damit nicht das Gerücht in der Stadt die Runde machte, dass er heimgekehrt war. Sonst würde dies gewiss auch bis zum Bürgermeister dringen, und er könnte sich einen Reim darauf machen, wer ihm ein solches Angebot machte, wie Stephen es beabsichtigte. Nein, das könnte alles gefährden, was er sich so fein überlegt hatte.

Er war ganz in Gedanken versunken, als er am Rathaus vorbeiging, und wäre fast mit dem Mann zusammengestoßen, der das Gebäude soeben verließ.

»Verzeihung«, bat der andere.

Stephen blickte kurz auf, senkte dann aber, so rasch er konnte, den Blick. »Schon gut. Es war meine Schuld.« Sogleich setzte er seinen Weg fort, spürte aber, dass der andere ihm verwundert nachsah. Er eilte um die nächste Hausecke und sah sich dann um. Verdammt noch mal! Ausgerechnet mit diesem elenden Advocatus, der damals für seinen Vater tätig gewesen war und später dann auch Elisabeth beistand, wäre er fast zusammengestoßen. Noch unglücklicher hätte es gar nicht laufen können. Hoffentlich hatte dieser Hundsfott von einem Juristen ihn nicht erkannt. Gewiss stand er noch immer in Kontakt mit Elisabeth und würde dieser umgehend melden, ihm begegnet zu sein, würde er ihn denn zuordnen können. Das Zögern des Advocatus hatte Stephen verraten, dass der Hauch des Erkennens in seinem Blick gelegen hatte. Dabei, so fand Stephen, machte ihn der Bart zu einem vollkommen anderen Menschen. Weshalb nur schien jeder unter die dunklen Haare blicken zu können und dort das Gesicht zu erkennen, das in Köln einen gewissen Ruf hatte? Er konnte von Glück sagen, dass der Bürgermeister seit seinem Weggang damals zum zweiten Mal gewechselt hatte. Mit dem jetzigen, sein Name war Werner von Spiegel, hatte Stephen nie zu tun gehabt. Dieser konnte also gar nicht wissen, wie er aussah. Doch was war mit dem Stadtschreiber, dem Kämmerer, manchem Büttel oder Gehilfen, der im Rathaus tätig war? Konnte es wirklich gelingen, dass er keinem von ihnen bekannt vorkam? Stephen ging noch einmal alles im Kopf durch. Er musste nur verhindern, dass sein Anliegen im gesamten Rat vorgelegt und er hierzu angehört wurde. Dann könnte er unerkannt bleiben. Wenn er jedoch dort vorsprechen müsste, wäre alles vorbei. Zu viele dieser alten Pfeffersäcke wussten, wer er war. Und dann, dessen war er sicher, würde man sich gegen ihn aussprechen. Sein Vater war ein angesehener Mann in der Stadt gewesen, und gewiss hatte sich das, was sich an dessen Sterbelager abgespielt hatte, in ganz Köln herumgesprochen. Elisabeth würde schon dafür gesorgt haben. Und wenn nicht sie, dann der Zunftmeister oder dieser elende Advocatus.

So bitter die Erkenntnis war, musste er sich eingestehen, dass der Bart womöglich nicht genügen würde, um die Kölner zu täuschen und den Abschluss des Geschäfts zu bekommen. Die Gedanken wirbelten nur so durch seinen Kopf. Alles hing davon ab, das Geschäft allein mit dem Bürgermeister abzuschließen. Nur mit ihm und keinem sonst. Nervös pulte er an seinen Fingernägeln, wie er es immer schon gemacht hatte, wenn ihn etwas beunruhigte. Hatte er den Zeitpunkt seiner Rückkehr nach Köln womöglich zu früh gewählt? Doch was hätte es geändert, wenn er noch ein oder zwei Jahre abgewartet hätte? Ganz abgesehen davon musste er an Dorotheas Geld kommen, um das Geschäft überhaupt abwickeln zu können. Und wenn alles gut lief, würde er ihr damit beweisen können, dass er es wert war, dass sie seine Frau würde. Und ab diesem Zeitpunkt würde nichts und niemand mehr ihn aufhalten können.

Wie von selbst hatten seine Füße den Weg zur Schänke »Zum roten Eber« gefunden, die schon früher dafür bekannt gewesen war, recht ansehnliche Huren für die Gäste bereitzuhalten. Aus dem Innern drangen keine Geräusche, wie es sonst bei Wirtshäusern stets der Fall war. Er drückte die Klinke herab, doch die Tür ließ sich nicht öffnen. Er versuchte es abermals, rüttelte daran, doch es rührte sich nichts.

»Hm«, machte Stephen und wandte sich ab. Womöglich war der Wirt verstorben und es hatte sich noch kein Nachfolger gefunden.

Er schlug den Weg zum Hafen ein und hielt dort auf die Schänke »Zur goldenen Henne« zu, die den gleichen Ruf wie die vorherige Wirtschaft hatte. Hier hörte er schon von Weitem Gegröle und Gelächter nach außen dringen. Als er eintrat, fand er sich in einem Schwall aus Schnaps- und Biergeruch wieder und sah sogleich einige Mädchen, die sich den Gästen anboten. Ja, hier war er richtig! Er sah zum Schanktisch, hinter dem ein Bursche, nicht älter als fünfzehn oder sechzehn, stand und mit einem Tuch einen Krug trocken rieb.

»Bist du der Wirt?«, fragte Stephen.

»Das ist mein Vater. Doch er ist nicht da. Kann ich Euch helfen?«

»Ich bin auf der Durchreise«, erklärte Stephen, »und will mir ein wenig Erleichterung verschaffen, wenn du verstehst …« Bei dieser Bemerkung fasste er sich mit der rechten Hand in den Schritt.

»Ich verstehe. Ein Groschen, gezahlt wird vorher. Für zwei Groschen kriegt Ihr eine von den Jüngeren.«

Stephen zog die Geldkatze hervor und nahm zwei Groschen heraus. »Bloß kein altes Fleisch«, stellte er klar und legte die Münzen auf den Schanktisch.

Der Bursche griff zu und machte eine Kopfbewegung. »Sucht Euch eine aus.«

Stephen ließ den Blick schweifen. »Die dort vorn«, sagte er dann und deutete mit einer Handbewegung auf eine junge Frau, die er nicht älter als achtzehn oder neunzehn Jahre schätzte.

»Leni«, rief der Bursche, »komm mal her!«

Das dunkelhaarige Mädchen blickte herüber, setzte ein Lächeln auf und kam dann mit schwingenden Hüften auf Stephen zu. »Gott zum Gruße, Fremder.«

Stephen grinste schief. Ja, genau die wollte er sich vornehmen. Fast erinnerte sie ihn ein wenig an Elisabeth, und er überlegte, ob das gut oder schlecht sei. Gut, befand er dann. Er würde ihr zeigen, was für ein Hengst er war, und sie ordentlich zum Schreien bringen. Stephen blickte den Wirtssohn an und nickte.

Dieser händigte ihm einen Schlüssel aus und sagte: »Die zweite Kammer auf der rechten Seite. Schließt wieder ab, wenn Ihr fertig seid.«

Stephen nahm den Schlüssel und ließ das Mädchen vor sich die Stufen hinaufgehen. Ja, an diesem Hinterteil würde er sich gleich gütlich tun.

Gerade einmal zwanzig Minuten später ließ Stephen die Hübschlerin aus der Kammer treten und schloss, wie vom Wirtssohn gewünscht, hinter ihr wieder ab. Sie atmete tief durch, als sie die Stufen zur Schankstube hinunterging, und wischte sich eilig die Tränen ab, die ihr über die Wangen liefen. Offenbar hatte sie Schmerzen, denn ihr Gang war nicht mehr so leicht und ebenmäßig wie vorhin, als sie mit Stephen die Stufen hinaufgegangen war.

Als er es bemerkte, huschte ein Grinsen über sein Gesicht. Ja, er hatte die kleine Stute so richtig zugeritten. Gern hätte er es noch länger ausgekostet, doch der Anblick ihres schlanken, fast knabenhaften Körpers hatte nicht zugelassen, sich noch weiter zu zügeln, sodass es rascher vorbei gewesen war, als er wollte. Es hatte ihm gefallen, sehr sogar. Und er würde die nächsten Male, wenn er Dorothea vor sich hatte, an die Kleine hier denken. Wenn alles gut lief und er in Köln bleiben könnte, würde er öfter mal vorbeikommen und nach Leni verlangen.

Stephen gab Leni einen Klaps auf den Po und sagte: »Bis bald, meine Hübsche«, was sie mit einem gequälten Lächeln quittierte. Dann ging sie zum Wirtssohn, ließ sich von ihm einen Schnaps geben und stürzte diesen in einem Schluck herunter. Sogleich stellte sie das Gefäß ab, ließ ihn nachfüllen und trank abermals eilig aus. »Die gehen aufs Haus, nur dass du's weißt«, sagte Leni zu dem Wirtssohn und warf ihm einen vielsagenden Blick zu.

Stephen reichte ihm gerade den Schlüssel zurück, als die Tür geöffnet wurde und der Schuster, den Stephen schon seit Kindheitstagen kannte, die Schänke betrat. Hastig bückte sich Stephen, als wäre ihm soeben etwas heruntergefallen. Aus dieser Position sah er zum Schuster, der ihn jedoch gar nicht beachtete, einen Krug Bier bestellte und diesen mit zu den Tischen hinübernahm, wo er sich auf einer der Bänke niederließ und sogleich mit den anderen Gästen zu plaudern begann. Stephen stand auf und verließ ohne Gruß die Wirtschaft. Draußen angekommen, atmete er durch und ging dann langsam zu seiner Unterkunft zurück, wo Dorothea ihn bereits erwartete. Nur noch wenige Tage, so sagte er sich, müsste er sich zusammennehmen. Und was waren die schon gegen die Jahre, die er voller Entbehrungen und in ständiger Angst vor seinen Häschern gelebt hatte?

»Wo warst du so lange?«, fragte Dorothea, die sich auf dem Bett ausgestreckt hatte, und sah ihn prüfend an.

»Geschäfte. Immerhin will ich dir auch mal etwas bieten können.«

»Aber das musst du doch nicht.« Sie lächelte ihn an. »Geld habe ich genug, wie du weißt.«

»Und du glaubst, es würde ewig gut gehen mit uns, wenn ich nicht auch mein eigenes Geld verdiene?«

Sie sah ihn nachdenklich an. »Willst du das denn?«

»Was?«

»Dass es ewig gut geht mit uns. Du kannst dich doch glücklich schätzen. Ich bin keine Frau, die von dir versorgt werden will. Wozu also eine wechselseitige Verpflichtung eingehen?«

»Willst du mir wirklich erzählen, du fändest es gut, wie es ist?« Stephen tat gekränkt und schüttelte den Kopf. »Ich bedeute dir wohl gar nichts.«

»So war es nicht gemeint.« Sie setzte sich auf und rutschte vor bis zur Bettkante. Dort klopfte sie auf den freien Platz neben sich, und Stephen setzte sich folgsam hin.

»Ich bin gut fünfzehn Jahre älter als du, womöglich mehr.«

»Glaubst du, das spielt eine Rolle für mich?«, gab Stephen zurück.

»Wäre es dir auch dann gleichgültig, wenn ich nicht so viele Münzen mein Eigen nennen könnte?«, gab sie fast schnippisch zurück.

Er sah sie kopfschüttelnd an. »So denkst du also von mir.« Er wandte sich von ihr ab und sah zur Tür.

»Ich bin kein dummes junges Ding, das nicht weiß, worum es im Leben geht, Stephen.«

»Und ich bin kein Kerl, der es sich bieten lässt, so etwas vorgeworfen zu bekommen.« Er sprang vom Bett auf. »Es wird das Beste sein, du reist zurück nach Straßburg und lebst dort dein Leben weiter.« Er hob den Kopf.

»Ach, Stephen, ich bitte dich. Ich bin mit dir nach Köln gekommen, weil du mich gebeten hast, dir Geld für ein Geschäft zu leihen. Wie willst du es denn ohne mich schaffen?« Sie blieb vollkommen ruhig, was Stephen über die Maßen ärgerte. Er hatte auf eine leidenschaftliche Antwort gehofft, mit der sie sich bei ihm entschuldigte und ihn zu bleiben bat. Dass sie so kühl war, legte die Vermutung nahe, dass er ihr ebenso wenig bedeutete wie sie ihm.

»Ich dachte, uns würde etwas verbinden«, sagte er nachdenklich und ließ sich kraftlos auf den Schemel sinken, der vor dem Tischchen stand.

»Was willst du von mir hören? Dass ich an dich glaube und denke, dass du es schaffen wirst, wenn du nur erst einmal dein Geschäft machen kannst?«

»Ja, das wäre ein Anfang.«

»Und warum, glaubst du, sollten die Stadtoberen, die dich nicht kennen und denen du nichts zu bieten hast als ein Versprechen, mit dir ins Geschäft kommen wollen und ihren derzeitigen Handelspartner so vor den Kopf stoßen?«

»Weil ich weniger Geld verlange.«

»Weniger Geld wofür? Du hast mir noch nicht mit einer Silbe gesagt, woraus dieser angeblich so vortreffliche Handel denn überhaupt bestehen soll.«

Stephen rang mit sich. Sollte er Dorothea gegenüber offen sein? Er wog genau ab, ob es ihm am Ende zu Schaden gereichen könnte, wenn er sich jetzt vorwagte. Womöglich würde sie ihm sagen, wie albern sie seinen Gedanken fand, und die Zusage, ihm das Geld vorzustrecken, zurücknehmen. Andererseits könnte sie dies auch dann noch tun, wenn er bereits mit dem Bürgermeister handelseinig geworden war. Und dies würde seine Misere nur weiter vergrößern.

»Hast du dir den Marktplatz schon einmal angesehen?«

»Nein, ich habe ja die ganze Zeit damit verbracht, hierzubleiben und auf dich zu warten.«

»Nun, dann gehen wir gleich gemeinsam dorthin«, schlug er vor und fuhr dann fort: »Der gesamte Marktplatz ist mit Tuchen überspannt, sodass die Auslagen bei Regen geschützt sind. Und auch bei Sonnenschein, wenn du so willst. So ist es in Köln möglich, das ganze Jahr über die Stände zu betreiben und hiermit guten Handel zu tätigen.«

»Ich habe davon gehört, es jedoch noch nicht mit eigenen Augen gesehen. Dass Köln einen ganz besonderen Marktplatz hat, ist weit über die Stadtmauern hinaus bekannt. Doch was hat das mit dem speziellen Handel zu tun, den du anstrebst?«

»Die Tuche, die gespannt sind, könnten einfacher nicht sein.«

»Was meinst du damit?«

»Sie sind im Grunde nichts wert. Man kann sie nicht wie normales Tuch verkaufen, sodass man sie günstig handeln kann.«

»Und?«

»Und die Händlerin, die sie der Stadt stellt, verdient an jedem einzelnen Stand.«

»Ein gutes Geschäft. Woher weißt du das alles?«

»Man hört so dies und das.«

Dorothea war der Zweifel an dieser Erklärung ins Gesicht geschrieben.

»Man sagt, dass die Händlerin – weil sie eben keine besonders gute Tuchhändlerin ist – eine gewaltige Menge minderwertiger Stoffe gekauft hatte, und als sie ihren Fehler bemerkte, nicht gleich wusste, was sie damit tun sollte. Damals hat es in Köln unentwegt geregnet, und die Händler blieben aus. Da hatte diese Händlerin ein einziges Mal in ihrem Leben einen Einfall, nämlich das schlechte Tuch der Stadt anzubieten. Und da sie ohnehin nichts dafür hätte bekommen können, nahm sie kein Geld, sondern ließ sich einen Teil der Standgebühren auszahlen. Inzwischen ist der Markt mit Ständen überlaufen, und sie macht wahrscheinlich ein Vermögen damit.«

»Aber die Tuche halten doch nicht für immer.«

»Sie wird die ausgetauscht haben gegen andere schlechte Tuche. Den Menschen ist es einerlei. Sie wollen nur trockenen Fußes Handel treiben können.«

Ein Lächeln huschte über Dorotheas Gesicht. »Wenn du mich fragst, ist diese Tuchhändlerin alles andere als dumm.«

Stephen hätte ihr für diese Bemerkung ins Gesicht schlagen können.

»Und was ist nun dein Teil bei diesem Handel?«

»Na, ganz einfach. Ich habe Händler in London aufgetan, die diese groben Tuche herstellen und in großen Mengen für wenig Geld verkaufen würden. Es ist Stoff, der immer mal wieder anfällt und bei dem die Händler froh sind, wenn sie ihn überhaupt handeln können. Dies biete ich den Kölner Stadtoberen an und verlange weniger als die Händlerin, die jetzt den Auftrag hat.«

Dorothea betrachtete ihn einen Moment. »Ich muss wohl um Verzeihung bitten. Der Gedanke ist wirklich klug.«

Zu seiner eigenen Überraschung freute sich Stephen über Dorotheas Lob. »Ja, nicht wahr?«

»Ja. Ich werde dir sehr gern das Geld geben, um die ersten einfachen Stoffe hiervon zu kaufen, damit du es mehr und mehr werden lässt.«

»Siehst du mich dann anders?«, fragte Stephen und blickte sie nachdenklich an. Er wunderte sich selbst, dass die Frage ernst gemeint war.

Sie überlegte kurz. »Ja, in der Tat werde ich dich dann anders sehen.«

Er betrachtete sie noch einen Moment, dann erhob er sich, ging zum Bett, beugte sich zu ihr herunter und küsste sie. Und als sie sich kurz darauf liebten, kam es ihm das erste Mal seit langer Zeit nicht so vor, als würde er nur einen Dienst tun. Und auch Dorothea schien es noch mehr zu gefallen als sonst. Wer wusste schon, wohin all das noch führen würde?

11. Kapitel

Den gesamten gestrigen Tag über hatte Elisabeth damit gerechnet, dass es an der Haustür klopfen und der Schankwirt die Herausgabe von Marlein verlangen würde. Doch das war nicht geschehen. An diesem Morgen – dem Tag, an dem die Hochzeit von Renata stattfinden würde – klopfte es dann tatsächlich in aller Frühe an der Tür. Es war jedoch nicht, wie Elisabeth zunächst befürchtete, der Schankwirt, sondern der Stadtvogt, der ihr berichten wollte, was sich an dem Tage, als er von ihr fortgegangen war, und auch gestern ereignet hatte.

So erfuhr Elisabeth, dass der Schankwirt zusammen mit den Hübschlerinnen und zwei Gästen noch am gleichen Tage, als Elisabeth das Verbrechen an Marlein zur Anzeige gebracht hatte, in die Vogtei mitgenommen worden war. Über viele Stunden hatten dann die Hübschlerinnen ihre Aussagen gemacht, und der Stadtschreiber hatte festgehalten, dass sie alle bestätigten, schon seit vielen Monaten für den Schankwirt anschaffen zu gehen. Mindestens eineinhalb Jahre waren ihm so nachzuweisen, was der Stadt einen schönen Batzen an nachträglich zu entrichtenden Abgaben einbringen würde. Dass dies sowohl für den Stadtvogt als auch Elisabeth im Grunde unerheblich war, musste keiner von beiden aussprechen. Von Bedeutung war einzig, dass der Schankwirt damit unter Druck gesetzt werden konnte, was dem Stadtvogt wichtiger war als alles andere. Dies, gepaart mit den schriftlichen Erklärungen der Männer, in der Schänke die Dienste der Frauen in Anspruch genommen zu haben, wog schwer, insbesondere weil einer von beiden ein Ratsherr war.

Elisabeth hoffte inständig, dass es dem Stadtvogt gelingen würde, die Namen der Männer in Erfahrung zu bringen, die die Verbrechen an Marlein begangen hatten. Bisher, so hatte ihr der Stadtvogt berichtet, hatte er den Wirt noch nicht zu den Namen befragt. Er wollte das Vergehen, das Hurenhaus nicht als solches angemeldet zu haben, und die Verbrechen an der jungen Frau unabhängig voneinander behandeln, um den Wirt einerseits unter Druck zu setzen, ihm die Namen der Männer zu nennen, und dem Schänker andererseits einen Ausweg aufzeigen, damit dieser sich gezwungen sah, zu bestätigen, mehr Geld bekommen zu haben, damit sie mit Marlein machen konnten, was sie eben wollten. Einem wie diesem Kerl war es einerlei, ob er damit eingestand, selbst ein Widerling zu sein. Denn er selbst nahm sich nicht so wahr. Für ihn zählte nur, wie viele Münzen er in seinem Geldbeutel klimpern hörte. Dies allein war für ihn Rechtfertigung genug.

Sie war mit dem Amtmann so verblieben, dass die Büttel zunächst für mindestens drei Tage in ihrem Hause bleiben und Wache halten würden, nur für den Fall, dass der Wirt doch noch käme, um Marlein zu holen oder um es Elisabeth heimzuzahlen, weil der Zusammenhang zwischen Marleins Unterkriechen bei der Tuchhändlerin und dem Erscheinen des Stadtvogts in seiner Wirtschaft auf der Hand lag.

Nach Ablauf dieser drei Tage wollte der Stadtvogt sehen, was sich derweil ereignet hatte und ob eine weitere Befragung des Schankwirts dazu führte, dass dieser die Namen der Männer preisgab.

Elisabeth fand das Vorgehen des Stadtvogts überaus klug. Es schien ihr, als hätte er es sich zur persönlichen Aufgabe gemacht, den Kerlen, die diese Verbrechen begangen hatten, den Kampf anzusagen.

Sie brachte ihn zur Tür, und er war bereits hinausgetreten, als er noch einmal umkehrte. »Eines noch«, bat er. »Sagt, woher wusste der Wirt, wo er die junge Frau finden würde?«

Elisabeth zuckte die Schultern. »Darüber habe ich auch schon nachgedacht. Wir haben einen neuen Knecht, über den ich noch nicht viel sagen kann. Sein Name ist Cuno.« Sie überlegte kurz. »Doch eigentlich glaube ich nicht, dass er es war. Dafür ist er viel zu rasch zu Euch gerannt und hat Meldung gemacht, als er hierzu den Auftrag bekam. Ganz abgesehen davon hat er Marlein nicht einmal zu Gesicht bekommen.«

»Und das übrige Gesinde?«

»Für Martha und Ottokar lege ich meine Hand ins Feuer. Dann sind da noch meine Näherinnen.« Brids Gesicht tauchte vor ihrem inneren Auge auf. »Ich habe an dem Tag, als der Wirt hier war und ich Euch Meldung machte, eine meine Näherinnen entlassen.«

»Weshalb?«

»Weil sie faul und ungehorsam war.«

»Und sie hatte alles mitbekommen?«

»Nein, das nicht. Doch sie hat Marlein gesehen, kurz bevor ich sie rauswarf.«

»Könnt Ihr Euch vorstellen, welche Verbindung sie zu dem Schankwirt haben könnte?«

»Nein, beim besten Willen nicht.« Elisabeth versuchte den Blick des Stadtvogts zu deuten. Eilig schüttelte sie den Kopf. Als schien sie die Gedanken des Mannes zu erahnen, sagte sie dann: »Nein, das sicher nicht. Zwar ist sie faul und noch aufsässig dazu, doch sie würde sich nicht für Geld einem Kerl hingeben.«

»Nun gut«, erwiderte der Vogt. »Im Grunde ist es auch nicht so wichtig.« Er verabschiedete sich abermals und ging von dannen.

Kurz darauf erschienen Ursel und Otilia in der Tür und traten an den Bütteln vorbei, um ihren Dienst zu beginnen. Einen Moment danach kam Marlein aus dem Gesindetrakt herüber. Sogleich entschuldigte sie sich, zu spät zu sein, was Elisabeth mit einer schwachen Handbewegung abtat. Nicht nur, dass es immer noch früh am Tag war und Marlein keinesfalls so spät dran war, wie sie zu glauben schien. Vielmehr war Elisabeth geradezu erleichtert, dass Marlein offenbar in der Nacht die nötige Ruhe gefunden hatte, um im Schlaf die Kraft zu finden, die sie so nötig brauchte.

Gerade wollte Elisabeth in die Küche gehen, um das Morgenmahl einzunehmen, als es abermals klopfte. Mit einem mulmigen Gefühl gab Elisabeth den Bütteln ein Zeichen, die Tür zu öffnen.

Ihr stockte der Atem. Fast konnte sie nicht glauben, dass er wirklich da war. »Rafael!«

Die Büttel traten auf den beglückten Ausruf Elisabeths beiseite, und nur kurz beachtete Rafael die Männer, die kampfbereit im Flur standen.

Elisabeth fiel ihm stürmisch um den Hals, drückte ihn, so fest sie konnte, an sich. Ohne es noch kontrollieren zu können, liefen ihr die Tränen die Wangen herab. Eine Weile hielten sie sich fest wie Ertrinkende, lösten dann kurz die Umarmung und küssten sich. Die Büttel schmunzelten und sahen zu Boden. Und als wären die Büttel gar nicht da, küsste Elisabeth ihren Ehemann immer wieder und drückte sich an ihn. Als sie sich dann doch endlich voneinander lösten, musste Elisabeth sich räuspern, um ihre Stimme zu finden.

»Dies ist, wie Ihr Euch gewiss bereits denken könnt, mein Ehemann Rafael«, stellte Elisabeth ihn den Bütteln vor.

Die Männer begrüßten sich. Dann sagte Rafael an Elisabeth gewandt: »Seit wann haben wir Wachleute am Eingang stehen?«

»Ich werde es dir gleich erklären«, kündigte Elisabeth an. »Komm erst einmal herein.«

Durch die Rufe aufgeschreckt, kamen nun auch Martha und Ottokar in den Flur und begrüßten ihren Herrn. Ennlin stand oben am Treppengeländer und sah herunter, schlug dann die Hand vor den Mund, als könnte sie kaum glauben, wen sie da vor sich hatte. Eilig kam sie die Stufen herab und ging mit ausgebreiteten Armen auf Rafael zu. »Du bist heimgekehrt. Dem Herrn sei Dank!«

»Martha«, sagte Elisabeth, »trag im Esszimmer auf.«

»Jawohl, Herrin«, gab Martha freudig zurück. »Dünn seid Ihr geworden«, stellte sie mit Blick auf Rafael fest. »Ab jetzt werde ich wieder für Euch kochen, und Ihr werdet ordentlich zu essen bekommen.« Damit wandte sie sich ab und ging in Richtung Küche.

»Na, Ottokar, hast du mir auch gut auf meine Frauen hier im Hause aufgepasst?«, fragte Rafael scherzhaft.

»Ihr konntet Euch wie immer auf mich verlassen, Herr.«

»Das weiß ich doch, mein Guter, das weiß ich.« Rafael klopfte ihm gutmütig auf die Schulter.

»Ottokar, wo ist Cuno?«, fragte Elisabeth.

»Er ist schon im Stall und füttert den Ochsen.«

»Hol ihn, damit er seinen Herrn kennenlernt«, bat Elisabeth und wandte sich dann wieder an Rafael. »Ursel und Otilia sind im Nähzimmer. Begrüße sie doch rasch. Und dann muss ich dir noch jemanden vorstellen.«

»Noch jemanden? Hier hat sich ja einiges getan während meiner Abwesenheit.«

»Du warst ja auch furchtbar lange weg!« Elisabeth lächelte ihn an.

Er beugte sich zu ihr vor, gab ihr nochmals einen Kuss. »Es ist schön, wieder zu Hause zu sein.«

»Es ist schön, dass du wieder da bist.« Sie erwiderte den Kuss. Dann ging Rafael zur Nähstube herüber, während Elisabeth in die Küche ging und Marlein bat, kurz zu kommen. Diese hatte wie starr auf der Bank gesessen, obwohl sie selbstverständlich die Geräusche aus dem Flur gehört haben musste. Sie wirkte verängstigt. Als Elisabeth sie ansprach, stand sie wortlos auf und schickte sich an, ihr zu folgen.

»Ist alles in Ordnung?«, fragte Elisabeth, fasste Marlein an der Schulter und suchte ihren Blick.

Die junge Frau hielt jedoch den Kopf gesenkt und nickte nur.

»Was ist denn? Stimmt etwas nicht?«

»Wenn Euer Gatte nun verlangt, dass ich das Haus verlasse …«, begann Marlein ihre Bedenken zu äußern.

»Ach, das ist es.« Elisabeth war froh, die Befürchtungen sogleich zerstreuen zu können. Sie lächelte Marlein an, um dieser Zuversicht zu vermitteln. »Du musst dir wirklich keine Gedanken machen. Rafael ist ein herzensguter Mensch. Gewiss hat er nicht die geringsten Bestrebungen, dich aus dem Hause zu treiben.«

Marlein nickte, doch erleichtert wirkte sie nicht.

»Ist noch etwas?«, begehrte Elisabeth zu erfahren.

Marlein schüttelte den Kopf.

»Aber ich sehe es dir doch an.«

Wieder die gleiche Geste.

»Marlein, bitte sprich mit mir. Du musst mir vertrauen und offen zu mir sein. Nur dann kann ich dir helfen.«

Marlein schluckte schwer. »Euer Gatte …«, begann sie dann zögerlich. »Also, nun ja, ich wollte … ich möchte Euch fragen, was ist, wenn er … wenn er verlangt, dass ich etwas tun soll …?«

Elisabeth war nicht einmal im Ansatz darauf gekommen, so etwas zu denken, bis Marlein ihre Bedenken vorgetragen hatte. »Ach je, jetzt verstehe ich erst, was du meinst.« Sie fasste noch einmal die Schultern der Jüngeren. »Marlein, sieh mich bitte an.«

Marlein hob den Blick. Tränen standen in ihren Augen.

»Du wirst meinen Gatten sogleich kennenlernen. Und wenn du nun noch Furcht verspürst, so verspreche ich dir, wird diese wie nie da gewesen sein, wenn du ihn erst kennengelernt hast. Er ist nicht so ein Mann. Rafael ist kein solcher Kerl, das versichere ich dir.«

Marlein nickte brav, doch zu glauben schien sie Elisabeth nicht.

»Und wenn du doch irgendwann einmal das Gefühl haben solltest, dass er dir zu nahe kommt, dann sagst du es mir, ja?«

»Aber dann würdet Ihr mich hinauswerfen, oder nicht?«

Elisabeth fand es anstrengend, all die Ängste der jungen Frau zerstreuen zu müssen, wo sie doch genau wusste, dass Rafael niemals auf den Gedanken käme, sich ihr zu nähern. »Nein«, gab sie dann zur Antwort. »Ich würde *ihn* hinauswerfen, nicht dich. Denn einen solchen Mann brauche ich nicht.« Noch einmal sah sie Marlein eindringlich an. »An dem Abend, als du zu uns kamst, waren meine Freunde und ich zusammengekommen, um zu feiern, dass ich dieses Haus, in dem wir leben, erworben habe. Ich selbst habe es gekauft, und es ist in meinem alleinigen Besitz.« Kurz fragte Elisabeth sich, ob sie Rafael auf diese Weise in ein falsches Licht rückte. Deshalb fügte sie hinzu: »Rafael besitzt ein Haus, in dem seine Mutter lebt. Wir beide machen unsere Geschäfte und sind gern zusammen. Doch ich kann ohne ihn leben und er ohne mich.«

»Elisabeth«, hörte sie Ennlin rufen, »wo bleibst du denn?«

»Komm«, bat Elisabeth und griff Marleins Hand, um sie aus der Küche zu ziehen. Als sie auf den Flur traten, stand Rafael in der Tür zur Nähstube und plauderte mit Otilia und Ursel. Als er Elisabeth kommen sah, verabschiedete er sich, stieß sich vom Türrahmen ab und ging auf Elisabeth und Marlein zu.

»Das ist mein Ehemann Rafael. Rafael, das ist Marlein. Sie wohnt im Haus und arbeitet als Näherin für mich.«

»Gott zum Gruße, Marlein«, sagte Rafael freundlich und ließ sich nicht anmerken, dass er die Blessuren in ihrem Gesicht selbstverständlich bemerkt hatte.

Marlein knickste. »Gott zum Gruße, Herr.«

Sie hielt den Blick gesenkt, und Elisabeth und Rafael sahen sich kurz an. Die Ablehnung Marleins gegenüber Rafael war deutlich zu spüren.

In diesem Moment kam Ottokar mit Cuno im Schlepptau aus dem Gang zum Innenhof in den Flur, sodass die peinliche Stille, die eingetreten war, durchbrochen wurde. »So, da sind wir«, sagte er. »Cuno, das ist dein Herr.«

»Ich bin tüchtig und fleißig, Herr, und auch wenn ich nicht so aussehe, habe ich doch reichlich Kraft. Ihr werdet nicht bereuen, mich in Euren Dienst genommen zu haben«, redete Cuno sogleich los, was Ottokar ein Schmunzeln abrang.

Rafael schmunzelte ebenfalls. »Na dann, tüchtiger, fleißiger Cuno, bin ich froh, dass du in meinem Dienst stehst.«

»Danke, Herr«, antwortete dieser mit fester Stimme. Offenbar war es ihm sehr wichtig, seinen neuen Herrn sogleich von seinen Vorzügen zu überzeugen.

»Kommt«, sagte Ennlin. »Gehen wir ins Esszimmer. Du hast uns gewiss viel zu erzählen, Rafael. War deine Handelsreise von Erfolg gekrönt?«

»Das will ich meinen«, sagte Rafael und trat an Ennlins Seite.

Martha eilte mit einem Tablett an ihnen vorbei, um bereits etwas aufgetragen zu haben, bevor sie den Raum erreichten. Rasch stellte sie alles auf den Tisch und verschwand sogleich wieder in Richtung Küche, nur um sodann abermals mit einem vollen Tablett zurückzukommen.

»Darf ich nun wieder gehen?«, fragte Marlein unsicher und deutete zur Küche hinüber.

»Aber ja«, antwortete Elisabeth. »Geh nur. Und du, Cuno, solltest auch erst einmal etwas essen.«

»Das habe ich bereits, Herrin«, vermeldete er nicht ohne Stolz in seiner Stimme. »Schon vor einer ganzen Weile. Und der Stall ist auch in Ordnung. Gleich werde ich mit Ottokar die Ausbesserungen am Dach vornehmen.«

»Dann iss noch mehr.« Elisabeth lachte auf. »Bei deinem Eifer bekommst du ja wieder Hunger, bevor du alles erledigen kannst.«

Ottokar klopfte dem jungen Knecht wohlwollend auf die Schulter. Es war ihm anzusehen, wie zufrieden er damit war, dem Burschen die Anstellung verschafft zu haben.

Marlein ging ohne ein weiteres Wort in Richtung Küche davon, sodass auch Elisabeth sich abwandte und hinter Rafael und Ennlin das Esszimmer betrat.

»Es ist so wunderbar, dass du wieder da bist!«, sagte Elisabeth und sah ihren Mann verliebt an, der soeben einen Schluck von dem Sud nahm, den Martha ihm hingestellt hatte.

Rafael verzog das Gesicht. »Was ist das?«

»Martha ist besorgt, dass es uns auch ja gut gehen mag. Sie lässt sich von Adelhaid seit Kurzem die Kräuter anders mischen und bereitet diese auf. Schmeckt es dir nicht?«

»Nicht unbedingt.« Er verzog abermals das Gesicht.

»Sag es ihr nicht, sonst ist sie gekränkt.«

Rafael seufzte und nahm noch einen Schluck, dann griff er zum Schinken. »Es tut gut, wieder hier zu sein. Alexander und ich haben immer nur kurz Rast gemacht, wenn es nicht anders ging. Aber es hat sich gelohnt.«

»Ja?«, fragte Elisabeth hoffnungsvoll.

»Das Kontor in Antwerpen macht wieder Geschäfte mit uns. Und wir haben genug Abnehmer in der Gegend und vor allem rheinaufwärts, die große Mengen bestellt haben. Sobald das Schiff mit der Salzlieferung hier anlegt, werden wir die Säcke abfüllen und sogleich die Abnehmer beliefern.«

»Also musst du schon bald wieder aufbrechen?« Elisabeth blickte ihn traurig an.

Rafael griff die Hand seiner Frau und küsste sie. »Nein, denn darum wird sich Alexander kümmern. Ich werde hierbleiben und mich um mein liebes Eheweib kümmern.«

Ennlin blickte zwischen den beiden hin und her. Die Freude darüber, wie gut ihre Tochter und ihr Schwiegersohn sich verstanden und wie sehr sie sich liebten, stand ihr ins Gesicht geschrieben. »Es ist gut, wenn du einmal länger als nur einige Wochen daheim bist«, befand Ennlin. »Schließlich will ich auch irgendwann einmal einen Enkel in meinem Arm halten.«

Rafael grinste breit. »Ich werde mich bemühen.« Während er fröhlich auf die Bemerkung Ennlins reagierte, ließ diese Elisabeth das Herz schwer werden.

Drei Jahre waren sie nun schon vermählt, und sie hatten wahrlich oft beieinandergelegen. Doch bisher war Elisabeth nicht ein einziges Mal guter Hoffnung gewesen. Sie wusste ja, dass eine Schwangerschaft auch stets mit großen Risiken verbunden war und viele Kinder nicht lebend auf die Welt kamen. Und gewiss hätte sie sich hierum Sorgen gemacht, wenn sie denn wenigstens einmal von Rafael empfangen hätte. Doch das war nicht geschehen. Und auch wenn sie es sich nicht recht eingestehen wollte, fragte sie sich, ob es ihre Schuld war. Konnte es möglich sein, dass sie vom Herrn dafür bestraft wurde, dass sie so vollkommen anders war als andere Frauen? Zürnte er ihr, dass sie ihren eigenen Weg gehen und nicht von ihrem Ehemann abhängig sein wollte? Keinen Augenblick erwog sie, diese Gedanken laut auszusprechen, weder ihrer Mutter noch Esther gegenüber. Was, wenn beide schon selbst diese Gedanken gehabt und bisher nur nichts gesagt hatten, um sie nicht zu verletzen?

Esther hatte bereits Kinder im Alter von fünf und drei Jahren. Die Kinderfrau, die Esther beschäftigte, kümmerte sich rührend um die beiden, wenngleich Esther viele der Aufgaben selbst übernahm, weil sie es so wollte. Und Esther war Elisabeth in ihrem Denken weit voraus. Hätte der Herr dann nicht auch ihr zürnen und die Leibesfrucht verweigern müssen? Oder war es bei den Juden anders? War deren Gott womöglich nachgiebiger?

Keine der Fragen, die sie umtrieben, traute sie sich auszusprechen. Vor allem auch deshalb nicht, weil sie nicht wusste, wie Rafael darüber dachte. Nicht einmal ihm gegenüber wollte sie die bisherige Kinderlosigkeit erwähnen. Es war ein Gefühl, als würde es erst dann schwierig, wenn sie es laut ausspräche. Und ebendeshalb würde sie diese Gedanken für sich behalten.

»Elisabeth?« Ennlin sah die Tochter fragend an.

»Oh, verzeih, hast du etwas gesagt?«

»Allerdings. Ich bat dich soeben, Rafael zu erklären, wer Marlein ist, und ihm alles zu erzählen. Wo bist du denn mit deinen Gedanken?«

»Bei der Hochzeit«, antwortete Elisabeth rasch und wandte sich ihrem Ehemann zu. »Du bist genau zur rechten Zeit heimgekommen.«

»Ach ja?«

»Ja. Heute findet die Hochzeit von Matthias Hardevust und Renata Kleingedank statt. Ich habe ihr Kleid selbst genäht. Es ist wunderschön geworden.«

Rafael rieb sich die müden Augen. »Eigentlich hatte ich gehofft, ins Badehaus gehen zu können und danach ein paar Stunden Ruhe zu finden.«

»Ins Badehaus wirst du auch müssen«, befand Elisabeth und zupfte an dem dreckigen Hemd. »Aber da du nun zu Hause bist, wäre es unhöflich, nicht mit auf die Hochzeit zu gehen. Außerdem«, sie hob den Kopf, »bin ich ganz froh, einmal nicht allein zu einem solchen Ereignis gehen zu müssen. Ich glaube, manch einer meint, dass ich mir den Ehemann nur ausgedacht habe, so selten, wie man dich bisher an meiner Seite gesehen hat.«

»Ach ja?« Rafael zog die Stirn in Falten. »Womöglich ist es tatsächlich ganz gut, wenn ich mich mal wieder blicken lasse. Schließlich könnte sonst noch jemand auf den Einfall kommen, sich dir nähern zu wollen.«

Elisabeth schmunzelte, wenngleich sie wusste, dass Rafaels Eifersucht nur gespielt war. Es war nicht seine Art. Vor allem aber wusste er genau wie Elisabeth um ihre Gefühle füreinander, die es unnötig machten, dem anderen zu misstrauen.

»Dann sollte ich wohl besser gleich ins Badehaus gehen und mir danach saubere Kleidung anziehen.«

»Das wird wohl das Beste sein«, pflichtete Elisabeth ihm bei. »Warst du schon bei Helene?«

»Nein. Alexander ist direkt nach Haus geritten, sodass sie weiß, dass wir daheim sind. Aber es wäre gut, wenn wir es noch schaffen würden, vor der Hochzeit bei ihr vorbeizugehen.«

»Gewiss«, stimmte Elisabeth zu. »Wobei du sie später auf der Hochzeit sowieso sehen wirst. Ich habe ihr für dieses Ereignis ein neues Kleid gefertigt.«

»Ach ja? Und wie war es während meiner Abwesenheit?« Er sah Elisabeth fragend an. »Kamt ihr gut miteinander aus?« Rafael wusste, dass Ennlin die Widerstände, die Elisabeth mit seiner Mutter auszutragen hatte, bekannt waren. Dennoch überraschte es Elisabeth, dass er das Thema so offen vor ihrer Mutter ansprach.

»Wir haben nicht wirklich viel miteinander zu tun gehabt. Ich war immer einmal wieder dort, um nach dem Rechten zu sehen und mich zu erkundigen, ob sie etwas braucht. Und eben zum Maßnehmen für das Kleid, das sie heute tragen wird.« Sie zuckte die Achseln. »Du weißt ja, wie sie ist. Es ist immer das Gleiche. Sie wirft mir vor, dass ich in meinem Hause lebe und nicht in eurem, wie es ihrer Meinung nach richtig wäre.« Bei diesen Worten kam ihr ein Gedanke. »Da fällt mir ein, dass du etwas sehr Wichtiges ja noch gar nicht weißt.«

»Ach ja? Was?«

»Ich habe das Haus bezahlt.«

»Was sagst du da?« Rafael sprang auf, und auch Elisabeth erhob sich. Überglücklich zog er sie an sich und drückte sie. »Ich gratuliere dir!« Er gab ihr einen langen, leidenschaftlichen Kuss. »Ich gratuliere dir von ganzem Herzen«, wiederholte er dann. »Eine Frau wie dich gibt es kein zweites Mal auf dieser Welt. Ich bin unendlich stolz auf dich.«

Die Art, wie Rafael sie ansah, trieb ihr die Tränen in die Augen. »Ich danke dir.« Sie küssten sich noch einmal, dann nahmen sie wieder ihre Plätze ein.

»Ich muss schon sagen, hier hat sich fürwahr einiges ereignet, während ich fort war. Welch ein glücklicher Mann ich doch bin, dass ich nach Hause kommen kann, wo mich Liebe erwartet, und ich mir während der beschwerlichen Handelsreise keine Sorgen zu machen brauche, dass sich meine Ehefrau zu Hause nicht zu behaupten weiß!« Er griff nach Elisabeths Hand. »Dich meine Frau nennen zu dürfen, ist gleich einer Auszeichnung.«

Ennlin lächelte, und Elisabeth war anzusehen, dass sie mit den Tränen kämpfte. »Geh so rasch nicht wieder fort«, sagte sie. »Dann wirst du erst recht sehen, welch glücklicher Mann du bist.«

12. Kapitel

»So ein Lump von einem Stadtvogt! So ein widerlicher Hundsfott von einem Kerl! Die Hure, die seine Mutter war, hätte ihn ersäufen sollen bei seiner Geburt.«

Der Büttel, der die Botschaft des Amtmannes überbracht hatte, baute sich vor dem schimpfenden Schankwirt auf. »Gebt auf Eure Worte acht! Es könnten Eure letzten sein.«

»Was denkt er, woher ich so viele Münzen nehmen soll, hä?« Das Gesicht des Schankwirts war rot angelaufen vor Wut und sah aus, als würde die Ader am Hals gleich mit einem gewaltigen Knall zerplatzen.

»Es ist das, was Ihr der Stadt Köln schuldig seid für Eure Hurengeschäfte. Das ist alles. Hättet Ihr die Abgaben von Anfang an bezahlt, wären die Münzen ebenso fällig gewesen. Nun jedoch ist die Summe gewaltig, das ist unbestritten«, entgegnete der Büttel ruhig.

»Das kann ich nicht bezahlen«, sagte der Wirt fast trotzig, was bei einem Mann seines Alters und seiner Statur albern und auf eine gewisse Art unfreiwillig komisch wirkte.

»Für den Fall, dass Ihr das sagen würdet, hat der Stadtvogt uns aufgetragen, Euch mitzunehmen und in den Schuldturm zu bringen.«

»Was? In den Schuldturm?« Die Gesichtsfarbe des Schankwirts wechselte von Rot zu Blass. »Das würdet Ihr nicht tun.«

»Wir würden nicht nur, wir werden«, stellte der Büttel klar.

»Aber … aber es muss doch eine andere Möglichkeit geben«, stammelte der Wirt.

Der Büttel schüttelte den Kopf. »Unsere Weisung ist klar. Entweder händigt Ihr uns die Münzen aus, oder wir bringen Euch in den Schuldturm.«

Der Wirt schluckte schwer und musterte die vier Büttel, die geschickt worden waren. Allein ihr Anblick genügte, um zu wissen, dass keinerlei Zweifel an ihrer Entschlossenheit aufkommen könnte. »Aber kann man nicht …«, versuchte er es trotzdem noch einmal. »Ich meine, wenn ich versuchen würde, die Münzen irgendwie zusammenzubekommen, würde der Stadtvogt dann mit sich reden lassen?«

»Das glaube ich kaum.« Der Büttel, der die ganze Zeit schon das Wort geführt hatte, schüttelte den Kopf.

»Aber versuchen könnte er es doch«, mischte sich nun ein anderer Büttel ein, was ihm sogleich einen wütenden Blick des Kollegen einbrachte, der bisher mit dem Schankwirt gesprochen hatte.

»Du weißt genau, was der Stadtvogt uns aufgetragen hat. Und wenn wir es nicht tun, was denkst du, an wem er's auslassen wird? An dem da«, er deutete auf den Schankwirt, »gewiss nicht.«

»Aber so lasst doch mit Euch reden«, hakte der Wirt ein. »Eurem Dienstherrn muss doch klar gewesen sein, dass ich die Summe keinesfalls auf einmal würde zahlen können und sie nur aus meinem Geldbeutel zu nehmen hätte. Habt doch Verständnis! Womöglich brauche ich nur wenige Tage, um die Münzen beizubringen.«

»Wenn Ihr es nicht habt, wo solltet Ihr dann wohl so viel Geld herbekommen?«

»Lasst es mich wenigstens versuchen. Was habt Ihr schon zu verlieren? Wenn es dem Vogt wirklich darum geht, das Geld für die Stadt einzutreiben, dann ist ihm nicht geholfen, wenn ich im Schuldturm verende.«

Der Büttel, der sich zuvor für den Wirt eingesetzt hatte, zog den Anführer ein wenig beiseite und sprach leise auf ihn ein. Dieser verharrte einen Moment, schien zu überlegen und abzuwägen. Dann sah er erst seinen Kollegen, danach den Schankwirt an. »Wir können es nicht entscheiden, das kann nur der Stadtvogt. Doch mein Kollege hat recht. Wir alle sind Kinder desselben Gottes und wollen uns an Euch nicht versündigen. Ihr kommt mit uns und werdet dem Stadtvogt noch einmal vorsprechen dürfen. Dann mag er entscheiden, was mit Euch geschehen wird.«

»Danke.« Der Schankwirt atmete erleichtert aus. »Wahrlich, Ihr seid Kerle so groß wie Baumstämme, doch habt Ihr ein weiches und gerechtes Herz. Habt Dank. Danke.«

»Wer weiß, ob es Euch am Ende etwas nützen wird. Doch wenigstens liegt es dann nicht mehr an uns. Also kommt.«

Den gesamten Weg zur Vogtei bedankte der Wirt sich immer wieder überschwänglich für die Güte, die die Büttel ihm erwiesen hatten. Keiner der Wachmänner antwortete ihm oder schien auch nur zur Kenntnis zu nehmen, dass er mit ihnen sprach.

Als sie schließlich die Vogtei erreichten, machten die Wachen, die rechts und links vor der Eingangstür standen, keinerlei Anstalten, sich den Ankommenden in den Weg zu stellen. Sie nickten den Kollegen lediglich zum Gruß zu und öffneten dann die Tür, damit sie mit dem Schankwirt eintreten konnten.

»Setzt Euch dorthin und wartet. Ich werde versuchen, den Stadtvogt zu überreden, noch einmal mit Euch zu sprechen.«

Der Schankwirt stimmte mit einer Kopfbewegung zu und setzte sich augenblicklich auf den ihm zugewiesenen Stuhl. Nervös knetete er seine Finger, pulte am Nagelfleisch des rechten Zeigefingers, bis die Haut sich blutig löste. Er biss das Stückchen Haut ab, wodurch die Wunde weiter aufriss, sodass ihm ein Zischlaut entfuhr.

Der Büttel war die Stufen hinaufgegangen und nach einem kurzen Klopfen im Amtszimmer des Stadtvogtes verschwunden. Der Schankwirt lauschte, ob er etwas hören konnte, was ihn erahnen lassen mochte, wie es um sein Schicksal stand. Es kam ihm schier endlos vor, bis der Büttel die Amtsstube des Stadtvogts wieder verließ und an das Treppengeländer trat.

»Ihr könnt heraufkommen«, rief er hinunter.

Der Wirt erhob sich noch im selben Augenblick und eilte zur Treppe. In der Mitte trafen sich der Büttel und er.

»Ihr seid mir was schuldig«, bemerkte der Büttel und ging mit grimmigem Gesichtsausdruck an ihm vorbei und die letzten Stufen hinab.

Auf den Schankwirt machte es den Eindruck, als habe der Büttel sich ordentlich was anhören dürfen, weil er den Auftrag des Stadtvogts nicht direkt ausgeführt hatte, sondern für den Moment Milde hatte walten lassen. Die Hoffnungen des Wirts schwanden, den Vogt noch zu irgendetwas überreden zu können.

Obwohl er erwartet wurde, klopfte er an den Rahmen der offen stehenden Tür und verbeugte sich, so tief er konnte, ohne vornüberzufallen. »Stadtvogt, Ihr seid zu gütig, mich zu empfangen«, begrüßte er den Amtmann so höflich, wie er sich nicht erinnern konnte, je in seinem Leben gesprochen zu haben.

»Was willst du, Wirt? Wenn du mir nicht das Geld bringst, haben wir nichts zu besprechen, und ich lasse dich augenblicklich in den Schuldturm werfen.«

»Eben um die Münzen geht es, Vogt. Wenn Ihr mir die Ehre erweisen würdet, mich nur für wenige Momente anzuhören?« Der Schankwirt bemühte sich um ein schmeichelndes Lächeln, was ihm jedoch durch die paar faulen Zähne, die ihm noch geblieben waren und die nun hervorlugten, misslang.

»Warum nur tue ich mir so etwas an?« Der Vogt seufzte und deutete auf einen der Besucherstühle vor seinem Schreibtisch. »Nun setz dich schon, bevor ich es mir anders überlege.«

»Zu gütig, mein Vogt, zu gütig.« Der Schankwirt verbeugte sich abermals und nahm dann auf dem ihm angebotenen Stuhl Platz.

Der Stadtvogt musste sich zusammennehmen, um nicht ein Grinsen aufblitzen zu lassen. Wie rasch doch einer Benehmen lernte, wenn er sich vor Angst fast einnässte! »Also, was willst du mir sagen?«

»Zunächst möchte ich Euch danken, war mir doch mein Fehlverhalten, indem ich unserer wunderschönen Stadt Köln nicht die notwendigen Abgaben leistete, nicht bewusst. Erst durch Euch wurde mir vor Augen geführt, dass …« Weiter kam er nicht.

»Heb dir deine Lügengeschichten für den Schuldturm auf. Womöglich gibt es da einen Lumpen, der sie hören will.« Der Stadtvogt machte eine wegwerfende Handbewegung.

Dem Schankwirt war anzusehen, wie sehr es in ihm brodelte. Er versuchte wirklich alles, sich bei dem Amtmann einzuschmeicheln. Doch einer wie er, der stets nur polterte, soff und grobe Reden schwang, hatte mit den Jahren verlernt, wie so etwas geht, wenn er es denn überhaupt je gewusst hatte.

»Nun, es mag schwer zu glauben sein, und doch ist es wahr«, bekräftigte er nochmals und riss sich so weit zusammen, dass er ob der Reaktion seines Gegenübers nicht statt einer Schmeichelei gar fürchterlich losschnauzte. »Da ich mir jedoch meines Fehlverhaltens nicht bewusst war, habe ich keinerlei Münzen für eine solche Zahlung zurückgelegt.«

»Das wäre ja auch eigenartig gewesen. Immerhin behauptest du ja, gar nicht gewusst zu haben, mehr Abgaben leisten zu müssen, als du es getan hast.«

Verdammt, dieser Stadtvogt nahm seine Worte für bare Münze und drehte ihm selbige im Munde um! »Genauso ist es«, stimmte er zu. »Und aus diesem Grunde brauche ich etwas Zeit, um das Geld zu verdienen.«

»Wie lange?«

»Eine Woche, höchstens zwei.«

»Wie willst du in nur ein oder zwei Wochen eine solche Summe verdienen? Immerhin wirst du nicht auf deine Huren zurückgreifen können.«

»Nicht?« Der Schankwirt riss erschrocken die Augen auf.

»Nein«, stellte der Stadtvogt klar. »Um deine Schänke wieder zu öffnen, musst du erst die überfälligen Abgaben leisten. Willst du darüber hinaus ein Hurenhaus betreiben, brauchst du die hierfür notwendige Genehmigung, um die du jedoch erst dann ersuchen kannst, wenn du die Münzen beigebracht hast. So lange darfst höchstens du selbst in deiner Schänke schlafen, sonst jedoch niemand.«

Der Schankwirt glaubte, sich verhört zu haben. Schon am Abend wollte er die Schänke wieder öffnen. Er musste schließlich Geld verdienen. Und wenn die Kerle, die regelmäßig zu ihm kamen, vor verschlossener Tür standen, würden sie eben zu einer der anderen Schänken gehen und womöglich feststellen, es dort besser getroffen zu haben.

»Aber wenn ich nicht arbeiten kann, wie soll ich dann die Münzen verdienen?«

»Das hättest du dir überlegen müssen, bevor du die Stadt um die Abgaben betrogen hast.«

»Aber das machen doch alle so«, beschwerte sich der Wirt. »Oder wollt Ihr mir sagen, dass die anderen alle ihre Abgaben leisten?«

»Möchtest du Meldung machen, wer genau wie du ein Hurenhaus betreibt und die Abgaben nicht bezahlt? Dann lasse ich den Schreiber holen, damit er es aufnimmt.«

»Ja«, antwortete der Wirt spontan, schüttelte aber gleich darauf den Kopf. »Nein, nein, das will ich nicht.« Er dachte an die anderen Hurenwirte, die er kannte. Wenn herauskäme, dass er hier gesessen und sie angezeigt hatte, würde er sich gewiss eines schönen Tages mit einem Messer im Bauch wiederfinden.

Ein anderer Gedanke kam ihm, mit dem er hoffte, womöglich an das Gewissen des Stadtvogts appellieren zu können. »Und was soll nun aus meinen Huren ... äh ... aus den Frauen werden? Sie wohnen und arbeiten bei mir. Wenn die Schänke geschlossen bleibt, haben sie kein Dach mehr über dem Kopf.«

»Fürwahr, das habe ich bisher nicht bedacht«, lenkte der Stadtvogt nun erstmals ein. »Wo sind sie jetzt?«

»Irgendwo.« Der Wirt hob in einer hilflosen Geste die Hände. »Die Büttel haben mir befohlen, die Schänke abzuschließen, und das habe ich getan. So haben sie sich wohl erst einmal etwas anderes gesucht. Doch gewiss werden sie schon bald wieder da sein und dann nicht wissen, wohin.«

Der Stadtvogt rieb sich nachdenklich das Kinn. »Wenn ich dir nun erlauben würde, die Schänke wieder zu öffnen, könntest du dann wirklich in nur zwei Wochen das Geld beschaffen?«

»Ja, das könnte ich«, sagte er mit Überzeugung in seiner Stimme.

Der Stadtvogt hob den Finger. »Nun, dir muss klar sein, dass du die Münzen nur mit der Schänke, nicht jedoch mit den Huren verdienen darfst.«

»Was?«

»Aber ja. Du hast ja noch keine Genehmigung«, erinnerte der Vogt.

»Dann ist es ausgeschlossen.«

»Nun gut, dann bleibt dir nur der Schuldturm. Es sei denn …«

»Es sei denn was?«

»Mir wurde etwas zugetragen«, deutete der Stadtvogt an. »Ein Verbrechen soll sich ereignet haben.«

»Ein Verbrechen?«, echote der Schankwirt.

»Allerdings. Ein junges Mädchen, das womöglich in deinem Dienst stand, soll von mehreren Männern übel zugerichtet worden sein.«

Der Schankwirt sah sogleich Marleins Gesicht vor seinem inneren Auge, schüttelte aber beharrlich den Kopf. »Ein Verbrechen? In meiner Schänke? Gewiss nicht.«

»Nun, das hatte ich auch nicht angenommen. Machen wir uns nichts vor. Diese jungen Dinger nutzen ihre Körper und geizen nicht mit ihren Reizen, bis die Kerle sich gar nicht mehr zurückhalten können. Und dann beschweren sich die gleichen Weiber und schimpfen auf die, denen sie zuvor noch zu gefallen versuchten. Es ist doch immer das Gleiche.« Der Stadtvogt schüttelte den Kopf.

Der Schankwirt nahm eine aufrechte Haltung an. Endlich sprachen der Vogt und er die gleiche Sprache. Es steckte also doch noch irgendwo ein Kerl in diesem feinen Schnösel. »Wem sagt Ihr das!«, stimmte der Schankwirt zu. »Sie wackeln mit ihren knackigen Hintern direkt vor den Kerlen herum und wollen dann wie feine Damen behandelt werden.« Er lachte verächtlich auf.

Der Stadtvogt stimmte in das Lachen ein. »Die Kleine hat irgendwas von einem reichen Kerl gesagt, der immer wieder kam.«

Der Schankwirt wurde ernst, und sein Lachen erstarb. Nervös kaute er auf seiner Unterlippe.

»Keine Sorge.« Der Stadtvogt hob abwehrend die Hände. »Ich will seinen Namen nicht wissen, falls du das glaubst. Mir ist es einerlei, wer sich an ihr gütlich getan hat.«

Die Haltung des Schankwirts entspannte sich ein wenig, doch ganz überzeugt schien er noch nicht.

»Mir kam nur soeben ein Gedanke, während wir sprachen. Das könnte dir das Leben retten.«

»Welcher Gedanke?« Der Schankwirt rückte vor und war nun wieder ganz und gar aufmerksam.

»Wenn es ein reicher Kerl ist, der bei dir ein und aus geht und sich die Kleine genommen hat, dann wird er auch genug Geld haben, dir aus der Klemme zu helfen, oder nicht? Und wenn er es nicht gleich einsieht, kannst du ihm sagen, dass du mir sonst seinen Namen verrätst und er für das Verbrechen angeklagt wird.«

»Aber soeben sagtet Ihr doch, es sei Euch einerlei«, wandte der Schankwirt ein. »Dann würde es doch zu gar keiner Anklage kommen.«

Der Stadtvogt beugte sich weiter vor. »Das stimmt schon. Aber das weiß dieser Kerl ja nicht«, raunte er verschwörerisch.

Der Wirt grinste, erst nur ein wenig, dann immer breiter. »Ihr seid ein Kerl nach meinem Geschmack«, befand er dann.

»Aber keinesfalls darfst du deine Huren arbeiten lassen, bevor das Geld bezahlt und die Genehmigung erteilt ist, hörst du? Sonst kann auch ich dir nicht mehr helfen.«

Der Wirt zeigte erneut seine verfaulten Zähne. »Wenn ich wieder in meiner Schänke bin, werde ich die Weiber so lange wegschicken, bis ich die Münzen gezahlt und die Genehmigung habe, das schwöre ich bei allem, was mir heilig ist.«

Der Stadtvogt musterte ihn. Er bezweifelte arg, dass es irgendetwas gab, was diesem Kerl irgendwie heilig war. Doch das sagte er nicht. »Bring mir, so rasch du kannst, die Münzen. Dann werde ich dir helfen, alsbald die Genehmigung zu bekommen, und dein Leben kann weitergehen wie bisher.«

»Was ist mit der Schänke? Kann ich sie öffnen?« Der Wirt hob die Hände. »Freilich werde ich den Leuten nur Bier und Schnaps verkaufen, das verspreche ich.«

»Ich werde zwei meiner Büttel hinschicken, die dafür Sorge tragen, dass es wirklich beim Ausschank bleibt und du keine Hure anbietest. Dann kannst du deinem Geschäft nachgehen.« Der Stadtvogt erhob sich, wodurch der Wirt sich aufgefordert fühlte, ebenfalls aufzustehen.

»Ich kann Euch gar nicht genug danken«, sagte er dann. »Ich gebe zu, ich habe Euch falsch eingeschätzt. Ihr seid ein Kerl, wie es ihn besser nicht geben kann.«

»Geh nun und kümmere dich um deine Angelegenheiten. Sonst kann auch ich dir nicht mehr helfen.«

»Ja, mein Vogt.«

»Raus jetzt.«

Der Schankwirt verbeugte sich mehrere Male, bevor er sich umdrehte und die Amtsstube des Vogts verließ. Dann eilte er die Stufen hinab und grüßte noch einmal den Büttel, der seinen Kollegen zuvor überredet hatte, ihm ein Wort mit dem Vogt zu ermöglichen. Kurz fürchtete er, dass man ihn nicht gehen lassen würde. Doch dann schickte sich der Büttel an, ihm die Tür zu öffnen, und er verließ die Vogtei, so rasch er nur konnte.

Er hatte die Tür zur Vogtei nicht aus den Augen gelassen und stieß sich von der Mauer ab, an die er sich angelehnt hatte, als er den Wirt herauskommen sah. Wahrlich, der Stadtvogt hatte ihn gut beschrieben. Was für ein dreckiges Stück Suff, dem man den Schnaps aus allen Poren triefen sah. Er hielt genügend Abstand, blieb immer einmal stehen, um ja nicht von dem Schänker entdeckt zu werden. Dieser sah sich nicht einmal um. Der Verdacht, dass der Stadtvogt ihn von Anfang an genau da haben wollte, wo er jetzt war, kam diesem versoffenen Kerl offenbar nicht.

Noch bevor der Vogt die Büttel zur Schänke geschickt hatte, hatte er sie alle zusammenkommen lassen, um ihnen genau zu sagen, was sie tun sollten. Einer von ihnen sollte sich unnachgiebig und streng zeigen, während ein anderer den Kollegen bitten sollte, dem Wirt einen Ausweg aufzuzeigen, um seine Haut zu retten. Dann sollten sie ihn zur Vogtei bringen und beim Stadtvogt vorsprechen lassen. Ja, der Vogt war schon ein gewitzter Denker, der sich gut in andere hineinversetzen und ihre möglichen Schritte voraussehen konnte. Alles hatte sich ganz genauso zugetragen, wie er es gesagt hatte. Und wenn er weiterhin recht behielt, würde der Wirt auf direktem Wege zu dem Kerl gehen, der der Anführer gewesen war und das Verbrechen an dem Mädchen begangen hatte.

Sie kamen an der Gasse der Fassbinder vorbei, bogen in die Eisenmarktgasse ab und gingen von dort aus weiter Richtung Norden in die Salzgasse. Schließlich blieb der Wirt vor einem prächtigen Stadthaus stehen, an dem er hinaufsah. Kurz zögerte er, dann strich er sich das Hemd glatt und schleppte sich die Stufen hinauf, um sogleich zu klopfen. Ein Mann, nicht besonders groß, aber von kräftiger Statur, öffnete die Tür.

Der Büttel überlegte, ob er näher herangehen sollte, um hören zu können, was gesprochen wurde, entschied sich dann aber dagegen. Es war außer ihm und den beiden an der Tür niemand in der Gasse und hätte er sein Versteck aufgegeben, wäre er unweigerlich entdeckt worden.

Er sah, dass der Wirt etwas sagte, dann der andere Mann. Reich, so befand der Büttel, sah dieser nicht aus. Vermutlich war er nicht der Besitzer des Hauses, sondern nur der Wachmann oder irgendein Knecht. Der Büttel versuchte, ganz ruhig zu atmen, um keine Geräusche von sich zu geben und so wenigstens etwas von dem zu verstehen, was gesprochen wurde. Er schnappte nur Wortfetzen auf. *Herr, Hochzeit*, mehr konnte er nicht verstehen.

Dann sagte der Wirt noch etwas, drehte sich um und stapfte verärgert wieder die Stufen herab. Kurz hatte der Büttel Sorge, dass der Schänker ihn entdecken würde, wie er sich hier in den Spalt zwischen zwei Häusern drückte, um nur nicht gesehen zu werden. Doch der Wirt schimpfte weiter vor sich hin und nahm überhaupt nicht wahr, dass er dort stand. Er ging auf direktem Wege zu seiner Schänke, zog einen Schlüssel hervor, öffnete die Tür und ließ diese dann krachend hinter sich ins Schloss fallen.

Der Büttel wartete eine Weile, ob sich noch etwas tat. Doch weder kam der Wirt wieder heraus, noch war weit und breit jemand zu sehen, der hineinging. Also eilte er zurück zur Vogtei, um dem Stadtvogt Meldung zu machen. Zwar hatte er so gut wie nichts von dem verstehen können, was gesprochen worden war, und so auch keinen Namen gehört, sollte denn überhaupt ein Name gefallen sein. Doch er hatte sich das Stadthaus gemerkt, zu dem der Wirt auf direktem Wege gegangen war, und würde nun den Vogt holen, um ihm ebenjenes Haus zu zeigen.

Der Stadtvogt saß hinter seinem Schreibtisch in der Amtsstube und wartete. Er war ein besonnener, jedoch kein geduldiger Mann. Und bei einer Sache wie dieser, die ihn über die Maßen aufwühlte, konnte er sich selbst kaum zügeln.

Wie war es ihm schwergefallen, diesem Widerling von einem Schänker nicht die Faust ins Gesicht zu schlagen und noch dazu solch verächtliche Reden über die Mädchen führen zu müssen, nur um sein Vertrauen zu gewinnen! Ein schales Gefühl belegte seine Zunge, ganz so, als müsse er dringend auf den Boden spucken.

Als er von unten Stimmen hörte und meinte, die des Büttels zu erkennen, den er mit der Verfolgung des Schankwirts beauftragt hatte, erhob er sich von dem Stuhl und verließ seine Amtsstube. Am Treppengeländer blieb er stehen und sah nach unten. »Und?«, rief er dem Büttel zu.

»Es war genau, wie Ihr sagtet, mein Vogt. Er ist auf direktem Wege zu einem Patrizierhaus gegangen und wurde dort vorstellig.«

»Hast du gehört, was gesprochen wurde?«

»Ich konnte es nicht verstehen, weil er mich sonst entdeckt hätte. Offenbar war der Mann, zu dem der Wirt wollte, nicht daheim. Dessen Wachmann oder Knecht hat die Tür geöffnet und mit dem Wirt gesprochen. Nur zwei Wörter konnte ich verstehen: Herr und Hochzeit.«

»Herr und Hochzeit«, murmelte der Stadtvogt nachdenklich und wiederholte die Wörter einige Male. Dann kam ihm eine Erkenntnis. »Aber gewiss, die Hochzeit der Familien Hardevust und Kleingedank findet heute statt«, erkannte er den Zusammenhang mit dem Fest, zu dem auch er selbst eingeladen war. »Wenn er ein reicher Kerl ist, dürfte er auch ein gewisses Ansehen haben und vermutlich ebenfalls dort zu Gast sein«, überlegte er laut. Dann eilte er die Stufen hinab. »Komm mit mir und zeig mir, welches Haus es ist. Aber nur du.« Er sah Maximilian, seinen ersten Büttel, an. »Ihr anderen bleibt hier. Ich will kein Aufsehen erregen.«

Der Stadtvogt verließ die Vogtei, und der Büttel folgte ihm auf dem Fuß, blieb aber stets ein kleines Stück hinter ihm.

»Komm hierher an meine Seite«, mahnte der Stadtvogt an. »Sonst erkennt man sogleich, dass du in meinem Dienst stehst. Wenn wir auf gleicher Höhe gehen, fallen wir weniger auf.«

»Ja, mein Vogt.« Der Büttel schloss zu ihm auf. Einen Moment fürchtete er, dass er das Haus nicht gleich wiederfinden würde. Doch diese Furcht war unbegründet. Sicher führte er seinen Dienstherrn dorthin und blieb stehen, als sie noch ein Stück weit davon entfernt waren. »Das Haus dort vorn, das mit den Fresken.«

»Zu diesem Haus dort ist er gegangen?«

»Ja, mein Vogt.«

»Zu diesem dort?«, fragte der Vogt noch einmal nach, als könne er nicht glauben, dass dies der Wahrheit entsprechen könnte.

»Ja, zu diesem Haus. Es scheint, als wüsstet Ihr, wem es gehört.«

Der Vogt presste Luft durch die geschlossenen Lippen hindurch. »Allerdings weiß ich das«, sagte er, und sein Gesichtsausdruck wurde hart. »Das verändert so einiges«, fügte er dann hinzu, blieb dem Büttel, der ihn verständnislos ansah, jedoch eine Erklärung schuldig.

13. Kapitel

»Wie unglaublich schön Ihr anzusehen seid«, bemerkte Elisabeth und nahm beide Hände der Braut in ihre. »Es gab nie eine schönere Braut als Euch.«

»Habt Dank und immer wieder Dank.« Renata war das Glück, das sie in diesem Moment empfand, ins Gesicht geschrieben.

»Wir wünschen Euch stets Gottes Segen bei allem, was das Leben Euch bescheren mag«, brachte sich nun Rafael ein und beglückwünschte das junge Paar.

»Wir danken Euch«, sagte Matthias Hardevust, der Bräutigam, der ebenso glücklich wie Renata wirkte. »Welch eine glückliche Fügung, dass Ihr genau zur rechten Zeit heimgekehrt seid, um unserer Hochzeit beiwohnen zu können!«

»Ja, nicht wahr? Nur einen Tag später, und ich hätte all das hier nicht miterleben dürfen.« Rafael deutete mit dem Arm in die Runde der illustren Gäste, die allesamt Bier oder Wein in Händen hielten, miteinander plauderten und das junge Paar hochleben ließen.

Elisabeth betrachtete kurz Renatas Taille, um zu sehen, ob die neu gesetzten Nähte tatsächlich von dem sich leicht wölbenden Bauch abzulenken vermochten. Sie war zufrieden mit dem Ergebnis, jedoch auch froh, dass die Hochzeit nicht erst in zwei Wochen oder noch später stattfand. Denn dann hätte auch ihre Nähkunst das Offensichtliche nicht mehr zu verbergen vermocht.

Die nächsten Gratulanten kamen, um dem jungen Paar ihre Glückwünsche zu überbringen, sodass Elisabeth und Rafael sich abwandten und unter die Gäste mischten.

»Fast noch schöner als die Braut«, raunte eine tiefe Stimme Elisabeth ins Ohr. Sie zuckte erschrocken zusammen und drehte sich um. »Alexander!« Sie drückte den Bruder ihres Mannes fest an sich.

»Gott zum Gruße, Schwägerin.« Sein Lächeln war offen und von echter Freude geprägt.

Mit einer zärtlichen Geste strich sie ihm über die Wange. Die Verbindung zu ihrem Schwager war im Laufe der Jahre von anfänglicher Sympathie immer herzlicher geworden und heute durch eine tiefe Zuneigung geprägt. Hatte Alexander früher noch für seine Mutter Elisabeth und Rafael hinterherspioniert, wenn diese sich heimlich trafen, hatte sich das Verhältnis seither vollkommen gewandelt.

Alexander hatte in jungen Jahren, als er noch ein wilder Bursche mit zu vielen Flausen im Kopf gewesen war, etwas Dummes getan, als er zusammen mit einem Kumpan einem Apfelbauern einen Streich spielen wollte, der jedoch in einem furchtbaren Unglück endete. Der Apfelbauer hatte sein rechtes Auge hierbei verloren, und Helene, Alexanders und Rafaels Mutter, hatte dafür gesorgt, dass der Vater nichts erfuhr, und dem Apfelbauern Geld für sein Schweigen bezahlt. Im Gegenzug hatte sie von Alexander kleinere Dienste wie eben auch das Auskundschaften seines eigenen Bruders verlangt, da sie die Beziehung zwischen Elisabeth und Rafael unbedingt hatte verhindern wollen. Dies war jedoch alles längst vergessen.

»Wenn dieser Kerl hier dich nicht glücklich macht«, er deutete auf Rafael, »dann sag mir nur Bescheid«, sagte Alexander und umfasste zum Spaß Elisabeths Taille. »Ich würde nur zu gern seinen Platz einnehmen.«

Elisabeth lachte herzlich auf, und auch Rafael konnte sich ein Schmunzeln nicht verkneifen.

»He, Ihr da, Finger weg von meinem Weib«, gab Rafael mit tief verstellter Stimme zum Besten, was alle drei zum Lachen brachte.

Alexander löste seinen Griff und sah Elisabeth an. »Aber dass du hier die Schönste bist, ist keine Albernheit. Ich freue mich von Herzen, dich zu sehen, Schwägerin.«

Noch einmal umarmte Elisabeth ihn. »Als Rafael heute in der Früh vor der Tür stand, dachte ich, meinen Augen nicht mehr trauen zu können. Ich bin so glücklich, dass ihr beide sicher heimgekehrt seid.«

»Und dass gleich so ein Fest anlässlich unserer Rückkehr gegeben wird, ist wahrlich großzügig«, scherzte Alexander und machte eine ausladende Geste.

»Du bist und bleibst ein Gaukler, Alexander Auerberg«, sagte Elisabeth heiter.

»Das dürfte wohl kaum das sein, als was ein angesehener Geschäftsmann wahrgenommen werden möchte«, kam nun eine Erwiderung von der Seite, und Elisabeth wandte ihren Kopf kurz ab, als sie die Augen verdrehte.

»Gott zum Gruße, Helene«, erwiderte sie dann.

»Gottes Segen mit dir, Elisabeth«, gab die Schwiegermutter hochmütig von sich.

»Ach, Mutter«, sagte Alexander und umfasste deren Schultern. »Warum immer so griesgrämig? Sieh dich doch um. Die Menschen sind hier, um die Vermählung und, wie wir alle hoffen, das Glück zweier Menschen zu feiern. Deine Söhne«, er deutete auf Rafael und dann auf sich, »sind heimgekehrt, und wir alle können genießen, am Leben zu sein. Gib dir einen Ruck und versuche dich an einem Lächeln! Glaub mir, es ist gar nicht so schwer.«

»Ach, du bist wohl schon betrunken, Alexander Auerberg.« Sie machte sich von ihm frei.

»Noch nicht, aber ich hoffe, dass es noch etwas wird«, gab Alexander zurück.

Elisabeth konnte sich ein Schmunzeln nicht verkneifen. Alexander hatte wirklich eine umwerfend fröhliche Art an sich, die sogleich jeden erheitern mochte. Sie wünschte ihm von Herzen, dass er bald eine Frau finden würde, die er gewiss glücklich zu machen vermochte. Er war nun auch schon einundzwanzig Jahre alt und damit nur zwei Jahre jünger als ihr Ehemann. Im Laufe der Jahre waren sie sich vom Aussehen her immer ähnlicher geworden, und wer sie nicht genau kannte, konnte sie gut miteinander verwechseln. Nun, da die Geschäfte der Familie Auerberg nicht nur wieder guten, sondern sehr guten Zeiten entgegensahen, würde Alexander neben seiner fröhlichen Art und dem fabelhaften Aussehen auch noch in finanzieller Hinsicht eine gute Partie sein.

Elisabeth reckte den Hals, um zu sehen, ob sie die junge Frau entdeckte, von der sie sich gut vorstellen konnte, dass sie Alexander gefallen mochte. Ihr Name war Barbara, und sie war die Tochter des Seidenwebers Frentz, mit dem Elisabeth seit einiger Zeit zusammenarbeitete. Erst vor Kurzem hatte sie ein Kleid für Barbara gefertigt. Kasper Frentz hatte es nicht ganz einfach, war doch im vorletzten Jahr seine Ehefrau einem Fieber erlegen, sodass er nun allein versuchen musste, seine drei Töchter, von denen eine hübscher war als die andere, unter die Haube zu bringen. Barbara war nun schon siebzehn Jahre alt und damit über das Alter, in dem Frauen von ihren Vätern in die Ehe gegeben wurden, fast hinaus.

Elisabeth hatte die junge Frau als aufgeweckt und fröhlich kennengelernt und hoffte, dass Alexander Gefallen an ihr finden würde. Elisabeth fand, dass die beiden hervorragend zueinanderpassten. Nun musste sie nur noch dafür sorgen, dass ihnen das auch bewusst wurde.

»Ah«, machte Elisabeth, als sie den dunkelroten Brokatstoff entdeckte, noch bevor sie das Gesicht der jungen Frau sah. »Dort ist Barbara«, sagte sie und ging sogleich hinüber.

»Barbara«, sprach sie sie an, und sofort drehte diese sich zu ihr herum.

»Elisabeth.« Die Frauen herzten einander. »Welche Freude!«

»Du siehst wirklich hinreißend aus in deinem Kleid.«

»Ja, nicht wahr? Ich weiß, ich sollte nicht eitel sein und mich nicht der Gefahr aussetzen, dem Hochmut zu verfallen, doch ich finde mich selbst so hübsch darin.«

»Weil du es auch bist«, befand Elisabeth. »Komm. Ich möchte dir meinen Ehemann und seinen Bruder vorstellen. Ihr kennt euch doch noch nicht, oder?«

»Nein«, sagte Barbara. »Bisher hatten wir noch keine Gelegenheit.«

Die beiden gingen zu den anderen zurück.

»Barbara Frentz, die Tochter des Seidenwebers. Das ist meine Schwiegermutter Helene, mein Ehemann Rafael und sein Bruder Alexander.«

Die Benannten begrüßten einander. Sogleich fiel Elisabeth der Blick auf, den Alexander auf Barbara warf.

»Ihr Brüder habt wirklich sehr große Ähnlichkeit miteinander. Fast könnte man euch verwechseln.«

Alexander beugte sich etwas vor. »Einer von uns beiden ist der Hübschere. Und er«, Alexander deutete auf Rafael, »ist es nicht.«

Barbara lachte heiter auf. Sie sah zu Elisabeth. »Wenn ich mich hier umsehe, gibt es wohl nur wenige Damen, deren Kleider du nicht gefertigt hast, oder?«

Elisabeth ließ ihren Blick ebenfalls schweifen. »Nein«, stellte sie fest. »Viele sind es tatsächlich nicht.«

Barbara wandte sich an Helene. »Auch Euer Gewand ist außergewöhnlich schön. Gewiss wurde es ebenfalls von Elisabeth gefertigt, nicht wahr? Ich glaube ja, ihre Arbeiten spielend von anderen unterscheiden zu können.«

»Nun, wenn die eigene Schwiegertochter Näherin ist, so bietet es sich wohl an, deren Kleider zur Schau zu stellen«, gab Helene arrogant zurück.

Elisabeth musste sich eine Erwiderung verkneifen. So, wie Helene es ausdrückte, konnte man ja fast annehmen, dass sie das Kleid nur aus Gefälligkeit trug, damit es überhaupt jemand tat.

Rafael bemerkte Elisabeths Blick, und auch Barbara, die soeben noch fröhlich und gelöst gewirkt hatte, sah nun etwas gequält aus.

»Wie wäre es mit etwas zu trinken?«, schlug Rafael vor.

»Da sage ich nicht Nein«, erwiderte Alexander sofort und beugte sich wieder etwas vor. »Barbara?« Er reichte ihr den Arm.

»Aber gerne doch.«

»Ah, dort vorn ist Kunigunde«, sagte Helene, wandte sich ab und verschwand ohne ein weiteres Wort im Getümmel.

Elisabeth war erleichtert. Sosehr sie ihren Ehemann auch liebte, so schrecklich fand sie seine Mutter. Sie hatte der Frau nie etwas getan, und doch hätte die Abscheu, die diese Elisabeth gegenüber an den Tag legte, größer nicht sein können. Früher noch hatte sie es sogar verstanden, war doch der ausgezeichnete Ruf, den die Familie Hardenstein jahrzehntelang gehabt hatte, nach einigen schlechten Geschäftsjahren nicht mehr der gleiche. Doch nicht nur ihrer Familie war es so ergangen, sondern vielen anderen auch.

Und auch die Auerbergs hatten mit Einbußen zu kämpfen gehabt, die schließlich sogar zum Selbstmord des Vaters geführt hatten. Aber Helene Auerberg tat beharrlich so, als sei ihre Familie eine der wenigen durchweg angesehenen in der Stadt gewesen, was mit dem wahren Leben jedoch nichts zu tun hatte. Ganz im Gegenteil. Rafael und Alexander war es nur mit großer Mühe und mithilfe der Mitgift, die Elisabeth eingebracht hatte, möglich gewesen, genug Geld zu verdienen, damit die Familie das Haus nicht verlor, und den Handel so weit wieder voranzutreiben, dass am Ende kein Verlust entstand. Elisabeth hingegen hatte sich nach dem Tode des Vaters alles selbst hart erarbeiten müssen. Und ihre Erfolge suchten, ob Frau oder Mann, ihresgleichen. Sie hatte allen Grund, stolz auf sich zu sein, und das Ansehen, das sie sich hart erarbeitet hatte, ließ sie sich von niemandem, auch nicht von einer Helene Auerberg niederreden. Aber was hätte es Elisabeth schon genützt, ihr dies auch zu sagen?

Mit einem Lächeln nahm sie Rafaels Arm, als er ihr diesen reichte, und die beiden folgten Alexander und Barbara, die vor ihnen gingen und so vergnügt miteinander plauderten, als würden sie sich schon viele Jahre und nicht gerade erst einige Augenblicke kennen.

Rafael lächelte. »Du hast diese Barbara schon länger für ihn im Auge, nicht wahr?«

Elisabeth erwiderte sein Lächeln. »War das so offensichtlich?«

»Durchtrieben und wunderschön.« Er gab ihr einen Kuss auf die Wange. »Lass uns nicht den ganzen Abend hier verbringen. Ich kann es kaum noch erwarten, mit dir allein zu sein.«

»Genauso geht es mir auch.«

Der Stadtvogt sah sich um. Mit seiner Größe hatte er den Vorteil, die meisten der anwesenden Gäste zu überragen, sodass er sich einen guten Überblick verschaffen konnte. Etwas von ihm entfernt sah er die Tuchhändlerin, mit der er in den letzten Tagen wegen der unerfreulichen Ereignisse mehr als in den gesamten vergangenen Jahren zu tun gehabt hatte. Sie bahnte sich am Arm eines Mannes ihren Weg durch die Menge. Die Art, wie die zwei sich einander zuwandten, ließ für den Stadtvogt nur den Schluss zu, dass vermutlich der Ehemann der Tuchhändlerin von seiner Handelsreise heimgekehrt war. Allerdings hatte sie hiervon heute in der Früh, als er sie zuletzt aufgesucht hatte, nichts erwähnt. Und er kannte das Gesicht ihres Mannes, von dem er wusste, dass er Salzhändler war, zu wenig, um beurteilen zu können, ob es der gleiche war, mit dem sie nun in einer Menschentraube verschwand.

Doch was machte er sich darum Gedanken? Er hatte ganz anderes im Sinn.

Die Menschen, die hier zusammengekommen waren, so fröhlich miteinander plauderten und dem jungen Paar nur das Beste für dessen Lebensweg wünschten, waren die bedeutendsten Bürger, die es in ganz Köln gab. Alle schienen da zu sein, und gewiss wollte keiner versäumen, gesehen zu werden, damit es am Ende nicht hieße, er wäre nicht zu der Hochzeit geladen gewesen.

Dem Stadtvogt kam vieles, wenn nicht gar das meiste von dem, was sich hier tat, lächerlich und albern vor. Gewiss mochte es einige geben, die vor allem deshalb gekommen waren, um sich mit dem jungen Paar zu freuen. Den meisten jedoch ging es um Geschäfte und die Möglichkeit, hier in launiger Runde zusammenzukommen und einen Abschluss zu erreichen. Aber nun ja, es schadete niemandem, dass es so war, und der Stadtvogt verbot sich selbst ein Urteil über die Bürger, die zu beschützen seine Aufgabe war.

Langsam schritt er durch die Menge, immer bedacht, nichts von dem verdünnten Würzwein zu verschütten, den er in dem verzierten Kelch mit sich führte. Er grüßte nach rechts und nach links, erblickte ein ums andere Ratsmitglied. Lorentz Riemenschneider konnte er nirgendwo sehen. Vermutlich war dieser nicht wichtig genug, um auf diese Feierlichkeit eingeladen worden zu sein.

»Ah, unser Herr Stadtvogt gibt sich die Ehre«, sprach ihn Ekkard Lodenstein, ein Mitglied des engen Rates, an.

»Ratsherr Lodenstein.« Der Stadtvogt nickte ihm zu. »Ein wahrhaft prächtiges Fest, nicht wahr?«

»Man munkelt, die Hardevusts haben sich mit den Kosten hierfür fast ein wenig übernommen.« Er warf dem Vogt einen wissenden Blick zu.

»So, so, munkelt man das?« Der Vogt ließ seinen Blick einen Moment auf dem anderen ruhen. »Ich hingegen hörte, dass Hardevusts ihre Gewürzstände sogar noch erweitert haben und die orientalischen Kräuter, die sie führen, ihnen geradezu aus den Händen gerissen werden, sodass sie gar nicht rasch genug nachliefern können.« Ein Lächeln, das die Augen nicht erreichte, umspielte seine Lippen. »Wie steht es um Euren eigenen Gewürzhandel, Ratsherr? Gehen die Geschäfte gut?«

Der Angesprochene verzog grimmig das Gesicht. »Eine Stadt wie Köln braucht viele Gewürzhändler, um alle Menschen versorgen zu können.« Er hob die Augenbrauen. »Jedoch nur einen einzigen Stadtvogt, der jederzeit durch einen anderen ersetzt werden kann.«

»Wahr gesprochen. Und wann immer sich ein Mann findet, der dem Amte vortrefflicher dienen kann als ich, werde ich mich zurückziehen und wieder als Advocatus tätig sein, wie ich es früher war. Und Ihr wisst ja, der Streit geht den Menschen niemals aus. Dann können wir beide wohl von Glück sagen, Berufe zu haben, die unsere Bäuche und Geldbeutel stets gut zu füllen vermögen.«

»So ist es wohl.« Lodenstein tat, als begrüße er jemanden weiter hinten im Raum. »Entschuldigt mich. Die Geschäfte rufen.«

»Gott mit Euch, Ratsherr Lodenstein.« Der Stadtvogt ließ abermals seinen Blick schweifen und sah, dass die Tuchhändlerin nun direkt auf ihn zuhielt. Endlich ein Mensch, über dessen Anblick er sich aufrichtig freute.

»Gottes Segen, Stadtvogt. So rasch sehen wir uns wieder.«

»Tuchhändlerin.« Er nickte ihr zu.

»Darf ich Euch meinen Gatten Rafael Auerberg vorstellen? Rafael, das ist der Mann, von dem ich dir vorhin erzählte.«

»Ich freue mich aufrichtig, Eure Bekanntschaft zu machen«, sagte Rafael. »Meine Frau sagte mir, welch große Hilfe Ihr ihr in den letzten Tagen gewesen seid.«

»Gott zum Gruße, Salzhändler Auerberg. Ich komme nur meinen Aufgaben als Vogt dieser Stadt nach.«

»Ich glaube ja, man kann seine Aufgaben auf die eine wie die andere Art tun«, entgegnete Rafael. »Und Euch möchte ich danken dafür, wie sehr Ihr meiner Gattin beigestanden habt bei dem, was über sie hereingebrochen ist.«

»Ich bewundere Frauen, die handeln. Und damit meine ich nicht die Tuche.«

»Ja, ich ebenso.« Er fasste Elisabeths Taille und zog sie an sich.

»Wäre es Euch recht, wenn ich zu späterer Stunde noch einmal bei Euch vorstellig würde, um mit Marlein zu sprechen?«

»Aber gewiss«, willigte Elisabeth sogleich ein. »Gibt es einen Anlass? Noch heute Morgen habt Ihr nichts davon gesagt.«

»Die Erkenntnisse haben sich erst ergeben«, stellte er fest. »Aber wir sollten hier nicht darüber sprechen.«

»Wie Ihr wollt. Kommt, wann immer es Euch möglich ist.«

»Claus. Wir haben uns lange nicht gesehen.« Der Advocatus war hinzugekommen und klopfte dem Stadtvogt nun freundschaftlich auf die Schulter. »Guten Tag, Elisabeth, Rafael.«

»Simon«, sagte nun der Stadtvogt erfreut. »Wahrlich, es ist einige Zeit her.«

»Gott zum Gruße, Advocatus«, sagte Rafael.

»Ich wusste gar nicht, dass Ihr Euch so gut kennt«, gab Elisabeth ihrer Verwunderung Ausdruck.

»Nun«, erklärte der Stadtvogt, »dieser Mann hat als junger Advocatus für mich gearbeitet.«

»Ach ja?«, staunte Elisabeth.

»Ja«, bestätigte der Advocatus. »Vermutlich wisst Ihr es nicht, weil Ihr in ihm nur den Stadtvogt seht. Doch dieser Mann ist einer der besten Juristen, die dieses Land vorzuweisen hat. Es war mir eine Ehre, für ihn arbeiten zu dürfen.«

»Aber das habt Ihr mir all die Jahre nie erzählt.« Elisabeth schüttelte lächelnd den Kopf. Fast wirkte der Advocatus in diesem Moment ein wenig fremd auf sie, so gut, wie sie ihn sonst zu kennen geglaubt hatte. Sie hatte ihn auch noch nie mit seinem Vornamen angesprochen, wie es der Stadtvogt soeben vertraut getan hatte. Nun verstand sie jedoch auch, was er beim Zusammentreffen mit Ennlin erwähnt hatte, nämlich dass der Stadtvogt eine ganz eigene Geschichte hatte, die ihn antrieb. Es war also nicht nur ein Gerücht gewesen.

»Es gab keinen Anlass, darüber zu sprechen«, entgegnete der Advocatus.

»Nun, wo ich weiß, wen ich hier vor mir habe«, begann Elisabeth und sah den Stadtvogt an, »sagt mir, welche Aufgabe liegt Euch mehr: die des Advocatus oder die des Stadtvogts?«

»Fürwahr, diese Frage wurde mir noch nie gestellt.« Er überlegte. »Mein Wissen als Advocatus hilft mir, meine Aufgaben als Stadtvogt besser erfüllen zu können.« Er beugte sich mit verschwörerischer Miene vor. »Doch mir die Kerle, die etwas ausgefressen haben, von Zeit zu Zeit selbst vornehmen zu können, wie es zu meinen Aufgaben als Stadtvogt gehört und was dem Handeln eines Advocatus entgegensteht, möchte ich keinesfalls mehr missen.«

Die anderen lachten auf.

»Ja«, befand der Advocatus, »das passt zu dir.«

Sie plauderten noch eine Weile, wechselten immer wieder die Themen. Dann kamen sie auf die Lage in der Stadt zu sprechen und so auf Marlein.

»Du bist also in alles eingeweiht?«, fragte der Stadtvogt an den Advocatus gewandt.

»Ja, Elisabeth hat mich an dem Abend kommen lassen, nachdem du fort warst.«

»Gut«, befand der Stadtvogt. »Je mehr kluge Köpfe sich für sie einsetzen, desto besser für das Mädchen.«

»Ist hier von klugen Köpfen die Rede? Da geselle ich mich gern hinzu.«

»Bürgermeister von Spiegel, welche Freude«, sagte Elisabeth und wandte sich dann an ihren Ehemann. »Rafael, das ist unser Bürgermeister, der mir erlaubt hat, das Haus zu kaufen.« Sie wählte ihre Worte bewusst, um dem Bürgermeister ein wenig zu schmeicheln.

»Dann muss ich mich wohl bei Euch bedanken«, stellte Rafael fest.

»Eigentlich«, der Advocatus hob den Zeigefinger, »waren die Verträge so eindeutig gefasst, dass es gar keinen Zweifel geben konnte. Aber nun gut, ich will nicht kleinlich sein.«

Es war als Scherz gemeint gewesen, doch Werner von Spiegel brauchte einen Augenblick, um ins Gelächter der Umstehenden einstimmen zu können.

Der Einzige, der nicht lachte, war der Stadtvogt. »Ihr seid ja noch nicht so lange im Amt, Bürgermeister. Wollt Ihr uns mitteilen, ob Ihr an Euren Aufgaben Gefallen habt?«

Der Bürgermeister schien zu überlegen. »In der Tat weiß ich nicht, ob ich es *als Gefallen finden* beschreiben würde. Die Aufgaben sind vielseitig, und ich habe in den wenigen Monaten, die ich das Amt nun innehabe, einiges erfahren, was ich vorher nicht kannte.«

»Als da wäre?«, hakte der Stadtvogt nach.

»Nun, zunächst einmal will ich gestehen, dass die Aufgaben nicht so viele Stunden des Tages füllen, wie ich befürchtet hatte. Mithilfe meines Neffen kann ich meinen Handel nach wie vor weiterführen. Was mich überraschte, waren die vielfältigen Anliegen, mit denen die Bürger sich an mich wenden. Dabei scheint oft schon alles geregelt zu sein. Am Ende wollen die sich wohl nur versichern, dass das, was sie tun, auch rechtens ist.«

»Das liegt in der Natur des Menschen«, befand der Advocatus.

»Eure Vorgänger haben Euch das Feld gut bereitet«, sagte der Stadtvogt. »Ich bin schon Stadtvogt, seit Johann Overstolz von Efferen und Eberhard Hardevust das Amt innehatten, dann folgten ihnen Gerhard Benesis und Tilmann Overstolz nach, die in dem einen Jahr, in dem sie tätig waren, wahrlich viel bewirkten. Auch Edmund Birkelin vor Euch war ein guter Mann. Er hatte mehr Ehre im kleinen Finger als manch anderer im ganzen Leib.«

»Es klingt, als wärt Ihr ein großer Anhänger meiner Vorgänger gewesen. Da kann ich ja nur hoffen, dass Ihr eines Tages ebenso hochachtungsvoll von mir sprechen werdet.« Der Bürgermeister wirkte fröhlich bei diesen Worten. Doch etwas in der Miene des Stadtvogtes ließ ihn unsicher werden. »Oder soll ich Euch so verstehen, dass Ihr glaubt, ich sei dieses Amtes und der Nachfolge dieser großen Männer nicht würdig?« Er sah den Stadtvogt, zu dem er aufblicken musste, abwartend an.

»Ich glaube, dass die Zeit die Taten eines jeden Mannes an den Tag bringen wird, seien es gute oder schlechte.«

Der Bürgermeister musterte ihn. Dann sagte er: »Na, dann kann ich doch von Glück sprechen. So wird meine große Zeit wohl auch kommen, wenn ich ihr nur mit Gelassenheit entgegenblicke.«

»So wird es wohl sein.« Der Stadtvogt verzog bei diesen Worten keine Miene.

Elisabeth sah vom Stadtvogt zum Bürgermeister. Die Spannung zwischen den Männern war fast mit Händen zu greifen. »Sagt, Bürgermeister, habt Ihr je eine so reizende Braut gesehen?«, fragte sie rasch, um die Stimmung aufzulockern und weil ihr schlicht nichts anderes einfiel.

»Sie ist wunderschön, fürwahr.« Der Bürgermeister sah sich um. »Und nun muss ich mich entschuldigen. Bei den vielen Gästen hier werde ich sonst bis zum Abend nicht alle begrüßt haben können.« Damit verabschiedete er sich und verschwand in der Menge.

»Alles in Ordnung, Claus?«, fragte der Advocatus den Stadtvogt.

»Ja, ja, alles gut«, beeilte sich dieser zu versichern. Doch sein Blick ruhte noch immer auf der Stelle, wo der Bürgermeister soeben in der Menge verschwunden war.

Sowohl der Stadtvogt als auch der Advocatus begleiteten Elisabeth und Rafael, als diese eine Weile danach die Hochzeitsfeierlichkeiten verließen. Wie vom Stadtvogt angekündigt, suchte dieser noch kurz das Gespräch mit Marlein, um ihr mitzuteilen, dass er womöglich in Erfahrung gebracht hatte, wer hinter den Verbrechen an ihr stand.

Marlein war weder Erleichterung noch Besorgnis über diese Nachricht anzumerken. Vielmehr nahm sie die Botschaft fast teilnahmslos hin.

Rafael, dem Elisabeth bisher nur in wenigen Worten und ohne die Details zu beschreiben, mitgeteilt hatte, was geschehen war, schüttelte während der Besprechung mehrere Male mit dem Kopf. Kurz tauchten vor seinem inneren Auge Bilder auf, was wäre, wenn Elisabeth, während er wieder einmal auf Handelsreise war, überfallen würde. Einmal mehr hoffte er, dass seine Handelspartner ihre Versprechungen einhalten und regelmäßige Lieferungen durchführen würden, sodass er nicht gezwungen wäre, erneut aufzubrechen und das Gespräch zu suchen.

Er wusste nicht recht, weshalb, doch er hatte das Gefühl, dass die Trennungen von Elisabeth ihm von Mal zu Mal mehr zu schaffen machten. Er spürte tief in sich, dass es für ihn an der Zeit war, die vielen Reisen aufzugeben, und hoffte darauf, dass Elisabeth schon bald ein Kind von ihm empfangen würde und er mit seiner Familie einfach hier in Köln leben könnte. Leben, lieben und jeden Tag auf seiner eigenen Lagerstatt aufwachen. Ja, viel mehr wollte er nicht.

Es war schon später als gedacht, als der Stadtvogt und der Advocatus sich verabschiedeten. Elisabeth wie auch Rafael waren hundemüde, und hätten sie sich nicht heute erst wiedergesehen, wären sie vermutlich einfach nebeneinander eingeschlafen und erst in den frühen Stunden des neuen Tages wieder erwacht. So jedoch verbrachten sie leidenschaftliche Stunden miteinander, und auch wenn Elisabeth den Gedanken beiseitezuschieben versuchte, hoffte sie doch, womöglich von Rafael empfangen zu haben. Die nächsten Wochen würden es zeigen.

14. Kapitel

»Seid Ihr der Bürgermeister dieser schönen Stadt?«

»Da Ihr in mein Amtszimmer geführt wurdet, wird es wohl so sein«, erwiderte Werner von Spiegel. »Bitte, setzt Euch. Was kann ich Euch auftragen lassen?«

»Ein Bier, wenn Ihr habt.«

Während Stephen sich auf den Besucherstuhl setzte, gab der Bürgermeister dem Büttel, der noch in der Tür stand und die Weisung seines Dienstherrn abwartete, ein Zeichen. Dieser nickte und schloss dann die Tür, um nur kurze Zeit später mit zwei Krügen Bier zurückzukommen.

»Ah, genau das Richtige bei dieser Wärme«, sagte Stephen, nachdem er den ersten Schluck genommen hatte.

»Also«, begann der Bürgermeister, »mein Gehilfe sagte mir, dass Ihr vor zwei Tagen schon einmal hier wart und mich zu sprechen wünschtet. Was kann ich für Euch tun?«

»Nun, wenn ich so verwegen sein darf, nicht Ihr sollt etwas für mich tun, sondern vielmehr ich für Euch.«

»Hört, hört! Und das wäre?«, wollte der Bürgermeister wissen.

»Ich möchte Euch helfen, jede Menge Münzen in Eure Kassen zu bringen.«

»Das ist immer in meinem Sinne. Und was habt Ihr anzubieten, das hierzu beitragen kann?«

»Euer Marktplatz und die Tuche, die ihn überspannen.«

»Eine Augenweide, nicht wahr? So etwas gibt es nur hier in Köln. Und wenn erst unser Dom fertiggestellt ist, wird es überall in der Welt heißen, dass Köln die Stadt ist, in der die Menschen mehr zu sehen bekommen als in jeder anderen.«

»Gewiss ist Euer Marktplatz schön, doch die Tuche, die dort gespannt sind …«

»Was ist mit ihnen?«

»Nun, sie müssen des Öfteren erneuert werden, nicht wahr?«

»Ja, so ist es. Doch das soll nicht Eure Sorge sein. Wir haben hier eine sehr tüchtige und findige Tuchhändlerin, die mit dieser Aufgabe betraut ist. Erst vor Kurzem wurde die Bespannung erneuert, und alles ist in bestem Zustand.«

»Tüchtig und findig mag sie wohl sein, diese Tuchhändlerin«, entgegnete Stephen, »jedoch nicht zum Wohle Eurer wunderbaren Stadt, sondern zu ihrem eigenen.«

»Wie soll ich das verstehen?«

»Ganz einfach: Ihr bezahlt zu viel Geld für schlechte Tuche.«

Der Bürgermeister sah ihn kurz an, dann hob er mahnend den Zeigefinger und bewegte diesen hin und her. »Nein, guter Mann, da habt Ihr etwas Unwahres gehört. Wir zahlen gar nichts für diese Tuche, nicht einen lumpigen Silberling. Die Tuchhändlerin nimmt die Bespannung vor, und wir geben ihr hierfür lediglich etwas von den Standgebühren ab. Doch für die Stoffe selbst bezahlen wir nichts.«

»Und wie viel gebt Ihr ab?«

»Nun, offen gesagt, weiß ich das gar nicht so genau. Doch in jedem Fall macht die Stadt einen schönen Gewinn.«

»Der jedoch höher ausfallen würde, wenn Ihr nur so viel Abgaben leisten müsstet, wie solche einfache Tuche wert sind.«

»Doch weshalb sollte sie gute Tuche verwenden?«, fragte der Bürgermeister. »Ich verstehe wirklich nicht ganz, worauf Ihr hinauswollt. Es kann den Menschen doch einerlei sein, ob grobes Tuch ihre Häupter vor Regen und Sonne schützt oder reiner Goldbrokat.«

»Aber denkt Ihr denn nicht auch, dass Ihr nur für eine Leistung bezahlen solltet, die Ihr auch erhaltet?« Stephen beugte sich weiter vor. Dieser dämliche Sturkopf von einem Bürgermeister wollte offenbar nicht verstehen, worauf er hinauswollte.

»Also wenn Ihr mich fragt, tun wir genau das und nichts sonst.«

Stephen musste sich zusammennehmen, um nicht mit der Faust auf den Tisch zu schlagen. »Was wäre, wenn ich Euch das Gleiche anbiete für weniger Geld?«, brachte er seinen Vorschlag auf den Punkt.

Es schien, als hätte er nun erstmals das Interesse des Bürgermeisters geweckt.

»Das Gleiche für wie viel weniger?«, fragte dieser, hellhörig geworden.

»Für die Hälfte dessen, was Ihr derzeit abzugeben habt.« Zwar wusste Stephen nicht einmal, wie hoch Elisabeths Anteil an den Standgebühren war. Doch selbst wenn er bei der ersten Lieferung ohne Gewinn ausginge, würde auf diesem Verlust schließlich Dorothea und nicht er sitzen bleiben. Wichtig war für ihn erst einmal nur, das Geschäft zu bekommen, egal um welchen Preis.

»Die Hälfte?«, echote der Bürgermeister.

»Ja. Und wenn Ihr mir die Bemerkung erlaubt: Damit mache ich immer noch Gewinn«, log er. »Die Tuchhändlerin, mit der Ihr Geschäfte macht, nutzt Eure Gutmütigkeit aus, wenn Ihr mich fragt.« Er hob die Hände in einer gefälligen

Geste. »Aber so ist das eben, wenn niemand sonst eine Offerte macht.«

Der Bürgermeister musste an das Gespräch bei der Hochzeit denken, während dessen der Stadtvogt hatte verlauten lassen, wie beeindruckt er von den Vorgängern des Bürgermeisters und deren Leistungen für die Stadt Köln sei. Wenn er sich nun aber geschickt im Verhandeln zeigte und hierdurch eine große Geldsumme in die Kassen der Stadt flösse, würde sein Name in einem Atemzug mit Johann Overstolz von Efferen, Eberhard Hardevust, Gerhard Benesis und Tilmann Overstolz genannt werden. Oder auch mit Edmund Birkelin, von dem er die Aufgabe erst in diesem Jahr übernommen hatte. Ja, das könnte ihm schon gefallen.

»Nun, zunächst einmal muss ich mir die Verträge hersuchen lassen«, sagte der Bürgermeister. »Sie wurden seinerzeit von meinen Vorgängern geschlossen, und ich stehe in meiner Funktion als Bürgermeister unserer wunderschönen Stadt selbstverständlich ebenso dafür ein, wie Benesis und Overstolz es seinerzeit taten.«

»Ich verstehe.« Stephen wurde kurz unsicher. Er hatte gar nicht darüber nachgedacht, dass die bestehenden Verträge es dem Bürgermeister unmöglich machen könnten, auf das Geschäft einzugehen. »Wie lange wird das dauern?«

»Seid Ihr in Eile?«

»Nun, sagen wir mal so: Ich ging davon aus, dass es Euch nur eine wahre Freude sein könnte, mit mir ins Geschäft zu kommen. Sollte dem nun nicht so sein, werde ich eben nach Nürnberg reisen und dem dortigen Bürgermeister das gleiche Angebot machen.«

Der Bürgermeister schmunzelte und entgegnete: »Aber Nürnberg hat gar keinen überspannten Marktplatz.«

»Noch nicht, das mag stimmen. Doch der Ruf Kölns ist eben wegen dieser Besonderheit so anziehend. Warum sollten die Nürnberger, wenn sie das gleiche, ach nein, entschuldigt, ein günstigeres Angebot erhalten, nicht ebenfalls etwas Derartiges errichten? Sie könnten Euch so viele Ständler abgewinnen.«

Der Bürgermeister ließ die Faust auf den Tisch niedersausen. »Aber das ist unser Einfall. Er gehört zu Köln. Ihr könnt ihn nicht einfach nachmachen.«

»Und wo steht das geschrieben? Welche rechtliche Grundlage will es mir verbieten? Weder das Ständerecht noch die Lex mercatoria helfen Euch weiter.«

Hierauf wusste der Bürgermeister nichts zu erwidern.

Stephen stand auf. »Habt Dank für das Bier und Euer Ohr, Bürgermeister. Wenn Ihr erlaubt, komme ich zu späterer Stunde noch einmal her, damit Ihr Gelegenheit bekommt, Eure Verträge durchzusehen. Dann könnt Ihr mir mitteilen, ob Ihr mein Angebot annehmen wollt oder nicht.«

Der Bürgermeister erhob sich ebenfalls. »In Ordnung, ich werde mich darum kümmern.« Der Bürgermeister begleitete seinen Gast zur Tür. »Ach, Ihr habt mir Euren Namen gar nicht verraten.«

»Stephen Wagner«, gab dieser Auskunft. »Gott zum Gruße, Bürgermeister.«

»Der Segen des Herrn mit Euch«, sagte der Bürgermeister ein wenig abwesend. Dann ging Stephen hinaus, während der Amtmann ihm noch nachsah. Stephen Wagner. Ein Wagenradbauer also, der ihm Stoffe verkaufen wollte. Er schüttelte den Kopf. Was es nicht alles gab!

»Hm«, machte der Bürgermeister, als er die seinerzeitigen Verträge prüfte. »Wenn ich es richtig verstehe, hat der Vertrag ja noch zwei weitere volle Jahre Bestand.«

»Ja, so verstehe ich es auch«, bestätigte der Stadtschreiber.

»Warum wurde denn dort nicht abgefasst, dass die Stadt die Verträge kündigen oder zumindest anpassen kann, wenn sich jemand findet, der weniger verlangt als ein Drittel der Standgebühren? So etwas muss doch besprochen worden sein.«

Der Stadtschreiber zuckte mit den Schultern. »Ich denke, dass niemand auf den Gedanken gekommen ist, dass es einen Tuchhändler geben könnte, der in das Geschäft einsteigt. Ganz abgesehen davon war es der Einfall der Tuchhändlerin Hardenstein, um so den Handel nach Köln zurückzubringen. Erinnert Ihr Euch nicht, wie traurig es damals darum bestellt war, als die Juden die Stadt mieden und auch die anderen Händler fortblieben, da es immerzu geregnet hat?«

»Ja, ja.« Der Bürgermeister machte eine Handbewegung, als wollte er ein lästiges Insekt verscheuchen. »Gewiss erinnere ich mich daran. Aber das kann doch kein Grund sein, immerwährende Dankbarkeit zu zeigen.«

»Nun, wenn ich es ganz offen sagen darf: Die Tuchhändlerin hätte damals auch scheitern können. Ich erinnere mich noch gut, dass es ihr Einfall war, ein Marktfest zu feiern, auf dass alle den überspannten Marktplatz sehen könnten und die Händler in Scharen kommen würden, um ihre Waren feilzubieten. Wären sie nicht gekommen, hätte die Tuchhändlerin auch kein Geld mit der Bespannung verdient.«

»Das mag ja alles sein«, tat der Bürgermeister die Einwände des Stadtschreibers ab. »Aber wenn uns nun einer für die Hälfte den gleichen Dienst erweist, würde es ja einem Diebstahl an der Stadt gleichkommen, wenn ich nicht versuchte, den Handel durchzubringen.«

Der Stadtschreiber zuckte abermals mit den Schultern. »Ich habe damals niedergeschrieben, was mir in die Feder diktiert wurde, und alle haben es unterschrieben. Mehr kann ich dazu nicht sagen.«

»Schon gut«, befand der Bürgermeister. »Ihr könnt gehen.«

Der Stadtschreiber verneigte sich und verließ die Amtsstube des Bürgermeisters.

Es vergingen einige Stunden, bis dem Bürgermeister Meldung gemacht wurde, dass der Mann, der ihn bereits am Morgen aufgesucht hatte, wieder da sei und ihn erneut zu sprechen wünsche. Kurz darauf führte einer der Wachleute den Mann mit dem dunklen Bart herein, und dieser nahm genau dort Platz, wo er schon Stunden zuvor gesessen hatte.

Die Miene des Bürgermeisters verriet Stephen, dass dieser nichts Gutes zu berichten wusste. »Ihr seht besorgt aus, Bürgermeister.«

»Besorgt wohl nicht, eher etwas enttäuscht. Gern hätte ich das Geschäft mit Euch abgeschlossen, doch ich muss Euch sagen, dass mir dies nicht möglich sein wird.«

Stephen spürte, wie Unruhe von ihm Besitz ergriff, wollte es sich jedoch nicht anmerken lassen. Er musste Gleichmut ausstrahlen, ganz so, als sei es ihm einerlei, ob er den Marktplatz in Köln, Nürnberg oder sonst wo überspannen würde. »Ach ja? Und warum nicht?«

»Der Vertrag lässt es nicht zu.« Er reichte ihm das Schriftstück. »Ihr könnt doch lesen?«

Stephen warf ihm einen Blick zu, in dem sowohl Unverständnis als auch Gekränktheit lag. »Ein Händler, der etwas auf sich hält und nicht lesen kann, ist kein guter Händler.«

»Wohl gesprochen«, gab der Bürgermeister zurück und wartete, bis Stephen den Vertrag gelesen hatte.

»Das ist ärgerlich«, befand Stephen.

»Wenn Ihr in zwei Jahren noch das Gleiche anbieten könnt, werdet gern wieder vorstellig. Allerdings wird dann ein anderer Bürgermeister hier auf dem Stuhl sitzen. Doch ein gutes Handelsgeschäft wird auch dieser zu schätzen wissen.«

Verdammt noch mal! Er hatte alles genau durchdacht. Es durfte doch nun nicht an einer Kleinigkeit wie einem Vertrag scheitern. Stephen überlegte fieberhaft, doch ihm wollte einfach kein Einfall kommen. Er musste nachdenken, unbedingt.

Elisabeth war von ihnen beiden immer diejenige gewesen, die einen Einfall nach dem anderen gehabt hatte. Es war fast, als könnte sie Dinge vorausahnen und deshalb so rasch darauf reagieren. Womöglich war diese Kebse eine Art Seherin, was es ihr möglich machte, ihn wieder und wieder zu übervorteilen. Doch nicht dieses Mal! Er hatte alles genau überlegt und würde sich nicht mehr aufhalten lassen. Er hatte Dorothea die Wahrheit über sein Vorhaben gesagt, und selbst sie war davon überzeugt. Es musste jetzt geschehen, jetzt und nicht erst in zwei Jahren.

»Was, wenn die Tuchhändlerin vertragsbrüchig würde?«, hörte Stephen sich selbst sagen, ohne dass er wusste, woher diese Eingebung gekommen war.

»Vertragsbrüchig?«, wiederholte der Bürgermeister.

»Ja.« Stephen musste sich schleunigst etwas einfallen lassen, da er das, was er dachte, keinesfalls aussprechen durfte. »Ich will ganz offen zu Euch sein, Bürgermeister«, begann er. »Die Tuchhändlerin und ich haben den gleichen Lieferanten. Wenn ich ihm nun die Tuche abkaufe, wird nichts mehr für diese …«, er tat, als müsse er den Namen vom Vertrag ablesen, »für diese Elisabeth Hardenstein da sein.«

»Ihr seid wahrlich ein Kaufmann nach meinem Geschmack«, lobte der Bürgermeister und nahm den Vertrag wieder an sich. »Nun, in diesem Fall müsste man wohl konstatieren, dass die Händlerin nicht in der Lage ist, die bestehende Vereinbarung einzuhalten, und die Stadt somit berechtigt wäre, das Geschäft anderweitig abzuschließen.«

Stephen grinste breit. »Gut, das wollte ich hören.« Er stand auf. »Ich werde wieder auf Euch zukommen, Bürgermeister, wenn die Zeit hierfür reif ist.«

»Ihr wisst, wo Ihr mich findet.« Der Bürgermeister hatte sich ebenfalls erhoben. »Und wenn ich ganz offen sprechen darf, ist es auch nur richtig und gottgewollt, dass ein Mann ein solches Geschäft übernimmt. Ich habe diese Tuchhändlerin kennengelernt. Sie verlangt mir zu selbstverständlich das, was einem Weib nun einmal nicht zusteht. Und wenn ich das noch hinzufügen darf: Sosehr ich meine Vorgänger im Amt auch schätzen mag – wäre ich damals schon Bürgermeister gewesen, hätte es einen solchen Vertrag mit einer Frau niemals gegeben.«

Stephen verzog den Mund zu einem selbstgefälligen Grinsen. »Wir beide verstehen uns. Das habe ich schon gewusst, als ich vorhin Eure Amtsstube betrat und wir uns das erste Mal in die Augen sahen.«

»Dann hoffe ich aufrichtig, dass der Lieferant, von dem Ihr die Stoffe bezieht, sein Wort hält und der Tuchhändlerin nichts mehr liefert, wenn er das Geschäft mit Euch machen kann.«

»Verlasst Euch darauf.«

Die beiden verabschiedeten sich voneinander, und Stephen verließ das Rathaus. Er war wirklich ausgezeichneter Laune. Der Händler, bei dem er die Stoffe erwerben wollte, war ein echter Halsabschneider und gewiss ein ganz anderer als der, von dem Elisabeth ihre Tuche bezog. Das, was dieser lieferte, konnte man auch nur für den Zweck verwenden, dem Stephen es zuführen wollte. Doch all das spielte nicht die geringste Rolle. Er hatte bereits etwas angezahlt, damit der Händler die Stoffe bereithielt. Viel war es nicht gewesen, doch wollte Stephen auch nicht die wenigen Münzen verfallen lassen. Sobald er den Auftrag von dem Bürgermeister erhielte, würde er wie besprochen einen Boten schicken und die Stoffe über den Rhein nach Köln bringen, und das rascher, als Elisabeth nachliefern konnte. Ja, er hatte an alles gedacht. Dieses Mal würde er als Gewinner aus all dem hervorgehen.

Er fühlte sich so gut und kraftvoll, dass seine Füße wie von selbst den Weg zum Hafen einschlugen. Das musste gefeiert werden, und er wusste auch schon genau, wie.

Kurz blickte er sich um, als er die Schänke betrat. Sie war so gut wie leer. So früh am Tag waren die meisten noch bei der

Arbeit und kamen erst später, um sich mit einem Bier, Schnaps oder auch beidem zu belohnen. Mit siegessicherer Miene trat er an den Schanktisch. »Ist Leni da?«

Der Bursche erkannte ihn sogleich wieder. Er nickte, wenngleich er wusste, dass die Hübschlerin alles andere als erfreut sein würde, den Kerl wieder ranlassen zu müssen. »Leni«, brüllte er die Treppe hinauf, ohne das Wort an Stephen zu richten. »Besuch für dich.«

Schritte waren zu vernehmen, und die junge Frau kam fröhlich die Stufen herab, bis sie sah, wer sie zu sehen wünschte. Ihre Miene versteinerte sich, und sie warf dem Wirtssohn einen Blick zu, der voller Abscheu war. Ohne ein Wort machte sie kehrt und ging wieder nach oben. »Kommt herauf«, sagte sie leise, was Stephen sich nicht zweimal sagen ließ.

Es war mitten in der Nacht, als Elisabeth hochschreckte. Waren das Schreie gewesen, die sie aus dem Schlaf geweckt hatten? Sie rüttelte an der Schulter ihres Ehemannes, der fest schlief. »Rafael, hast du das gehört?«

Ein kurzer Laut, fast wie ein Knurren, war die einzige Antwort.

Elisabeth zuckte zusammen, als sie abermals ein Geräusch vernahm. Nun jedoch schien auch Rafael es gehört zu haben. Eilig sprangen die beiden auf, und Elisabeth rannte, nur mit dem Nachthemd bekleidet, auf den Flur.

Ottokar polterte soeben die Stufen hinunter, um nachzusehen, was sich draußen tat.

»Wartet hier!«, hielt ihn einer der Büttel zurück, der an der Haustür Wache hielt. »Mein Kollege ist gerade hinausgeeilt, um zu sehen, was dort draußen los ist.«

Es klopfte polternd. »Ich bin es. Mach auf«, hörte man den Büttel rufen, und sogleich öffnete der andere ihm die Tür.

Laute Stimmen drangen durch die geöffnete Tür ins Innere. Schreie waren zu hören, Menschen, die sich etwas zuriefen. Außerdem drang zusammen mit dem Lärm ein Geruch herein, den Elisabeth nicht gleich zu deuten wusste.

»Feuer«, meldete der Büttel atemlos. »Ein Feuer ist auf dem Marktplatz ausgebrochen. Die ganze Stadt ist auf den Beinen.«

Elisabeth rannte, so rasch sie konnte, wieder in ihre Kammer und zog sich ebenso eilig wie Rafael etwas über. Dann liefen sie nach unten, um ebenfalls zum Marktplatz aufzubrechen.

Marlein und Cuno eilten soeben in den Flur.

»Du bleibst hier«, befahl Elisabeth der Jüngeren. Sie sah den Büttel an. »Bitte achtet auf sie.«

»Unser Auftrag ist es, auf Euch achtzugeben«, stellte der Büttel klar.

»Ich weiß im Moment noch nicht einzuschätzen, was das alles zu bedeuten hat«, erwiderte sie. Ein ungutes Gefühl war in ihr aufgestiegen. Wenn ein Feuer auf dem Marktplatz ausgebrochen war, konnte womöglich auch die Überspannung betroffen sein.

»Ich habe jetzt keine Zeit. Ihr bleibt hier, Euer Kollege soll mit uns kommen.« Sie wandte sich an den Knecht. »Cuno, du gibst ebenfalls mit deinem Leben acht darauf, dass Marlein nichts geschieht, und hilfst dem Büttel, wenn er dich braucht.«

»Ja, Herrin.« Cuno nickte eifrig mit dem Kopf.

»Ottokar, du kommst mit uns«, befahl sie. Dann griff sie sich ihren Überwurf und stürmte, ohne auf Rafael, Ottokar oder den Büttel zu warten, hinaus.

Ohne sich umzudrehen, lief sie durch die Gassen in Richtung Marktplatz. Still betete sie zum Herrn, dass der Schaden nicht allzu hoch ausfallen möge. Zwar wünschte sie niemandem etwas Schlechtes, doch war es das eine, ob die Ständler ihre Tische verloren, auf denen sich während der Nacht keinerlei Waren befanden, oder aber die Tuche Feuer fingen, die allesamt in ihrem Besitz standen und von ihr zu ersetzen waren, sollten diese unbrauchbar werden. Dabei hatte sie gerade erst alle erneuert.

Der Qualm wurde dichter, die Sicht bereits durch Rauchschwaden vernebelt. Elisabeths Hals wurde trocken, sie bekam immer schlechter Luft, musste husten und einmal sogar ausspucken.

»Warte«, rief Rafael, der tatsächlich Mühe hatte, ihr zu folgen.

Nun holte der Büttel Elisabeth ein, fasste deren Schulter. »Nicht weiter. Bald könnt ihr sonst keine Luft mehr bekommen.«

Elisabeth lief um die nächste Ecke, von wo aus der Marktplatz gut zu überblicken war. Abrupt blieb sie stehen.

Rafael verlangsamte ebenfalls und kam schließlich neben ihr zum Stehen. Er zog ein Taschentuch hervor und hielt es Elisabeth vor Mund und Nase. Sie griff zu und sah auf. Menschen liefen durcheinander, riefen sich Befehle zu und versuchten, die Flammen zu löschen. Doch Elisabeth wusste sogleich, dass es sinnlos war. Der gesamte Marktplatz stand in Flammen, und das Feuer loderte wild über die Tuche, die den Platz überspannten. Nicht eine Ecke war noch zu sehen, die nicht bereits von dem Feuer erfasst worden war. Elisabeth taumelte, konnte den Anblick kaum ertragen. Ihr war, als würde sie jeden Moment das Bewusstsein verlieren. Rafael umfasste ihre Taille, um sie zu stützen.

Dann legte der Büttel seine Hand auf ihre Schulter. »Kommt«, sagte er. »Hier können wir nichts mehr tun.«

Elisabeth glaubte, seinen Worten kaum folgen zu können. Rafael suchte ihren Blick, umfasste sie fester und zog sie mit sich den Weg zurück, den sie gekommen waren. Sie ließ es geschehen. Der Büttel hatte recht: Hier konnte sie nichts mehr tun.

15. Kapitel

»Der Herr ist nicht zu sprechen«, sagte der Wachmann, als der Schankwirt nun schon zum wiederholten Male geklopft hatte und vorstellig geworden war.

»Jetzt reicht's«, befand der Wirt und baute sich bedrohlich auf. »Dann richtet ihm aus, dass ich ihm noch bis heute zur Mittagsstunde Zeit gebe. Danach wende ich mich an den Vogt.«

»Weshalb wendet Ihr Euch an den Vogt?«

»Dein Herr wird es wissen«, stellte der Schankwirt fest und trat einen Schritt rückwärts. »Bis zur Mittagsstunde«, wiederholte er. »Sagt es ihm. Danach erzähle ich alles.«

Er schritt die Stufen herab und entfernte sich von dem Haus. Die Luft war noch immer rauchgeschwängert, und auf ganz Köln hatte sich eine graue Ascheschicht verteilt, die die Gassen fast wie mit Schnee bedeckt aussehen ließ. Alles sah vollkommen anders aus als gestern noch, und bei jedem Schritt, den er tat, wirbelte er feine Asche auf.

Der Marktplatz war voller Menschen, und doch lag eine alles umschließende Stille darüber, ganz so, als ließe die Trauer über den Verlust die Kölner innehalten. Zwei Menschen hatten in der Nacht im Kampf gegen die Flammen ihr Leben verloren.

Zwei, die versucht hatten, das Schlimmste zu verhindern, obwohl es schier aussichtslos gewesen war.

Immer wieder hörte man jemanden husten, und auch der Schankwirt spürte ein Kratzen im Hals. Die Luft, die er atmete, schmeckte nach Ruß und hinterließ einen schalen Geschmack auf seiner Zunge.

Er bog in die nächste Gasse ein und erschrak fast zu Tode, als er plötzlich am Kragen gepackt und gegen die Mauer eines Hauses geschleudert wurde. Wie benommen taumelte er vor, wollte sich wehren, doch dann erkannte er die vor Wut verzerrte Fratze seines Angreifers, und seine Haltung entspannte sich. »Sieh an. Ihr wart wohl doch zu Hause, was?«

»Was bildest du dir ein, bei mir vorstellig zu werden? Wie einen Köter sollte ich dich prügeln.«

»Prügeln mögt Ihr wohl können. Genau das ist ja die Schwierigkeit.«

Der andere holte aus und schlug dem Wirt die Faust ins Gesicht.

»Verdammter Hundsfott!«, schnauzte der Wirt und wischte sich das blutige Rinnsal ab, das aus seinem Mundwinkel lief. »Versucht das nicht noch einmal! Beim nächsten Mal schlage ich zurück.«

»Halt dein verfluchtes Maul, oder es wird dir leidtun!«

»Viel zu lange habe ich mein Maul gehalten. Wenn Ihr die Kleine nicht so zugerichtet hättet, wer weiß, ob die Stadtoberen überhaupt auf mich aufmerksam geworden wären.«

»Deine Schänke wurde geschlossen, weil du keine Abgaben für dein Hurenhaus geleistet hast, das weiß ich nur zu genau. Das hat nichts mit der Hure zu tun und damit, was ich mit ihr gemacht habe.«

»Mag sein. Doch die Dinge haben sich geändert.«

»Geändert? Weshalb?«

»Weil ich Geld brauche und Ihr es mir geben werdet.«

»Was redest du da? Ich dir Geld geben? Wofür? Ich habe dich wahrhaft fürstlich dafür bezahlt, mit der Kleinen anstellen zu können, wonach mir der Sinn stand.«

»Und nun werdet Ihr dafür bezahlen, dass ich meine Schänke wieder öffnen kann.«

»Einen Teufel werde ich tun.«

»Überlegt es Euch besser noch mal. Oder wollt Ihr wirklich, dass ganz Köln erfährt, was Ihr für einer seid?«

Der andere machte einen raschen Schritt vor und packte den Wirt erneut am Kragen. »Du wagst es, mir zu drohen?«

Der Wirt sah ihm einen Moment in die Augen. »Ich will nur das Geld, damit ich meine Schänke wieder öffnen und das Hurenhaus betreiben kann. Das ist alles.«

Der andere lockerte den Griff. »Wie viel?«

Der Schankwirt wollte gerade antworten, als der Stadtvogt mit vier Bütteln im Gefolge in die Gasse trat und auf die beiden zuhielt.

»Stadtvogt?« Der Schankwirt sah ihn entgeistert an, als könne er nicht glauben, dass der Amtmann soeben wie aus dem Nichts aufgetaucht war.

»Nehmt die Hände weg und tretet zurück von ihm!«, sagte der Stadtvogt an den anderen Mann gewandt. »Wird's bald?«

»Es ist alles in Ordnung, Stadtvogt, Ihr müsst mir nicht zu Hilfe eilen. Es ist nur ein kleiner Streit, nichts weiter«, wiegelte der Schankwirt ab.

Der Stadtvogt sah ihn kopfschüttelnd an. Glaubte dieser Dummkopf von einem Schankwirt allen Ernstes, dass er und seine Büttel gekommen waren, um die Auseinandersetzung zu schlichten? Er ging auf die Bemerkung des Wirts gar nicht ein, sondern wandte sich dem anderen Mann zu. »Ihr kommt mit uns«, sagte er barsch.

»Ich mit Euch kommen? Wisst Ihr überhaupt, wen Ihr vor Euch habt? Ich bin der Neffe des Bürgermeisters.«

»Nun«, sagte der Vogt und sah sich zu seinen Bütteln um, als wollte er sich ihrer Zustimmung versichern, »ich sehe hier nichts weiter als einen Widerling, der jungen Frauen Gewalt antut, sie schändet und prügelt.«

»Was fällt Euch ein?«, empörte der andere sich.

»Mir fällt ein, Dreck von den Gassen Kölns zu räumen. Und hier fangen wir an.«

Auf ein Zeichen des Stadtvogts packten zwei der Büttel zu und nahmen den Mann in die Mitte. Der zappelte, schimpfte und trat nach ihnen, doch es schien fast, als bereite es den Bütteln nicht die geringste Anstrengung, ihn in dieser Position zu halten und abzuführen.

»Wo bringt Ihr ihn hin?«, fragte der Wirt verdutzt. »Er soll mir doch das Geld für meine Schänke geben.«

Der Stadtvogt rollte mit den Augen und ersparte sich jede Erwiderung. Dann führten sie den Verhafteten ab und ließen den Wirt einfach in der Gasse stehen.

»Euer Onkel ist hier«, sagte der Stadtvogt, als er den Kerker der Vogtei betrat. Dann wandte er sich an den Büttel. »Schließ auf und bring ihn nach oben.«

»Ja, Herr.«

Der Stadtvogt stieg die Stufen wieder hinauf und trat in den achteckigen Flur der Vogtei, in dem der Bürgermeister ihn bereits erwartete.

»Ihr habt ihn dort unten eingesperrt?«, fragte der Bürgermeister. »Es stinkt schon, wenn Ihr die Tür öffnet.« Es klang weder streng noch mahnend, eher, als hätte er nicht damit gerechnet, dass sein Neffe so behandelt wurde.

Im selben Moment brachte der Büttel den Neffen des Bürgermeisters herauf, sodass der Stadtvogt die Antwort schuldig bleiben konnte.

»Onkel, du musst sogleich etwas veranlassen! Dieser Hundsfott von einem Stadtvogt hat mich in dieses Loch gesteckt und …« Weiter kam er nicht, da ihm sein Onkel eine schallende Ohrfeige verpasste, die derart kraftvoll war, dass sein Kopf zur Seite schnellte.

»Ich will kein einziges Wort mehr von dir hören, es sei denn, ich fordere dich ausdrücklich auf zu sprechen«, stellte der Amtmann klar.

Der Neffe schien zu überrascht, um überhaupt eine Reaktion zu zeigen.

»Wo können wir miteinander sprechen?«, fragte der Bürgermeister nun an den Stadtvogt gewandt.

»Meine Amtsstube ist im oberen Geschoss«, erwiderte der Stadtvogt, wenngleich der Bürgermeister dies wusste. »Dort können wir alles bereden.«

»Danke, Stadtvogt«, antwortete der Bürgermeister, dem der Schock über die Nachricht, dass sein Neffe und vor allem auch, weshalb dieser verhaftet worden war, ins Gesicht geschrieben stand.

Sie gingen zusammen die Stufen hinauf. Der Neffe des Bürgermeisters wurde von einem Büttel nach oben geführt, nur für den Fall, dass dieser auf den Einfall kommen sollte, einen Fluchtversuch unternehmen zu wollen.

Sie betraten die Amtsstube des Stadtvogts, und während dieser sich hinter seinen Schreibtisch setzte, nahmen der Bürgermeister und sein Neffe davor Platz. Der Büttel schloss die Tür und blieb davor stehen.

»Kann ich Euch etwas anbieten, Bürgermeister?«, fragte der Stadtvogt.

»Nein, habt Dank. Mir ist nicht danach«, antwortete der Bürgermeister.

»Mir könnt Ihr etwas bringen lassen. Meine Kehle ist ganz trocken«, vermeldete dessen Neffe.

Der Stadtvogt sah ihn an und hob die Augenbrauen, machte jedoch keinerlei Anstalten, sich zu erheben oder jemanden zu rufen, der ihm etwas zu trinken bringen sollte.

»Ich muss schon sagen, als ich die Botschaft durch Eure Büttel erhielt, dachte ich einen Augenblick lang, ich würde den Boden unter den Füßen verlieren.«

»Ich kann Euch versichern, dass ich nicht so gehandelt hätte, wäre ich nicht überzeugt davon, dass er schuldig ist.«

»Er ist mein Neffe.«

»Das ist mir bewusst.« Der Stadtvogt hatte mit Widerstand vonseiten des Bürgermeisters gerechnet, womöglich sogar mit Drohungen. Keinesfalls war er davon ausgegangen, dass dieser so reagieren würde, wie er es jetzt tat. Er schien nicht wütend auf den Stadtvogt, sondern einfach nur schockiert über das, was seinem Neffen zur Last gelegt wurde.

»Warum tust du denn nichts, Onkel? Der Kerl erzählt hier Lügen über mich, und du unternimmst nichts dagegen.«

»Halt dein großes Mundwerk, Walter, wenn du dir nicht die nächste Ohrfeige einfangen willst«, sagte der Bürgermeister. Und es lag eine Kälte in seiner Stimme, wie der Stadtvogt sie nie zuvor bemerkt hatte.

Der Bürgermeister sah den Stadtvogt an. »Was ist das für ein Mädchen, dem er das angetan hat?«

Dem Neffen war anzusehen, dass er eine sehr genaue Vorstellung davon hatte, wie er Marlein bezeichnen würde. Doch ein kurzer mahnender Blick seines Onkels genügte, dass er den Mund hielt.

»Sie ist eine Hübschlerin, die in der Schänke ›Zum roten Eber‹ arbeitet«, antwortete der Vogt.

»Eine Hübschlerin?«, wiederholte der Bürgermeister, und etwas in seinem Gesicht veränderte sich.

Der Stadtvogt schien seinen Gedanken zu erahnen. »Ja, eine Hübschlerin, die von dem Wirt dazu gezwungen wurde. Und sie war zu der Zeit, als die Schändungen durch Euren Neffen begannen, gerade einmal dreizehn Jahre alt.«

Der Bürgermeister schluckte. »Wann, sagtet Ihr, waren die ersten Vorfälle?«

»Vor über einem halben Jahr.«

»Und weshalb beschwert sie sich erst jetzt?«

Der Stadtvogt spürte, dass ihm die Art, wie sich dieses Gespräch entwickelte, überhaupt nicht gefiel. »Sie hat sich nicht *beschwert*, wie Ihr es zu nennen beliebt, Bürgermeister. Sie fürchtete um ihr Leben und ist, als Euer Neffe seine Kumpane holte, aus einer Luke gesprungen, um ihr Leben zu retten und weiteren Schändungen und Schlägen zu entgehen.«

»Es ist abscheulich. Fürwahr, es ist fast nicht auszuhalten, dass dies geschehen ist.« Der Bürgermeister schüttelte den Kopf. »Und sagt, von welchen Kumpanen sprecht Ihr?«

»Wir wissen noch nicht, wer dabei war. Es waren, so sagt das Mädchen, immer die gleichen, die in Begleitung Eures Neffen kamen und die Schändungen an ihr begingen.«

»Also ist mein Neffe nicht allein schuld an alledem?«

»Nein, aber er war der Rädelsführer.« Der Stadtvogt sah nun zu Walter. »Nennt mir die Namen Eurer Kumpane«, forderte er.

»Einen Dreck werde ich«, gab dieser verächtlich zurück.

»Was ist, wenn er Euch die Namen sagt?«, schaltete sich der Bürgermeister wieder ein. »Können wir dann von einem Entgegenkommen Eurerseits ausgehen?«

»Ich werde erfahren, wer die anderen sind, Bürgermeister. Und wenn ich ihn einer peinlichen Befragung unterziehen muss.«

»Das könnt Ihr nicht!«, entfuhr es Walter.

»Er kann und er wird, glaub mir. Waren es Dieter und Augustin?«, fragte der Bürgermeister seinen Neffen. Dann sah er zum Stadtvogt. »Die drei stecken ständig zusammen.

Schon oft habe ich gesagt, dass Dieter und Augustin nichts als Unfrieden stiften.«

»*Unfrieden* ist wohl nicht die richtige Beschreibung für das, was sie dem Mädchen angetan haben«, mahnte der Stadtvogt. »Also, waren sie es? Waren es dieser Dieter und Augustin?«

Walter verschränkte die Arme vor der Brust zum Zeichen, nicht vorzuhaben, die Namen seiner Kumpane zu nennen.

Der Stadtvogt wartete einen Moment ab. »Wie Ihr wollt«, sagte er dann und rief nach einem Büttel. Als dieser eintrat, sagte er: »Brich ihm einen Finger. Und wenn er auch dann noch nicht den Mund aufmacht, brich ihm einen Finger nach dem anderen, bis er spricht.«

»Das wagt Ihr nicht«, entgegnete Walter, und er traute sich sogar ein Grinsen.

Der Büttel war mit drei großen Schritten bei ihm und packte sofort Walters rechte Hand. Er zögerte, schien auf den endgültigen Befehl des Stadtvogts zu warten.

»Und? Wie willst du's haben? Die Namen?« Der Stadtvogt wartete wieder einen Moment, dann nickte er seinem Büttel zu.

»Onkel«, brüllte Walter, bevor der Büttel zur Tat schreiten konnte, »tu doch etwas!«

Der Büttel sah noch kurz zum Bürgermeister.

Dieser sagte: »Brich ihm den Finger«, und sogleich führte der Büttel den Befehl aus.

Der Schrei, den Walter ausstieß, gellte durch die gesamte Vogtei. Er keuchte, zitterte und betrachtete den kleinen Finger seiner rechten Hand, der nun seitlich abstand, als gehörte er nicht zum Rest.

»Nein? Du willst die Namen noch immer nicht nennen?«, fragte der Stadtvogt ohne jedes Mitgefühl. Dann gab er dem Büttel ein Zeichen. Ohne sich nochmals beim Bürgermeister zu vergewissern, brach dieser Walter den rechten Ringfinger.

Walter schrie auf, noch lauter als zuvor. Die Laute, die er von sich gab, hatten nichts Menschliches an sich.

Der Büttel wartete wieder einen Moment, griff dann erneut zu.

»Es waren Dieter und Augustin«, stieß Walter hervor, und sofort ließ der Büttel dessen Hand los.

»Danke«, sagte der Stadtvogt. »Ich rufe dich, wenn ich dich nochmals brauchen sollte.«

»Ja, Herr.« Der Büttel ging wieder hinaus.

Walter hielt sich die rechte Hand, wimmerte vor sich hin.

»Fast wünschte ich, diese Marlein könnte dich in diesem Augenblick sehen«, sagte der Stadtvogt. »Gewiss würde es die Leiden ihrer Seele ein klein wenig lindern.«

»Was geschieht nun?«, fragte der Bürgermeister mit leerem Blick.

»Wo sind dieser Dieter und Augustin zu finden?«

»Es sind die Kettler-Brüder«, gab Werner von Spiegel Auskunft. »Sie wohnen nahe der Judengasse in dem roten Backsteinhaus. Ihre Mutter war Witwe und wurde vor Kurzem neu verehelicht. Ihr Mann ist Bäcker.«

Der Stadtvogt glaubte zu wissen, welches Haus der Bürgermeister meinte. »Entschuldigt mich für einen Moment«, sagte er, stand auf und ging zur Tür. Dort sprach er kurz mit dem Büttel, dann schloss er die Tür wieder und kam zurück zu seinem Platz. »Die Brüder werden nun geholt und hergebracht«, teilte er mit.

»Ein Medicus muss kommen. Oder wenigstens ein Bader«, jammerte Walter. »Meine Hand muss versorgt werden.«

»Habt Ihr Schmerzen, ja? Was glaubt Ihr, welche Schmerzen Ihr dem Mädchen zugefügt habt?«

»Ich habe sie nicht geschändet, ich nicht«, brüllte Walter. »Das waren Dieter und Augustin. Ich habe das nicht ein einziges Mal gemacht.«

»Aber Ihr wart dabei und habt Eure Kumpanen dazu angestiftet«, entgegnete der Stadtvogt.

»Einen Moment«, mischte sich nun der Bürgermeister ein. »Mein Neffe hat sie gar nicht geschändet?«

»Er hat sie beim letzten Mal, als sie schließlich floh, fast zu Tode geprügelt.«

»Ja, ja.« Walter wiegte den Oberkörper vor und zurück, als könnte er sich so beruhigen und den Schmerz in seiner Hand besser ertragen. »Ich habe sie geschlagen, und es war unrecht. Doch nicht geschändet. Ich habe sie nicht geschändet.«

»Nun, Stadtvogt, das verändert alles.«

»Nein, Bürgermeister, das tut es nicht«, gab der Stadtvogt zurück, obwohl er genau wusste, dass der Bürgermeister recht hatte. »Euer Neffe war es, der die anderen erst zu ihren Taten angetrieben hat. Womöglich wäre es nicht dazu gekommen, wenn er sie nicht gedrängt hätte.«

»Und womöglich wäre es genauso gekommen, das könnt Ihr nicht wissen«, hielt der Bürgermeister dagegen. Er setzte sich aufrechter hin. »Stadtvogt, ich bin ganz und gar bei Euch. Die Taten sind widerlich und gehören bestraft. Doch mein Neffe kann nicht für etwas büßen, das von anderen begangen wurde. Und ich möchte Euch noch etwas sagen: Wenn Ihr Anklage gegen meinen Neffen erheben würdet, wäre ich in meinem Amt untragbar für die Stadt.«

»Ich weiß. Und es täte mir sehr leid, wenn es diese Folgen hätte.«

»Die hätte es. Daran kann gar kein Zweifel bestehen.«

Der Stadtvogt sah den Bürgermeister eindringlich an. Er wusste, dass er mit einer Anklage gegen Walter nicht durchkommen würde. Einzig der Ruf des Bürgermeisters wäre zerstört und der Mann nicht mehr tragbar. Walter hingegen könnte genauso weiterleben wie bisher. »Was erwartet Ihr von mir?«

»Ich erwarte nicht, ich bitte Euch, klug zu sein und ebenso klug zu handeln. Ich werde meinen Neffen zu meinem Bruder nach Würzburg zurückschicken.«

»Aber ich will nicht ...« Weiter kam Walter nicht, weil der Bürgermeister mit einer raschen Bewegung ausholte und dem Neffen auf die gebrochenen Finger schlug, worauf dieser laut aufschrie.

»Sei gefälligst still!«, fuhr der Bürgermeister ihn an. »Noch eine Widerrede, und ich lasse dir auch noch die anderen Finger brechen und trete dann mit meinem Stiefel darauf.«

Walter sagte nichts mehr, wimmerte nur leise und wagte nicht, noch einmal aufzusehen.

»Also, wo war ich? Ja, ich werde meinen Neffen nach Würzburg zurückschicken und meinem Bruder mitteilen, was sich hier zugetragen hat. Glaubt mir, mein Bruder ist kein so geduldiger Mensch wie ich. So wäre Walter fort aus Köln und könnte keinem Mädchen hier, ganz gleich, ob Jungfrau oder Hübschlerin, je wieder etwas antun.«

»Aber dafür in Würzburg weitermachen.«

Fast schien es, als huschte ein Lächeln über die Lippen des Bürgermeisters. »Nicht unter der Obhut meines Bruders, wenn dieser von all dem hier erfährt. Er würde ihn totprügeln, das weiß ich genau.«

Der Stadtvogt überlegte, wie er sich entscheiden sollte. Vor allem die Tatsache, dass er genau wusste, dem Neffen des Bürgermeisters nicht beikommen zu können, dafür aber seinen Onkel, an dessen aufrichtiger Bestürzung über die Vergehen kein Zweifel bestehen konnte, zu bestrafen, ließ ihn eine Entscheidung fällen.

»Er hat zwei Tage, aus der Stadt zu verschwinden. Sehe ich ihn danach noch irgendwo in Köln, sperre ich ihn ein und erhebe Anklage.«

»Ich stehe tief in Eurer Schuld, Stadtvogt.« Der Bürgermeister verneigte sich.

Der Vogt wollte widersprechen, beließ es aber dabei. Womöglich würde eines schönen Tages der Moment kommen, da er den Bürgermeister daran erinnern konnte, was er an diesem Tage für ihn getan hatte. Der Stadtvogt stand auf. »So geht denn mit Gott, Bürgermeister, und schafft mir diesen Dreckskerl hier raus.«

»Gottes Segen mit Euch, Stadtvogt. Wahrlich, einen besseren Vogt könnte die Stadt gar nicht haben.« Der Bürgermeister seufzte. »Und nun werde ich mich wieder mit den Folgen des Brandes beschäftigen müssen. Wahrlich keine leichte Aufgabe, in diesen Tagen Bürgermeister dieser Stadt zu sein.« Er sah Walter an. »Vor allem, wenn man sich mit Pack umgeben hat.«

Der Bürgermeister gab seinem Neffen ein Zeichen, sich ebenfalls zu erheben, was dieser kraftlos tat. Er hielt die ganze Zeit mit seiner linken die rechte Hand, als würde diese sich sonst vom Handgelenk lösen.

Der Stadtvogt war erleichtert, als die beiden die Tür hinter sich schlossen. Wenigstens die anderen beiden Kerle würde er drankriegen, schwor er sich. Doch dass Walter sein Leben einfach weiterleben konnte, würde ihn viele Nächte lang den Schlaf kosten, das wusste er schon jetzt. Doch wenigstens etwas Gerechtigkeit sollte Marlein widerfahren. Und dafür würde er Sorge tragen.

16. Kapitel

Elisabeth fühlte sich niedergeschlagen und matt. Der gesamte Markt mit allen Ständen, Buden und dem kompletten Tuch war abgebrannt, ganz zu schweigen von den beiden Menschen, die bei dem Versuch, die Flammen zu löschen, ihr Leben ließen.

Fast schämte sie sich, dass sie trotz des menschlichen Verlusts, den andere erlitten hatten, die ganze Zeit über nur an das Geld denken konnte, das sie für die Stoffe aufzuwenden hatte, sobald der Marktplatz wieder hergerichtet wurde und neu überspannt werden musste.

Noch vor wenigen Tagen hatte sie viel Geld in ihrer Kasse gehabt und hätte den Verlust ausgleichen können. Doch nun, da sie das Haus gekauft und bezahlt hatte, wusste sie kaum mehr, woher sie die Münzen nehmen sollte.

Auch wenn sie dies bisher nie getan hatte, so schien ihr der einzige Ausweg, Rafael zu bitten, ihr etwas von dem Geld zu geben, das dieser mit dem Verkauf des Salzes erzielen würde.

Der Gedanke daran drückte schwer auf ihre Seele. Stets war sie stolz darauf gewesen, das Handelsgeschäft ohne die Hilfe ihres Mannes zu betreiben und damit noch weit erfolgreicher zu sein, als sie es sich je hätte erträumen können. So glücklich sie über Rafaels Heimkehr war, so sehr zerrten die Ereignisse der letzten Tage an ihren Nerven. Marlein, die so überraschend in ihr Haus und ihr Leben gekommen war und der sie unbedingt helfen wollte. Doch hatte dies auch den Preis, dass damit eine große Unruhe in ihr Haus Einzug gehalten hatte und das Gefühl, dass die Büttel nicht ohne Grund an ihrer Tür Wache hielten, machte es für die Menschen, die hier lebten und arbeiteten, wahrlich nicht einfacher.

Nun auch noch der Brand, der sie, wenn die Stadtoberen sogleich die Lieferung der gesamten Stoffe verlangten, ruinieren konnte. Noch immer fragte sie sich wie wahrscheinlich jeder andere Kölner, wie es zu dem Brand hatte kommen können. Zeugen, die die ersten vor Ort gewesen waren, als sie das Feuer bemerkten, hatten berichtet, dass die Tuche an mehreren entfernt voneinander liegenden Stellen gebrannt hätten. Fast musste man annehmen, jemand hätte diese mit voller Absicht entzündet. Dies war jedoch nur schwer glaubhaft, da wahrscheinlich jeder einzelne Kölner, der einen Stand hatte, Verlust dabei gemacht hatte. Warum also hätte jemand so etwas tun sollen?

In den letzten Tagen hatte Elisabeth so gut wie nichts von ihrer Arbeit geschafft. Und die Nächte, die sie sonst für das Aufarbeiten der Sachen verwendet hatte, die am Tage liegen geblieben waren, verbrachte sie nun mit Rafael und konnte sich auch nicht aufraffen, sich für die Stunden, die ihr Zärtlichkeit und Ruhe versprachen, von ihm zu trennen. Fast schien es Elisabeth, als würde sie dafür bestraft, nun endlich auch einmal mit ihrem Ehemann zusammen zu sein und das Glück zu empfinden, das all die anderen Frauen, deren Männer nicht ständig für Monate auf Handelsreise waren, jeden Tag für sich hatten.

Sie fragte sich, ob es gottgewollt war, dass ein Mensch stets nur in einem Bereich zufrieden sein durfte, sich also zwischen dem Glück der Liebe mit dem Ehepartner oder der Erfüllung im Beruf entscheiden musste, beides zusammen jedoch nicht erleben durfte. Konnte das sein? Gab es diese nicht niedergeschriebene Ordnung, die es Elisabeth nun schwermachte, ihr Gleichgewicht zu finden? Wie sehr sehnte sie sich nach der Ruhe ihrer Nähstube und einer unangestrengten Plauderei mit den anderen Frauen, die mit Hingabe die Kleider fertigten und sich an ihrem Werk erfreuten.

Heute Abend, wenn alle sich zur Ruhe betteten, würde sie sich nicht zu Rafael legen, sondern aufbleiben und in der Ruhe und Stille endlich wieder etwas schaffen. Es musste sein, wollte sie nicht ihre Kundinnen verlieren und so ihre sicherste Einnahmequelle aufs Spiel setzen.

Rafael hatte sich verabschiedet und war zum Hause der Auerbergs gegangen, um mit Alexander die weiteren Geschäfte vorzubereiten. Außerdem erwartete er eine Lieferung von Säcken in verschiedenen Größen, damit er hierin das Salz, das nun jeden Tag kommen musste, in die entsprechenden Gebinde abfüllen und weiterverkaufen konnte.

Gerade hatte Elisabeth sich ins Nähzimmer begeben, um sich zusammen mit Martha, Ursel, Otilia, Ennlin und Marlein an die Arbeit zu machen, als es an der Haustür klopfte. Für einen kurzen Moment schlug sie die Lider nieder. Sie wollte einfach nur in Ruhe nähen, mehr nicht.

Einer der Büttel öffnete die Tür, und Elisabeth trat auf den Flur, um zu sehen, wer dort war. Der Büttel, der noch in der Tür stand, verdeckte ihr die Sicht, und die Stimme der Frau hatte Elisabeth noch nie gehört. »Wer ist gekommen?«, fragte sie.

Der Büttel drehte sich ihr zu, zuckte mit den Achseln und trat einen Schritt zur Seite, um ihr den Blick freizugeben. Vor der Tür standen mehrere Frauen in bunten Kleidern, die Elisabeth nicht kannte. Sie machten einen heruntergekommenen Eindruck, die Haare zerzaust und ungepflegt.

»Was ist Euer Begehr?«, fragte Elisabeth.

»Seid Ihr die Tuchhändlerin, bei der Marlein jetzt lebt?«

Elisabeth straffte den Rücken. »Ja. Was wollt Ihr?«

»Wir haben keine Bleibe mehr. Der Hurenwirt hat uns soeben gesagt, dass wir dort nicht mehr leben können. Er kann die Schänke nicht wieder öffnen.«

»Und was habe ich damit zu tun?«

»Nun, Ihr seid schuld daran. Also müsst Ihr uns nun ein Dach über dem Kopf geben.«

Elisabeth glaubte, sich verhört zu haben. »Wie bitte?« Sie verschränkte die Arme vor der Brust.

»Der Wirt sagt, wenn Ihr Euch nicht eingemischt hättet, wäre Marlein zurückgekommen und keiner hätte etwas bemerkt. So jedoch stehen wir nun auf der Straße und wissen nicht, wohin. Nur zwei von uns sind in einer anderen Wirtschaft untergekommen. Wir jedoch«, sie deutete auf die drei Frauen, die hinter ihr standen, und auf sich selbst, »haben keine Bleibe mehr.«

»Das bedauere ich, doch ist es nicht meine Verantwortung.«

»Wenn Ihr Marlein aufgenommen habt, müsst Ihr auch uns aufnehmen«, befand die Hübschlerin.

»Nein. Marlein arbeitet als Näherin für mich. Deshalb darf sie hier leben.«

»Dann gebt uns eben auch etwas zu nähen. So schwer wird es schon nicht sein.«

»Nein«, wiederholte Elisabeth, dieses Mal strenger. »Ich habe Marlein geholfen, doch meine Pflicht war es nicht. Und ganz gewiss werde ich für Euch nichts tun.«

Die Hübschlerin verzog das Gesicht. »Ach nein? Dann werden wir uns eben so lange hier auf die Stufen setzen, bis Ihr uns hereinlasst. Mal sehen, was die vornehmen Damen, die Kleider bei Euch bestellen wollen, sagen werden, wenn hier vier Huren sitzen und sie begrüßen.«

»Macht, dass Ihr fortkommt, aber rasch!«, forderte Elisabeth aufgebracht und sah dann den Büttel an. »Verscheucht sie, meinethalben mit einem Tritt, wenn es sein muss.«

Der Büttel nickte. »Ihr habt gehört, was sie gesagt hat. Also fort jetzt mit euch Huren, bevor ich euch Beine mache.«

»Wir werden nicht gehen«, schnauzte die Hure zurück, worauf der Büttel einen Schritt nach draußen machte und sie packte.

»Geht«, sagte er, »oder ich werfe euch die Stufen hinunter, so wahr ich hier stehe.«

Sie versuchte sich seinem Griff zu entwinden, trat ihm gegen das Bein. »Widerlicher Hundsfott von einem Kerl, lass mich!« Sie riss ihren Arm in die Höhe und wäre durch die Bewegung fast die Stufen hinuntergefallen, hätte der Büttel sie nicht im letzten Moment gehalten.

»Noch mal mache ich das nicht. Und nun fort mit dir!«

Die anderen Frauen, die nicht ein einziges Wort gesagt hatten, redeten nun leise auf die Rädelsführerin ein. Einen Moment zögerte sie noch, dann ließ sie sich von ihnen mitziehen.

»Das wird Euch noch leidtun!«, wetterte sie mit erhobener Faust an Elisabeth gewandt. Dann ging sie mit den anderen davon und verschwand aus Elisabeths Sichtfeld. Diese atmete erleichtert aus.

»Ihr müsst achtgeben, mit wem Ihr Euch umgebt«, sagte der Büttel nachdenklich.

»Aber ich habe doch gar nicht …«, begann Elisabeth, brach dann aber ab. Sie hatte weder die Kraft noch die Muße, nun auch noch dem Büttel zu erklären, dass sie nie vorgehabt hatte, eine Hübschlerin bei sich aufzunehmen und für sich arbeiten zu lassen. Sie atmete laut vernehmlich aus. »Schließt die Tür«, sagte sie dann und ging zurück in die Nähstube.

Marlein, deren Gesicht schon um einiges besser aussah als noch vor einigen Tagen, hatte das Kleid, an dem sie arbeitete, beiseitegelegt und trat auf Elisabeth zu. »Ich habe alles gehört. Es tut mir so leid!« Tränen bahnten sich ihren Weg und füllten Marleins Augen. »Wenn Ihr verlangt, dass ich gehe, verstehe ich das.«

Elisabeth spürte, dass sie Marlein tatsächlich am liebsten fortgeschickt hätte, einfach weil sie glaubte, nicht mehr lange die Kraft zu haben, das alles zu ertragen. »So ein Unsinn«, sagte sie aber dann. »Du stehst in meinem Dienst und hast ein Kleid zu fertigen. Geh also bitte wieder an die Arbeit.«

»Ja, Herrin.« Marlein schluckte schwer. Sie hatte wohl bemerkt, dass Elisabeth einen Moment gezögert hatte. »Ich verspreche Euch, dass ich …«

»Viel zu viel Arbeit ist liegen geblieben«, fiel Elisabeth ihr ins Wort. »Setz dich und kümmere dich darum, sonst kann ich dich tatsächlich nicht gebrauchen.« Es klang schroffer, als sie es beabsichtigt hatte.

»Ja, Herrin«, sagte Marlein abermals. Doch dieses Mal ging sie zurück zu ihrem Platz, nahm das Kleid wieder auf ihren Schoß und setzte sogleich die Arbeit fort.

Ennlin warf Elisabeth einen besorgten Blick zu, sagte aber nichts. Dann ging auch Elisabeth wieder zu ihrem Stuhl, setzte sich und nahm ihre Arbeit wieder auf. Keine sagte etwas, und für eine Weile saßen sie alle nur still in der beklommenen Stimmung, nähten und schnürten, schnitten Stoff und kordelten Säume.

Es klopfte abermals an der Tür, und Elisabeth ließ ihre Arbeit sinken. Bevor sie jedoch aufstehen konnte, hörte sie bereits Adelhaids Stimme, die den Büttel begrüßte und ihn einen wirklich hübschen hochgewachsenen Kerl nannte. Gleich darauf erschien das Gesicht der Kräuterfrau im Türrahmen.

»Warum ist es denn hier so still? Man könnte meinen, dass es nicht genug Tratsch gäbe, über den sechs Frauen plaudern könnten.«

»Gott zum Gruße, Adelhaid«, sagte Elisabeth, und auch die anderen begrüßten die Kräuterfrau. Doch die angespannte Stimmung war hiermit nicht durchbrochen.

Adelhaid wackelte leicht humpelnd, weil ihr in letzter Zeit die Hüfte oft schmerzte, zu dem Nähtischchen, an dem sie stets saß. Noch einmal ließ sie den Blick schweifen, schüttelte den Kopf, als wunderte sie sich, und sagte dann: »Habt ihr vom Weib des Zunftmeisters gehört?«

Ennlin blickte Adelhaid an. »Nein, was ist mit ihr? Geht es ihr nicht gut?«

»Nun«, Adelhaid schmunzelte, »gestern ging es ihr wohl auf den Strohballen des Kannengießers ausgezeichnet, heute eher weniger, da dessen Frau die beiden erwischt hat.«

»Die Magdalena hat's mit dem Kannengießer getrieben?«, staunte Martha.

Adelhaid grinste breit. »Und wohl so bunt, dass die beiden gar nicht bemerkten, dass die Buben des Kannengießers sie dabei beobachteten. Sie sind dann zu ihrer Mutter, und die hat sich das Ganze selbst angesehen.« Adelhaid lachte auf. »Ich weiß es von dem Weib des Apothekers, weil sie noch Kräuter von mir brauchten, um die Paste zu rühren.«

»Welche Paste?«, fragte nun Otilia.

»Die Paste für die Striemen, die die Peitsche hinterlassen hat, als die Mechthild ihren Mann mit der Magdalena erwischte und beiden welche damit überzog. Einen Eimer kaltes Wasser hätte sie lieber nehmen sollen. Das hilft bei tollen Kötern auch.« Adelhaid sah zufrieden in die Runde, nachdem sie ihre Geschichte losgeworden war und nun alle lachten bei der Vorstellung, was sich in der Scheune zugetragen haben musste.

Elisabeth war erleichtert, als sie in die frohen Mienen der anderen blickte. Ja, es würde wieder gut. Nach und nach. Und die Büttel würden schon dafür sorgen, dass die Huren sich nicht wirklich auf ihre Stufen setzten und die vornehmen Damen vergraulten.

Sie arbeiteten bis zum frühen Nachmittag durch, ehe Elisabeth sagte, dass es nun Zeit für ein kurzes Mahl sei. Sie war zufrieden: Endlich hatten sie das Kleid für Grete, die Frau des Böttchers, fertiggestellt, mit dem sie nun auch schon einige Tage in Verzug waren. Zwar lagen noch immer genug Kleider, die sie angefangen hatten und dringend beenden mussten, doch es war ein erster Schritt gewesen, und das fertige Kleid nun an der Stange hängen zu sehen und zu wissen, dass Grete damit mehr als zufrieden sein würde, gab ihr ein gutes Gefühl.

Sie nahmen die gemeinsame Mahlzeit in der Küche ein und mussten ein wenig zusammenrücken, damit alle auf den einfachen Bänken sitzen konnten. Elisabeth hatte gerade den zweiten Bissen in den Mund gesteckt, als einer der Büttel, die an der Tür Wache standen, in die Küche kam.

»Verzeiht, Tuchhändlerin. Soeben war ein Bote des Bürgermeisters da. Man wünscht Euch im Rathaus zu sprechen.«

Elisabeth nickte. »Ich komme«, kündigte sie an und stand auch sogleich auf. Seit dem Feuer hatte sie stündlich mit ebendieser Botschaft gerechnet. Nun würde sie sich den Ratsherren stellen müssen und versuchen, ein wenig Zeit herauszuschinden, um nicht gleich alle Tuche liefern zu müssen, die für die Bespannung des Marktplatzes notwendig waren.

Elisabeth verabschiedete sich mit der Bitte, dass die anderen versuchen sollten, das Kleid für Kunigunde Hardevust fertigzustellen, bei dem nur noch wenige Nähte und die Verzierungen fehlten. Die Näherinnen sicherten es ihr zu, und Elisabeth konnte sich darauf verlassen, dass es bei ihrer Rückkehr neben dem von Grete an der Stange hängen würde. Elisabeth war dankbar dafür, so zuverlässige Menschen an ihrer Seite zu wissen.

»Tuchhändlerin Auerberg«, begrüßte sie der Bürgermeister, »habt Dank für Euer Kommen.«

»Mein Bürgermeister. Ich kam, so rasch es mir möglich war.« Elisabeth nickte auch den anderen Ratsmitgliedern zu, die sich im Besprechungsraum des Rathauses eingefunden und offenbar auf sie gewartet hatten.

»Bitte, setzt Euch doch, Tuchhändlerin. Ihr kennt doch die Anwesenden?«

»Aber ja. Gott zum Segen, hohe Herren.« Sie nickte den einzelnen Männern, es waren sechs an der Zahl, zu.

Elisabeth nahm den ihr zugewiesenen Platz ein, und sofort kam ein Diener, der einen Würzwein vor sie auf den Tisch stellte. »Danke«, sagte Elisabeth und schenkte ihm ein Lächeln, was er mit einem Kopfnicken quittierte.

»Ihr könnt Euch gewiss vorstellen, weshalb wir um Euer Kommen baten«, begann der Bürgermeister.

»Gewiss. Die Tuche für den Marktplatz.«

»So ist es. Ach«, seufzte der Bürgermeister, »es ist ein solches Unglück. Und die armen Seelen, die ihr Leben verloren. Gott sei ihnen gnädig!« Er sah Elisabeth an. »Und wir bedauern ebenso Euren Verlust. Uns ist bewusst, dass Ihr gerade erst neue Tuche habt spannen lassen.«

»Ich bin dankbar, dass Ihr es erwähnt. In der Tat möchte ich Euch bitten, zunächst nur einen Teil, in etwa die Hälfte des Marktplatzes, neu zu überspannen und die andere Hälfte erst in einigen Monaten.«

Sie sah in die Runde der Ratsherren. Deren Mienen war nicht zu entnehmen, was sie hierüber dachten.

»Nun, Tuchhändlerin, wir haben uns bereits darüber besprochen, bevor Ihr kamt.«

Elisabeth hörte ihm aufmerksam zu und in banger Erwartung, was er als Nächstes sagen würde.

»Es gibt einen anderen Händler, der uns ein Angebot gemacht hat.«

Elisabeth wusste nicht, ob sie ihn recht verstanden hatte. »Einen anderen Händler, der die Tuche für den Marktplatz beschaffen soll?«

»Nicht beschaffen soll«, stellte der Bürgermeister richtig. »Es ist lediglich jemand an uns herangetreten und bot uns an, die Bespannung zu übernehmen. Und das für die Hälfte dessen, was Ihr bisher erhalten habt.«

»Aber wir haben einen Vertrag«, entgegnete sie.

»Ja, das ist richtig«, stimmte der Bürgermeister zu. »Und tatsächlich haben wir uns gegen das Angebot des Fremden entschieden.«

Elisabeth atmete erleichtert aus.

»Jedoch«, er hob den Zeigefinger, »haben wir uns auch dagegen entschieden, den Marktplatz wieder mit Tuch überspannen zu lassen.«

»Aber …« Elisabeth war zu überrascht, um etwas sagen zu können. Sie brauchte einen Moment. »Aber die Tuche über dem Marktplatz waren immer eine Besonderheit und der Grund, weshalb viele Händler überhaupt nach Köln kamen.«

»Und sie waren dafür verantwortlich, dass alles so lichterloh gebrannt hat und dem Feuer nicht beizukommen war, bis es nichts mehr gab, was hätte brennen können«, hielt Ratsherr Lodenstein dagegen.

Auch hierauf wusste Elisabeth nichts zu erwidern. Noch musste sie abwägen, ob der Schaden, der durch das Ausbleiben der Standgebühren entstand, höher war als der, sogleich neue Tuche kaufen zu müssen.

»Wir wissen, dass Ihr gute Einnahmen durch die Standgebühren hattet«, schien der Bürgermeister ihre Gedanken zu erahnen. »Doch allein die Kosten für die Zimmerleute, um neue Stützbalken zu kaufen und aufstellen zu lassen, kann die

Stadt nicht tragen. So gut die Einnahmen in den letzten Jahren auch waren, so hoch waren doch auch die Abgaben und die Stadtsteuern, die Köln an Kirche und Kaiser zu leisten hat.«

»Also wird es keinen übertuchten Marktplatz mehr geben«, fasste Elisabeth zusammen.

»Nicht in den nächsten Jahren, nein.«

»Und wenn der Gedanke doch wieder aufkommen sollte, lebt dann unser alter Vertrag wieder auf?«

Der Bürgermeister sah in die Runde. Fast unmerklich schüttelten einige der Herren mit dem Kopf. »Wenn es so weit ist, sofern es also überhaupt je dazu kommen sollte«, schwächte er seine eigene Rede sogleich wieder ab, »werden wir auf Euch zukommen und um Euer Angebot bitten.«

»Und auf andere Händler ebenfalls?«, begehrte Elisabeth zu erfahren.

»Es steht jedem frei, der Stadt ein Geschäft vorzuschlagen, das wir sodann in Erwägung ziehen oder wieder verwerfen.«

»Aber der Einfall mit der Überspannung des Marktplatzes war meiner, und er hat der Stadt die Händler zurückgebracht, die vorher fortblieben.« Elisabeth war anzusehen, dass sie wütend wurde.

»Und hierdurch habt Ihr gute Münzen in Eurer Kasse klingeln hören«, sagte nun Ekkard Lodenstein. »Das wollen wir doch wohl nicht vergessen.«

Elisabeth senkte das Haupt. »Gewiss, so war es«, gestand sie ein. Sie blickte wieder auf. »Ist das dann alles?«

»Ja, Tuchhändlerin.« Bürgermeister von Spiegel war aufgestanden, um Elisabeth zur Tür zu begleiten. »Und noch einmal unseren Dank für alles, was Ihr für unsere schöne Stadt getan habt.«

Sie nickte ihm zu. »Gottes Segen mit Euch.« Dann wandte sie sich noch einmal um. »Gottes Segen mit Euch allen, Ratsherren.« Damit ging sie hinaus.

Stephen hatte eine gute Stelle gefunden, von wo aus er den Eingang des Rathauses beobachten konnte, ohne entdeckt zu werden.

Es war Zufall gewesen, dass er Elisabeth gerade noch rechtzeitig gesehen hatte und kehrtmachen konnte, als diese das Rathaus betrat. Eilig hatte er sich davongemacht und sich dorthin zurückgezogen, wo er auch jetzt noch stand und wartete.

Was war es für ein Vergnügen, als sie nach einer Weile wieder aus dem Gebäude getreten war und aussah, als hätte sie schlechte Nachrichten erhalten! Gewiss hatte ihr der Bürgermeister soeben mitgeteilt, dass der Stadt ein besseres Angebot vorlag und sie ihre Tuche nicht mehr brauchten. Ja, er konnte es an ihrem Gesicht ablesen, dass es so war. Dieses schöne, makellose Gesicht, das so viele zu täuschen vermochte. Wie sehr er sie doch hasste! Schon bald würde er sich zu erkennen geben, und welche Genugtuung würde er verspüren, wenn sie danebenstehen und mit eigenen Augen sehen müsste, wie die Tuche über den Marktplatz durch ihn und unter seiner Aufsicht gespannt würden und es überall in der Stadt verlauten würde, dass es einen neuen Tuchhändler gebe, der weit besser sei als Elisabeth!

Er würde sich das größte Haus in Köln kaufen, und die Menschen würden es ihm verzeihen, sich unter falschem Namen dort bekannt gemacht zu haben, würde er sich doch als gefälliger und hilfsbereiter Nachbar zeigen, von dem jeder nur voller Bewunderung spräche. Womöglich würde er sich eine kleine Frau nehmen, die hübsch anzusehen und klug genug war, ihren Mund zu halten, wollte sie nicht seinen Zorn zu spüren bekommen. Sie würde das Gesinde nur die besten Speisen für ihn bereiten und ihn am Abend, wenn sie sich zur Ruhe begaben, spüren lassen, wie sehr sie ihn für das bewunderte, was er war. Nicht, dass er es sich deshalb nehmen lassen würde, auch immer wieder Einkehr in der »Goldenen Henne« zu halten und sich Leni so richtig vorzunehmen. Nein, die Kleine hatte etwas, das ihn reizte und das er keinesfalls wieder hergeben wollte.

Kurz erschien Dorotheas Gesicht vor seinem inneren Auge. Fast war es ihm, als hätte er während seiner Tagträumerei vollkommen vergessen, dass es sie überhaupt gab. Ein schaler Geschmack breitete sich aus, wenn er an Dorothea dachte. Nur noch für eine Weile musste er sie bei Laune halten. Nur so lange, bis sie die Tuche bezahlt hatte und das Geschäft abgeschlossen war. Dann würde er einen Streit anzetteln und sie so sehr beleidigen, dass sie sich davonmachte, ohne noch darüber nachzugrübeln, welches Geld er ihr schuldete. Ja, das sollte er wohl hinbekommen können. Notfalls und nur, sofern sie nicht freiwillig ging, würde es einige Ohrfeigen setzen oder höchstens ein oder zwei Faustschläge. Sie würde schon gehen. Dessen war Stephen sicher.

Er beobachtete, wie Elisabeth sich nach links wandte. Offenbar würde sie sich auf direktem Wege wieder in ihr Haus begeben und dort heulen und klagen, nicht mehr im Dienste der Stadt zu stehen. Ach, was würde er dafür geben, ihr nur wenige Momente hierbei zusehen zu können!

Doch dafür war jetzt nicht die Zeit. Außerdem wollte er sich keinesfalls zu früh zu erkennen geben. Dieser Kebse war zuzutrauen, dass sie sich dann noch etwas einfallen ließe, um ihm abermals das Geschäft zu verderben. Aber nein, dieses Mal nicht! Dieses Mal würde er als Gewinner aus der Sache hervorgehen. Und erst wenn sie im Schuldturm saß und um Gnade winselte und er der reichste Mann der Stadt war, dann, ja dann würde er seinen Frieden finden. Doch bis dahin lag noch einige Arbeit vor ihm.

Mit einem selbstgefälligen Grinsen stieß er sich von der Wand ab und ging zum Rathaus hinüber, wo er den Bürgermeister zu sprechen begehrte.

Der Büttel gab ihm Auskunft, dass dieser soeben noch eine Zusammenkunft mit einigen anderen Ratsherren hatte, er jedoch warten könne, wenn er es denn wolle. So nahm Stephen auf dem Stuhl vor der Amtsstube des Bürgermeisters Platz, streckte die Beine aus und machte es sich gemütlich.

Lange saß er nicht da, bis er hörte, wie sich mehrere Männer voneinander verabschiedeten und unten eine Tür geschlossen wurde.

Der Büttel, der Stephen in Empfang genommen hatte, ging auf den Bürgermeister zu und sagte diesem etwas, worauf dieser nach oben sah und schließlich die Treppe heraufkam.

Stephen erhob sich. »Bürgermeister von Spiegel, welche Freude!«

»Wagner«, sagte dieser nur. »Bitte, kommt herein.«

Die Begrüßung durch den Bürgermeister war nicht gerade herzlich ausgefallen. Stephen bezog es jedoch nicht auf sich und folgte dem Amtmann in dessen Zimmer.

»Was auch immer Ihr wollt, macht rasch! Ich habe heute keinerlei Zeit.« Der Bürgermeister ging um seinen Schreibtisch herum und setzte sich. In Gedanken war er bereits bei dem Brief, den er seinem Bruder schreiben und seinem Neffen mitgeben würde. Er verabscheute zutiefst, was dieser getan hatte, und hatte ihm die Versorgung der Hand durch einen Medicus oder Bader verweigert. Sollten die Finger doch verkrüppelt bleiben! So glichen sie wenigstens der Seele dieses Kerls.

»Ihr wirkt angestrengt«, befand Stephen. »Kann ich Euch womöglich irgendwie helfen?«

»Ja, indem Ihr rasch zur Sache kommt«, gab der Bürgermeister schroff zur Antwort. »Also?«

»Nun, wie Ihr Euch denken könnt, bin ich wegen unseres Geschäftes hier. Immerhin hat eine glückliche Fügung die Lage verändert, und Ihr braucht früher neue Tuche, als Ihr dachtet.«

»Glückliche Fügung?«, echote der Bürgermeister. »Angesichts eines solchen Unglücks, bei dem zwei Menschen ihr Leben verloren und viele Händler Kölns, ach, was sage ich, fast alle Händler Kölns so viel verloren haben, traut Ihr Euch, von glücklicher Fügung zu sprechen?« Der Bürgermeister war rot vor Wut. »Verschwindet, bevor ich mich vergesse!«

»Aber, aber«, Stephen hob beschwichtigend die Hände, »so war es doch nicht gemeint. Ich entschuldige mich für meine falsche Ausdrucksweise. Ihr habt natürlich vollkommen recht. Es ist ein wahrer Schicksalsschlag, und ich trauere mit den Kölnern um ihre schweren Verluste.«

»Pah«, spie der Bürgermeister aus. »Kein einziges Wort glaube ich Euch.«

»Aber, Bürgermeister, ich …«

»Ach, bleibt mir weg mit Eurem Schöngerede! Für wie blöd haltet Ihr mich, hä?« Der Bürgermeister war aufgesprungen und beugte sich drohend über den Schreibtisch. »Glaubt Ihr denn wirklich, ich erkenne nicht den Zusammenhang zwischen unserem Gespräch und dem Feuer?«

»Was wollt Ihr mir unterstellen?«, empörte sich Stephen.

»Ihr wollt mir also allen Ernstes erzählen, dass es nur ein Zufall ist, dass noch am gleichen Abend, nachdem Ihr auf diesem Platz hier saßt und mir das Angebot machtet, die gesamte Überspannung abbrannte? Wollt Ihr das wirklich? Diejenigen, die das Feuer als Erste bemerkten, haben Auskunft gegeben, dass es an mehreren Stellen gleichzeitig brannte und sich die Flammen erst dann trafen. Die Tuche wurden also angezündet, daran besteht kein Zweifel.« Er verharrte kurz, dann setzte er sich wieder. »Ich kann es Euch nicht beweisen, so dumm seid

Ihr nicht. Doch dessen könnt Ihr gewiss sein: Geschäfte mache ich mit einem wie Euch nicht. Nicht ich und nicht die Stadt Köln.«

Stephens Herz schlug heftig in seiner Brust. Das konnte nicht sein, das durfte nicht sein! Er hatte alles vorbereitet, alles gegeben, alles war auf den Weg gebracht. Das Geschäft musste zum Abschluss kommen. Es musste! »Das könnt Ihr nicht allein entscheiden«, sagte er mit kalter Stimme. »Ihr müsst mein Angebot dem Rat vorlegen.«

»Wie klug von Euch, das zu bemerken«, spottete der Bürgermeister. »Da habt Ihr gewiss recht. Aus ebendiesem Grunde habe ich es bereits getan. Es wurde darüber abgestimmt und dagegen entschieden.«

»Nein!« Stephen ließ seine Faust auf den Tisch niedersausen. »Dann habt Ihr den Auftrag erneut Elisabeth gegeben?«

Eine Veränderung spielte sich im Gesicht des Bürgermeisters ab. »Ihr nennt sie Elisabeth? Also kennt Ihr die Tuchhändlerin?«

Stephen antwortete nicht, wich dem durchdringenden Blick des Bürgermeisters aus.

»Wie dem auch sei«, sagte der Bürgermeister dann. »Und um Eure Frage zu beantworten, nein, sie bekommt den Auftrag ebenfalls nicht. Niemand bekommt ihn. Kölns Marktplatz wird nicht mehr mit Tuchen überspannt.«

»Aber die Tuche sind schon bestellt«, wagte Stephen einen letzten Versuch.

»Ach ja?« Der Bürgermeister hob die Augenbrauen. »Überlegt gut, was Ihr als Nächstes sagt. Denn wie hättet Ihr wohl ahnen sollen, dass die Tuche schon so bald gebraucht würden?« Er schlug sich an den Kopf. »Aber ich vergaß, Ihr braucht ja die Kölner so gar nicht. Geht mit Euren Tuchen nach Nürnberg oder wohin auch immer! Mir ist es einerlei. Nur hier will ich Euch nicht mehr sehen.« Er ließ seinen Blick noch einen Moment auf Stephen ruhen, um seine Worte wirken zu lassen. Dann rief er laut: »Büttel!«

Sogleich wurde die Tür geöffnet. »Ja, mein Bürgermeister?«

»Mein Gast«, er sprach das letzte Wort verächtlich aus, »möchte gehen. Und falls er noch einmal im Rathaus vorspricht, schick ihn fort. Es gibt nichts, was er sagen könnte, das für die Kölner von Interesse wäre.«

17. Kapitel

»Aber ich möchte das wirklich nicht tun. Bitte, seid gütig und erspart es mir!« Marlein sah den Stadtvogt flehend an.

»So gern ich deinem Wunsch entsprechen würde«, erwiderte der Vogt, »muss ich doch darauf bestehen. Sie sind beide in Gewahrsam, und du brauchst nur zu sagen, ob sie es sind oder nicht. Dann geht alles seinen Weg.«

»Beide?«, fragte Marlein. »Was ist mit dem Dritten?«

»Er wird aus der Stadt gejagt«, erklärte der Stadtvogt. »Da er selbst dich nicht geschändet hat, können wir ihn nicht anklagen. Doch er wird dir nie wieder etwas antun können. Er hat nur noch einen Tag Zeit, dann muss er aus Köln verschwunden sein. Andernfalls erwartet auch ihn eine Strafe.«

»Und die anderen beiden? Wenn sie es wirklich sind und ich es bestätige, werden sie dann nicht so zornig sein, dass sie mir am Ende noch Schlimmeres antun?«

Elisabeth griff Marleins Hand. »Das können sie nicht. Sie werden eine harte Strafe bekommen für das, was sie dir angetan haben. Und da es jeder weiß, könnten sie nicht wagen, sich an dir zu rächen. Denn sonst würden sie dem Rabenstein nicht mehr entgehen, und das wissen sie ganz genau.«

Marlein hatte schon öfter vom Rabenstein, der Richtstätte Kölns, gehört, war aber selbst nie dort gewesen. Von den wenigen Hinrichtungen, die es während der Zeit gegeben hatte, da sie nun in Köln lebte, hatte sie nur durch das Gerede der Leute erfahren. Von der einen, die in der Kesselkuhle abgehalten worden war, wo die Verurteilten verbrannt wurden, hatte man tagelang zu erzählen gewusst, dass der Verurteilte, als er schon lichterloh brannte und so seine Fesseln durchtrennt wurden, aus der Kuhle herausgestiegen war und sich auf die gaffenden Zuschauer geworfen hatte. Drei von ihnen hatte er so mit sich in den Tod genommen, und eine junge Frau hatte derart schwere Verbrennungen im Gesicht davongetragen, dass sie auf ewig entstellt bleiben würde.

Marlein bekam eine Gänsehaut beim Gedanken daran und rieb sich die Arme. »Ich habe Angst«, sagte sie leise.

»Das verstehe ich«, sagte Elisabeth. »Doch es gibt noch etwas Weiteres, was du bedenken solltest.«

»Ja?«

»Es ist mir klar geworden, als die Hübschlerinnen hier vorstellig wurden«, erklärte Elisabeth.

»Welche Hübschlerinnen?«, fragte der Stadtvogt nach.

»Ich erzähle es Euch gleich«, gab sie zur Antwort, wandte sich dann aber wieder Marlein zu. »Wenn du zulässt, dass die Anklage geführt werden kann, wirst du die Möglichkeit bekommen, dass die Leute erfahren, wer du wirklich bist.«

»Wie meint Ihr das?«

»Es gibt Frauen, denen macht es nichts aus, sich ihr Geld als Hübschlerin zu verdienen. Du jedoch wurdest dazu gezwungen.« Sie sah Marlein nachdenklich an. »Wünschst du dir denn nicht auch, dass die Menschen begreifen, wer du in Wirklichkeit bist und dass du es nur getan hast, weil du gezwungen wurdest? Das würde ihren Blick auf dich verändern, und du könntest womöglich sogar einen Mann finden, der dich nimmt.«

Marlein knetete ihre Finger. »Es würde doch keinen ehrlichen Kerl geben, der eine wie mich nehmen würde.«

»Ebendeshalb ist es wichtig, dass du dich von dem Ansehen einer Hübschlerin frei machst. Für dich selbst, auf dass du wieder leben kannst.«

»Glaubt Ihr wirklich, dass so etwas möglich wäre?«, fragte Marlein mit einer schwachen Hoffnung in ihrer Stimme.

»Ich würde sogar in die Anklage schreiben, dass es meine Erkenntnis ist, dass es so war«, erklärte nun der Stadtvogt. »Jeder im Saal würde es hören und hätte Mitleid mit dir.«

Marlein überlegte. »Dann will ich es tun«, entschied sie.

»Gut. Sehr gut«, urteilte der Stadtvogt. »Kommt morgen noch vor der Mittagsstunde in die Vogtei.«

Marlein nickte folgsam.

»Ich werde dich begleiten«, bot Elisabeth sogleich an, was ihr einen dankbaren Blick der Jüngeren einbrachte.

»Das wäre dann alles«, sagte der Stadtvogt und wandte sich dann Elisabeth zu. »Sagt, Tuchhändlerin, könnte ich Euch noch allein sprechen?«

»Aber gewiss.«

Marlein stand sogleich auf. »Habt Dank für all Eure Bemühungen, Vogt. Möge Gott es Euch vergelten.«

»Gottes Segen mit dir, Marlein. Wir sehen uns morgen.«

Marlein verließ das Esszimmer und schloss die Tür hinter sich. Der Stadtvogt wartete kurz, dann sprach er Elisabeth an. »Was habt Ihr damit gemeint, dass die Hübschlerinnen hier vorstellig geworden wären?«

Elisabeth erzählte, was sich ereignet hatte. Der Stadtvogt hörte aufmerksam zu.

»Das dürfte meine Schuld sein«, stellte er fest. »Ich habe dem Schankwirt zugesetzt, und er weiß, dass er sich nichts mehr zuschulden kommen lassen darf, will er nicht hart dafür bestraft werden.«

Elisabeth seufzte. »Ich muss zugeben, dass ich alles andere als angetan war, als die Frauen hier standen und begehrten, bei mir Unterschlupf zu finden.«

Ein amüsiertes Lächeln umspielte die Lippen des Stadtvogts. »Das kann ich mir lebhaft vorstellen. Andererseits, muss man sagen, hat es auch etwas Gutes.«

»Und das wäre?«

»Nun, wir brauchen den Schankwirt nicht mehr zu fürchten. Er hat kein Interesse mehr an Marlein, und Ihr seid nicht länger in Gefahr, von ihm bedrängt zu werden.«

»Bedeutet das, dass die Büttel endlich wieder gehen können?« Elisabeth schien aufrichtig erleichtert.

»Was haben sie denn getan, dass Ihr sie so dringend aus dem Hause haben wollt?«

Elisabeth lachte auf. »Aber nein, sie haben gar nichts getan«, erwiderte sie. »Ganz im Gegenteil. Sie waren stets höflich, und man hat sie kaum bemerkt, doch durch ihre Anwesenheit wurde deutlich, dass nichts so ist, wie es sein soll.«

»Ich verstehe, was Ihr meint. Nun, ich sehe keinen Grund, warum sie länger hierbleiben sollten. Ich werde ihnen sogleich den Befehl geben, ihre Posten hier aufzugeben.«

»Danke, Stadtvogt. So hoffe ich, dass bald alles wieder etwas ruhiger wird.«

»Ich habe gehört, dass der Rat beschlossen hat, den Marktplatz nicht mehr überspannen zu lassen.«

»Ja, das stimmt«, bestätigte Elisabeth.

»Und wie geht es Euch mit dieser Entscheidung?«

»Ich habe es ja gerade erst erfahren«, erwiderte Elisabeth. »Und im ersten Moment, das muss ich zugeben, war ich wie vor den Kopf gestoßen. Doch schon auf dem Weg vom Rathaus hierher nach Hause stellte sich so etwas wie ein Gefühl der Erleichterung ein.«

»Es freut mich aufrichtig, dass Ihr es so sehen könnt.«

»Danke. Ja, mir fällt mein Anteil an den Standgebühren weg. Doch ich habe immer noch die Näherei und den Tuchhandel, und ich habe mir auch noch einmal in Erinnerung gerufen, weshalb ich überhaupt auf den Einfall kam, den Marktplatz zu überspannen.«

»Und was war der Grund?«

Elisabeth überlegte kurz. »Ja, richtig, das könnt Ihr ja gar nicht wissen.« Sie schmunzelte. »Es gab damals zwischen meinem Zwillingsbruder und mir einen erbitterten Streit. Er hat sich nach dem Tode meines Vaters all die Stoffe genommen, die in meinem alleinigen Besitz standen.« Sie zuckte mit den Schultern. »Ich bin ja nur eine Frau und konnte nicht selbst Handel treiben, nur im Namen meines Vaters. Der Zunftmeister hat mir zwar eine Genehmigung erteilt, doch das Erbe fiel nach Vaters Tod an Stephen. Und damit auch meine ganzen schönen Stoffe, die ich mir so hart erarbeitet hatte. Er hingegen«, sie gab einen verächtlichen Zischlaut von sich, »hatte sich wieder einmal betrunken und bei einem Handelsgeschäft übers Ohr hauen lassen. Er hat Unmengen unbrauchbarer Tuche gekauft und behauptet, das wäre das Einzige im Kontor, was mir gehörte.«

»Und Ihr habt dann den Einfall gehabt, den Marktplatz mit diesen Tuchen zu überspannen.«

»Ganz recht.«

»Das ist ja unglaublich.« Der Stadtvogt klopfte sich vor Vergnügen auf den Schenkel. »Was für eine Geschichte!«

»Ich habe früh von meinem Vater gelernt, stets das Beste aus einer Sache zu machen. Habe ich beispielsweise Stoffreste, kordele ich Säume daraus oder schneide Verzierungen zu, mit denen ich die Kleider gestalte. Es liegt wohl einfach in meinem Wesen.«

»Ihr seid eben eine kluge Frau. Meine Mutter war genauso.« Seine Miene verfinsterte sich. »Doch sie ist schon lange tot.« Er befeuchtete seine Lippen. »Wie dem auch sei«, er erhob sich abrupt, »ich denke, das Schlimmste ist überstanden. Wir werden die Kerle ihrer Strafe zuführen, den Marktplatz wieder aufbauen, die Stände und Buden erneut errichten. Und dann machen wir einfach weiter, weil wir Kölner so sind.«

Elisabeth konnte ihm die Trauer über den Verlust, die er so eilig zu überspielen versuchte, deutlich anmerken. Doch sie wusste nicht, was sie hätte sagen können.

»Noch einmal meinen Dank für alles«, sagte sie und verließ zusammen mit dem Stadtvogt das Esszimmer. »Bitte wartet noch einen Moment.« Elisabeth eilte mit wenigen Schritten zum Nähzimmer. »Martha«, sprach sie die Haushälterin an. »Würdest du bitte zwei Schinken holen? Die Büttel verlassen uns.«

»Ja, Herrin.« Martha stand sogleich auf, verließ das Nähzimmer und ging in Richtung Küche.

»Das wäre doch nicht notwendig«, befand der Stadtvogt.

»Oh doch. Eure Büttel gaben mir die Sicherheit, stets auf die zuverlässigen Männer der Stadt Köln vertrauen zu können. Es ist ein gutes Gefühl, zu spüren, dass Verlass auf die ist, die einen umgeben.«

»Wohl gesprochen«, lobte der Stadtvogt.

Martha kam mit den Schinken zurück und übergab sie Elisabeth.

Der Stadtvogt trat an seine Büttel heran. »Euer Dienst hier findet ein Ende«, verkündete er. »Die Tuchhändlerin lobte euch, sodass ich dies nun an euch weitergeben möchte.«

Die Büttel dankten höflich. Sodann trat Elisabeth näher und reichte jedem von ihnen einen Schinken. »Habt Dank für alles. Mit Euch im Hause waren wir jederzeit sicher, dass uns nichts geschehen konnte.«

»Das haben wir gern getan«, antwortete der eine, was der andere mit einem Kopfnicken bekräftigte. Dann verabschiedeten der Stadtvogt und die Büttel sich und gingen hinaus.

Elisabeth sah ihnen noch nach, als sie eine Bewegung auf der gegenüberliegenden Seite wahrnahm, wo ein schmaler Gang zwischen zwei Häusern hindurchführte. War dort gerade eben eine Gestalt in dem Gang verschwunden, als sie den Stadtvogt und die Büttel hinausgelassen hatte? Sie wartete einen weiteren Moment und ließ den Gang nicht aus den Augen, doch nichts geschah. Sie musste sich wohl geirrt haben.

Obwohl, wie der Stadtvogt festgestellt hatte, vom Schankwirt keine Bedrohung mehr ausging und auch sonst keine Gefahr bestand, legte Elisabeth sogleich den Riegel vor. Es war nicht mehr als ein Gefühl, das sie beunruhigte und zur Vorsicht mahnte. Eilig versuchte sie den Gedanken beiseitezuschieben. Ihre Nerven trieben wohl Scherze mit ihr.

Dennoch war sie froh, als nur kurz darauf Rafael nach Hause kam und sie ihm alles erzählen konnte, was sich an diesem Tage ereignet hatte. Sie spürte, wie eine bleierne Müdigkeit sich den Weg an die Oberfläche bahnte. Ob sie es wirklich schaffen würde, in der Nacht zu arbeiten, wusste sie nicht zu sagen.

Seit seinem Rauswurf aus dem Rathaus war Stephen durch die Gegend geirrt. Was sollte er jetzt nur tun? Kurz hatte er überlegt, in die Schänke »Zur goldenen Henne« zu gehen und seine Wut durch Leni zu mildern. Doch er hatte sich dagegen entschieden. Vermutlich würde er die Münzen zusammenhalten müssen, bis ihm etwas einfiele, wie es nun weitergehen sollte.

Er wusste nicht, wie lange er durch die Gassen gelaufen war. Wie von selbst hatten seine Füße irgendwann den Weg zur Mühlengasse gefunden, in der das Haus seiner Schwester stand. Er hatte sich in dem schmalen Gang direkt gegenüber dem Haus postiert, um nicht sogleich entdeckt zu werden, sollte jemand kommen oder aber das Haus verlassen. Wie gebannt hatte er auf das goldene Schneiderwappen gestarrt, während seine Zähne aufeinander mahlten. Ein goldenes Schneiderwappen. Diese überhebliche kleine Schlampe. Es war, als hätte sie es nur zum Hohn angebracht, um ihm zu zeigen, dass sie glaubte, etwas Besseres als er zu sein. Wie sehr er dieses Weibsbild doch hasste!

Eilig war er weiter in dem schmalen Gang verschwunden, als er sah, dass die Tür geöffnet wurde und drei Kerle aus dem Haus kamen, die von Elisabeth verabschiedet wurden. Brachte sie jetzt auf diese Weise ihr Geld ein, indem sie es sich als Hübschlerin verdiente? Zuzutrauen wäre es ihr. Aber nein. Hierfür war dieses Weibsbild viel zu arrogant. Er beobachtete, wie sie einen Moment lang dastand und genau in seine Richtung sah. Hatte sie ihn womöglich gesehen? Nein, das war ausgeschlossen, konnte sie ihn doch in diesem Winkel und noch dazu in der Dunkelheit des schmalen Ganges unmöglich ausmachen.

»Na, ahnst du, dass ich hier bin?«, raunte er.

Dann trat Elisabeth zurück ins Haus und schloss die Tür. Stephen kam wieder etwas weiter aus dem Gang hervor, nur um kurze Zeit später erneut mit dessen Dunkelheit eins zu werden, als Rafael nach Hause kam und nach kurzem Klopfen ins Haus gelassen wurde.

Er hatte den Mann seiner Schwester lange nicht gesehen, kannte ihn aber genau wie Elisabeth bereits seit Kindheitstagen. Schon damals hatten Elisabeth und er sich gut verstanden. Kurz bevor Stephen vor drei Jahren Köln verlassen hatte, waren die beiden die Ehe miteinander eingegangen. Elisabeth hatte sich sogar dazu herabgelassen, ihn trotz aller Streitigkeiten zu der Hochzeit einzuladen. Doch er hatte nicht einen Augenblick daran gedacht, diese auch wirklich zu besuchen.

Nur kurz darauf war Stephen gezwungen gewesen, nachdem er alles verloren hatte, auch noch das Haus zu verkaufen. Doch wenn er ehrlich zu sich selbst war, war es ihm einerlei. Dass die neuesten Entwicklungen es ihm jedoch unmöglich zu machen schienen, wieder in die Spur zu kommen, ließ ihn schier aus der Haut fahren vor Wut.

Er war ihretwegen wieder hier. Ihretwegen wollte er alles erreichen und sie dann seinen Hass spüren lassen, den er all die Jahre in sich aufgestaut, ja, ihn geradezu gepflegt hatte, nur um es seiner Schwester mit Zins und Zinseszins heimzuzahlen.

Dass seine Bemerkung dem Bürgermeister gegenüber unklug gewesen war und dieser die richtigen Schlüsse gezogen hatte, ärgerte ihn tatsächlich. Wie hatte er nur so unbedarft sein können? Nun musste er sich etwas anderes überlegen, um einerseits an Geld zu kommen und es andererseits zu schaffen, Elisabeth so schwer damit zu schaden, dass sie sich von dieser Niederlage nicht wieder würde erholen können. Doch wie?

Er zuckte zusammen, als die Tür geöffnet wurde und Elisabeth mit zwei wollenen Kleidersäcken über dem Arm ins Freie trat. Sofort zog er seinen Kopf zurück. Sie sah kurz in seine Richtung, lief dann leichtfüßig die Stufen herab, wandte sich nach links und ging die Mühlengasse entlang bis zum Ende, wo sie um die Hausecke bog, sodass sie aus seinem Sichtfeld verschwand. Im Eilschritt lief er hinter ihr her, nur um dort abrupt haltzumachen und vorsichtig um die Ecke zu spähen. Sie war ein gutes Stück vor ihm, doch traute er sich noch nicht, sich weiter vorzuwagen. Hier gab es keinerlei Schutz, und wenn sie sich auch nur kurz umdrehte, würde sie ihn unweigerlich entdecken.

Er folgte ihr durch die Gassen und hielt immer so weit Abstand, dass sie ihn nicht sehen konnte. Einmal dachte er schon, er hätte sie verloren, stellte dann jedoch fest, dass sie lediglich die Stufen zum Haus des Böttchers hinaufgegangen war und dort einen der Kleidersäcke abgab, Gottes Segen wünschte und gleich darauf weiterging. Zum Glück kam sie nicht denselben Weg zurück. Sonst hätte Stephen nicht gewusst, wohin er so rasch hätte verschwinden können.

Er folgte Elisabeth bis zum Hause der Hardevusts, wo sie den zweiten Kleidersack abgab und dann die Stufen wieder hinunterstieg, als ein lautes Rufen sie zurückhielt.

»Tuchhändlerin«, rief Kunigunde Hardevust, »einen Moment!«

Elisabeth drehte sich um. »Gott zum Gruße. Ich brachte nur Euer Gewand. Seht es Euch gleich an. Es ist genauso geworden, wie Ihr es wolltet«, sagte Elisabeth heiter.

Stephen, der in dieser Entfernung jedes Wort hören konnte, verdrehte genervt die Augen ob der Fröhlichkeit, die Elisabeth zur Schau stellte.

»Daran besteht gewiss kein Zweifel, meine Liebe. Alle Kleider, die Ihr für mich fertigt, sind einzigartig und so besonders, dass sie ihresgleichen suchen.«

»Habt Dank für das Lob.«

»Ist es nicht schrecklich, welchen Schaden das Feuer angerichtet hat? Furchtbar, so etwas, nicht wahr?«

Elisabeth war müde und wahrlich nicht in der Stimmung, sich auf eine Plauderei mit Kunigunde Hardevust einzulassen, doch wollte sie nicht unhöflich sein. »Ja, es ist ein einziges Elend«, gab sie zurück.

»Und das viele Tuch, das Euch verbrannt ist.« Kunigunde Hardevust schüttelte fassungslos den Kopf. »Wie wollt Ihr das nur alles bezahlen?«

»Es wird vorerst keine neue Bespannung des Marktplatzes geben«, erwiderte Elisabeth.

»Ach nein? Aber es war doch so schön. Sollen wir Euch womöglich unter die Arme greifen, damit Ihr neue Tuche bestellen könnt?«

»Nein, Kunigunde, habt vielen Dank! Es ist nicht so, dass ich sie nicht bezahlen könnte«, entgegnete Elisabeth, wenngleich das nicht ganz der Wahrheit entsprach. »Vielmehr hat sich der

Rat dagegen entschieden, überhaupt wieder eine Bespannung vorzunehmen. Doch ich danke Euch für Euer Angebot.«

»Ihr wisst ja, dass ich eine große Verfechterin Eurer Sache bin.«

Elisabeth wusste nicht recht, was sie von dieser Bemerkung halten sollte. Gerade wollte sie nachfragen, da fuhr Kunigunde fort: »Denn seien wir doch einmal ehrlich, meist sind es wir Frauen, die im Hintergrund die Dinge zu lenken vermögen. Gewiss macht es nicht jede so offensichtlich wie Ihr, doch es ist wohl der neuen Zeit geschuldet, dass Frauen andere Wege gehen als ihre Mütter und Großmütter vor ihnen.«

Elisabeth war überrascht. Sie hatte Kunigunde wahrlich nicht für eine Frau gehalten, die sich einem neuen Denken aufgeschlossen zeigte. Aus ihrem Munde hätte sie eine solche Rede gewiss nicht erwartet.

»Es ist eigentlich gar nicht so, dass ich es immer so will«, gestand Elisabeth mit einem freudlosen Lächeln. »Oft hatte ich in meinem Leben einfach keine andere Wahl.«

»Hm.« Kunigunde wiegte den Kopf hin und her. »Manche Dinge geschehen eben, nicht wahr? Stimmt es, dass Ihr eine Hübschlerin als Näherin beschäftigt?«

Elisabeth sah sie mit offenem Mund an. »Wie bitte?«, antwortete sie, als hätte sie nicht richtig gehört. Jedoch versuchte sie so nur ein wenig Zeit zu schinden, um sich eine passende Antwort zurechtzulegen.

»Man erzählt es sich.«

»Wer erzählt so etwas?«

Kunigunde machte noch einen Schritt auf Elisabeth zu, als wollte sie nicht, dass jeder sie hören könnte. »Sigmund, der Vater von Brid, die für Euch gearbeitet hat. Sehr zu seinem Ärger hat seine Tochter wohl eine kleine Liebschaft mit dem Knecht vom Schankwirt. Und da hat Brid dem Sigmund erzählt, dass sie ihre

Anstellung bei Euch verloren hat, weil Ihr einer Hübschlerin, die zuvor für den Wirt arbeitete, die Aufgabe übertragen habt.«

»Das ist gelogen, glaubt mir.« Elisabeth hob die Augenbrauen. »Brid – und ich bitte Euch, dies vertraulich zu behandeln – ist ein faules, verlogenes junges Ding. Nur bin ich überrascht, dass ihr Vater so etwas weiterträgt. Mein Ehemann kennt ihn gut, und ich hätte es nicht von ihm gedacht.«

»Es ist ihm wohl im Ärger rausgerutscht, wie mein Mann mir sagte. Ich denke, Eure Einschätzung seiner Tochter dürfte der Wahrheit sehr nahe kommen.« Sie überlegte kurz. »Aber es muss doch etwas dran sein. Sonst wäre die Geschichte doch gar zu weit hergeholt.«

Elisabeth überlegte sich ihre Worte genau. »Nun gut, ich will es sagen, weil Ihr es seid«, begann sie. »Es stimmt, dass ich Marlein als Näherin eingestellt habe. Sie ist sehr geschickt und fleißig. Doch sie war und ist keine Hübschlerin. Sie kommt nicht aus Köln und hat ihre Eltern verloren. In der Schänke hat sie dann eine Anstellung gesucht, um die Gäste zu bewirten, mehr jedoch nicht. Und eines Abends sind einige Kerle über sie hergefallen.« Elisabeth fand, dass die Geschichte so um einiges besser klang als die Wahrheit. Sie beugte sich noch weiter vor. »Es wird deshalb sogar eine Anklage durch den Stadtvogt geben.« Sie schüttelte den Kopf. »Was dieses Mädchen durchmachen musste, könnt Ihr Euch nicht vorstellen.«

Kunigunde schlug erschrocken die Hand vor den Mund. »Das ist ja entsetzlich!«, brachte sie fassungslos hervor.

»Wie gesagt, bitte bewahrt Stillschweigen darüber. Sie hat schon genug durchgemacht. Wenn sie nun noch erfahren müsste, als Hübschlerin verschrien zu sein, so wüsste ich nicht, was sie täte.«

»Von mir erfährt niemand etwas«, versicherte Kunigunde, was Elisabeth ihr herzlich dankte. Dann verabschiedeten die Frauen sich voneinander, und Elisabeth ging beschwingt zurück zur Mühlengasse. Sie war zufrieden mit sich. Ganz sicher würde Kunigunde sofort ins Haus geeilt sein und die Geschichte ausgeplaudert haben. Oder womöglich war sie sogar schon auf dem Weg zu einer anderen Kölner Patrizierin, der sie alles haarklein erzählen würde. Vermutlich würde sie hier und da noch etwas ausschmücken und die Schändungen, die Marlein erleiden musste, haarklein hinzuerfinden. Elisabeth war es recht. Sie wollte unbedingt erreichen, dass in der Wahrnehmung der Kölner aus der Hübschlerin Marlein die anständige junge Frau wurde, die sich des Mitleids einer jeden Seele gewiss sein konnte. Und würde es dann noch einer wagen, das Wort Hübschlerin nur in den Mund zu nehmen, würde er sich vermutlich unter Schimpf und Schande dafür entschuldigen müssen. Ja, Elisabeth war zufrieden mit sich. Ein Anfang war gemacht.

Stephen folgte Elisabeth zurück bis zu deren Haus und wartete, bis sie hineingegangen war. Dann machte er kehrt und ging nachdenklich durch die Gassen Kölns. Was konnte er mit dem anfangen, was er soeben gehört hatte? Wie konnte er es sich zunutze machen? Die Gedanken kreisten wild in seinem Kopf. Eine Frau, die geschändet wurde und nun als Näherin für Elisabeth arbeitete. Er kniff die Augen zusammen, die Sonne blendete ihn. Er spürte, dass er auf dem richtigen Weg war. Was konnte er damit anfangen? Was? Er ging weiter und weiter, dann, ganz plötzlich, blieb er stehen. Die Kundin hatte Elisabeth gefragt, ob es stimme, dass sie eine Hübschlerin bei sich beschäftigte. Eine Hübschlerin im Hause einer Frau, die vorgab, eine anständige Händlerin zu sein, die nur für die reichsten Damen der Stadt Kleider fertigte und über die Mauern Kölns hinaus bekannt war. Er bleckte die Zähne. Ja, jetzt wusste er, was er zu tun hatte. So würde er Elisabeth in die Knie zwingen.

Eilig machte er kehrt und rannte zu dem Wirtshaus zurück, in dem er mit Dorothea untergekommen war. Das, was er vorhatte, konnte nur durch eine Frau gelingen.

Den ganzen Abend musste er sich an ihr zu schaffen machen, um sie so weit zu bringen, dass sie endlich einwilligte. Nichts war schlimmer als ein liebestolles altes Weibsbild, das nicht genug bekam. Doch das war es ihm wert. Nun würde seine Zeit kommen. Endlich!

18. Kapitel

Es war sein letzter Abend in Köln, und für Walter fühlte es sich an, als wäre es der letzte seines restlichen Lebens. Wie hatte es nur so weit kommen können? Er hatte von Anfang an gewusst, dass Dieter und Augustin ihm nicht guttaten. Sie taten niemandem gut und waren echte Taugenichtse, deren eigene Mutter vermutlich geleugnet hätte, sie zu kennen, hätte sie dazu die Gelegenheit gehabt. Im Grunde wusste er nicht viel über die beiden. Er war ihnen an einem der ersten Tage, nachdem er in das prächtige Stadthaus seines Onkels in Köln gezogen war, begegnet. Während er selbst von seinem Onkel in dessen Handelsgeschäfte einbezogen wurde und diese Stück für Stück erlernte, hatte er bei Augustin und Dieter eigentlich nie erkennen können, was sie wirklich taten. Zu der Zeit, als ihr Vater noch lebte, halfen sie ihm bei der Herstellung von Körben, die dieser in allen Größen und Formen auf dem Markt feilbot. Später dann, als ihr Vater gestorben war und die Mutter dem Bäcker zur Frau gegeben wurde, machten sie sich hier ein wenig nützlich. Doch als wirkliche Arbeit hätte Walter dies bei dem geringen Einsatz und Eifer, den die Brüder an den Tag legten, nicht bezeichnet.

Zwar wusste er, dass er sich auch nicht gerade mit Ruhm bekleckert hatte, während er in Köln war. Die Arbeit für seinen Onkel war um einiges weniger anstrengend als die für seinen Vater in Würzburg, der zwar ebenfalls Händler war, jedoch nicht eine solche Vielzahl von Waren an den Mann brachte und weit mehr dafür tun musste, am Ende der Woche genug Münzen in seinem Geldbeutel zu haben. Auch war es dem Vater schwerer gefallen, alle Mäuler daheim zu stopfen, da Walter der einzige Sohn war, jedoch darüber hinaus fünf Töchter zu versorgen waren. So hatte der Vater damals die Entscheidung getroffen, Walter nach Köln zu dessen Onkel zu schicken, um dort den Handel zu erlernen und einen Teil der Münzen, die er hierfür erhielt, an die Familie nach Würzburg zu senden. Dies hatte Walter auch getan, wenngleich das Geld, das er einmal im Monat mit dem Boten überbringen ließ, längst nicht das war, was er verdiente. Doch Walter konnte es nicht einsehen, dass er sich dafür abmühen musste, während seine Schwestern einfach nur unter die Haube gebracht werden mussten, und er derjenige war, der die Münzen für ihre Mitgift einbrachte.

Doch das war nun alles egal. Er würde gleich morgen früh nach Würzburg aufbrechen und zu seiner Schande auch noch die Schriftrolle seines Onkels überbringen müssen, in der dieser die Verfehlungen Walters genau niedergeschrieben hatte. Er mochte sich nicht einen Augenblick lang vorstellen, was sein Vater daraufhin mit ihm machen würde. Dabei, und das war das einzig Gute, hatte sein Onkel bisher nicht die geringste Ahnung, dass er mehr als nur einmal in die Kasse gegriffen und die Zahlen im Handelsbuch gefälscht hatte. Dies würde er vermutlich erst dann feststellen, wenn er bemerkte, dass er nach Walters Zeit in Köln bei den gleichen Geschäften erheblich mehr Geld übrig hätte.

Er betrachtete seine rechte Hand. Seine Tante hatte sich erbarmt und einen Verband darum gewickelt. Walter war sicher, dass die Finger, wenn der Verband entfernt würde, noch genauso abstehen und verkrüppelt aussehen würden wie zuvor. Die paar herumgewickelten Leinenstreifen würden daran nicht das Geringste ändern. Doch vermutlich war das auch schon egal, glaubte er fast nicht, dass er mit dem Leben davonkäme, wenn sein Vater die Nachricht des Onkels las.

Er hatte seiner Tante gesagt, dass er sich noch von einigen Bekannten verabschieden wolle, und dann das Haus verlassen. Ob sie ihm überhaupt zugehört hatte, vermochte Walter nicht zu sagen. Dann war er ziellos durch die Gassen Kölns geirrt, bis er sich schließlich hier in der Schänke wiedergefunden und sich, nachdem die ersten Schnäpse seine Kehle hinuntergelaufen waren, mehr und mehr dem Alkohol hingegeben hatte. Er wollte nicht gehen, ehe sämtliche Münzen, die er besaß, in den Besitz des Schankwirts übergegangen waren.

Dem Wirtssohn, er war vermutlich im gleichen Alter wie er selbst oder sogar ein oder zwei Jahre jünger, hatte Walter aufgetragen, so lange seinen Becher nachzufüllen, bis die Münzen, die er offen auf den Tisch gelegt hatte, aufgebraucht waren. Dann hatte er sich in eine Ecke gesetzt und gesoffen.

Was war das nur für ein eigenartiges Dasein, in dem man für ein bisschen Vergnügen so bestraft wurde? Er bedauerte sich selbst für das, was er nun erdulden musste. Gewiss, er hätte nicht so hart zuschlagen dürfen, als er sich die Kleine vorgenommen hatte. Doch er war an diesem Tage so wütend gewesen, weil sein Onkel ihn wegen eines Fehlers vor den Augen und Ohren eines Kunden schroff zurechtgewiesen hatte. Dabei war es nicht einmal das gewesen, was ihn so erzürnt hatte. Doch dass die Tochter des Kunden hierbei zugegen gewesen war und sich geradezu herzlich über ihn amüsiert hatte, war ihm unerträglich gewesen. Sie hatte gelacht und ihn damit gedemütigt, ja, sie hatte sich sogar noch erlaubt, ihrem Vater gegenüber einen Scherz auf seine Kosten zu machen. Er hätte sich dieses verdammte Dreckstück am liebsten vorgenommen. So war es wohl nicht klug, aber in Walters Augen verständlich gewesen, dass er in die Kasse seines Onkels gegriffen und dann Dieter und Augustin Bescheid gesagt hatte, damit sie sich im »Roten Eber« ein wenig vergnügen konnten.

An diesem Tag war es anders gewesen als sonst, hatte Walter seine Kumpane doch gebeten, ihm eine Weile allein mit der Hübschlerin zu gönnen. Die beiden hatten gelacht und gefeixt, während er ihnen Geld für zwei weitere Schnäpse dagelassen hatte und dann nach oben gegangen war.

Er hatte nicht vorgehabt, sie dermaßen zu verprügeln. Doch als sie seinem Befehl folgte, sich auszuziehen und aufs Bett zu legen, und er dann spürte, dass seine Männlichkeit wie so oft versagte, hatte er die Kontrolle über sich verloren. Er hatte sie angebrüllt, sein Geschlecht zu reiben, und sie wieder und wieder geschlagen, und doch wollte die Steife sich einfach nicht einstellen. Walter kannte das, doch hatte er immer gehofft, dass es ihm eines Tages möglich wäre, wie alle anderen Männer bei einer Frau liegen zu können. Doch das Einzige, was ihm einen Erguss verschaffen konnte, war, dabei zuzusehen, wenn andere sich eine Frau nahmen. Am liebsten war es ihm, wenn es mehrere taten, so wie Dieter und Augustin, und sie das Weib ordentlich zum Schreien brachten. Dann genügte ein kurzer Griff in seinen Schritt, um sich in unendlicher Erleichterung zu ergießen. Doch alles andere bewirkte dies nicht.

An dem Abend, als die Kleine schließlich durch die Luke geflohen war, hatte sich die ganze aufgestaute Wut entladen. Ihr dummer, ängstlicher Gesichtsausdruck, als sie an ihm rieb und rieb und dennoch alles schlaff herunterhing, hatte ihn sich so schlecht fühlen lassen wie nie zuvor. Er hatte sie angeschrien, dass sie es falsch machen würde und nicht einmal zur Hure tauge.

Sie hatte geweint und gefleht, fester sein Glied umschlossen und immer heftiger daran gerieben, bis er sie schließlich fortgestoßen und verprügelt hatte. Dann wollte er Dieter und Augustin holen, damit sie es der Kleinen besorgen konnten und er so doch noch seine Befriedigung erfuhr, für die er dem Wirt gute Münzen bezahlt hatte. Doch diesen unaufmerksamen Moment hatte das Dreckstück genutzt und sich von oben heruntergestürzt. Selbst dafür, sich hierbei den Hals zu brechen, war sie zu dumm gewesen.

Walter spürte, wie die Wut schon wieder in ihm aufstieg. Dieses dumme Stück Hurenfleisch hatte sein ganzes Leben zerstört.

»Hast du gehört? Sie haben die Kettler-Brüder in den Kerker gesperrt«, hörte er einen Mann am Nebentisch zu einem anderen sagen.

»Wegen ihrer Blödheit oder Faulheit?«, gab der andere zurück, und beide lachten schallend.

»Sie sollen sich ein Mädchen gegriffen und es geschändet haben.«

»Welches Mädchen?«

»Ich weiß nicht. Ein junges Ding wohl, doch den Namen kenne ich nicht. Sie ist Näherin und lebt bei der Tuchhändlerin, dieser Hardenstein.«

»Hoffentlich knüpfen sie die beiden an ihren Eiern auf.«

»Ach, erst mal abwarten. Mein Schwiegersohn ist Büttel, und der hat gesagt, dass die Kleine morgen in den Kerker muss, um zu bezeugen, dass sie es waren. Wenn sie das nicht tut, muss der Stadtvogt die Brüder wieder gehen lassen.«

»Ach«, winkte der andere ab. »Die werden doch sowieso nicht mehr lange zu leben haben. Taugenichtse wie die enden immer gleich. Entweder werden sie eines Tages bei einer Rauferei zu Tode geprügelt, oder sie landen wegen einer Gaunerei am Galgen.«

»Ich hoffe, die Kleine erkennt sie wieder. Soll noch ein junges Ding sein. Wenn einer meiner Tochter so was antäte, dann würde ich die Arbeit nicht dem Stadtvogt überlassen, das kannst du mir glauben.«

Ein weiterer Mann kam hinzu, der das Thema wechselte, sodass sie sich nun über das Feuer am Marktplatz und die Höhe der Schäden unterhielten, die bisher nur grob geschätzt werden konnten. Hier gab es das Gerücht, dass jemand das Feuer gelegt hatte. Andere wieder sprachen davon, dass es ein einzelner Blitz gewesen sei, ganz so wie ein Zorneszeichen, der angeblich die Tuche entflammt haben sollte.

Walter war es einerlei. Er bedeutete dem Wirtssohn, dass sein Becher wieder geleert sei, worauf dieser mit einem Krug kam. »Das ist aber der Letzte«, stellte er fest. »Eure Münzen waren eben schon aufgebraucht.«

Walter sagte nichts, sah dem Wirt nur beim Einfüllen zu, hob den Becher und ließ den Schnaps in seinen Hals laufen. Dann streckte er die Zunge vor, um auch noch den letzten Tropfen aus dem Becher zu lecken.

Der Wirtssohn sah es, hob die Augenbrauen und schüttelte den Kopf. Dann entfernte er sich und ging wieder hinter seinen Schanktisch.

Walter musste all seine Kraft aufwenden, um sich von der Bank hochzustemmen und stehen zu bleiben. Er wankte, hielt sich noch kurz fest.

Die Männer neben ihm lachten. »Na, der Schnaps war wohl zu stark, was, Jungchen?«

»Ich bin nicht … ich …« Walter gähnte.

»Ja, ja, und jetzt geh nach Haus und schlaf dich aus.« Er ließ Walter an sich vorbeitreten, und der Wirt öffnete die Tür, damit er nicht dagegen rannte. Dann wankte er hinaus, und die Tür wurde hinter ihm geschlossen.

Wieder gähnte Walter herzhaft. Schleppend ging er weiter, fragte sich, in welcher Richtung das Haus seines Onkels liegen mochte. Obwohl er schon fast zwei Jahre in Köln lebte, schien ihm auf einmal alles fremd. Nur stockend kam er voran, fand sich schließlich am Anleger des Hafens wieder. Hier ließ er sich auf die kleine Grasfläche fallen, streckte die Glieder aus und schloss die Augen. Der Boden um ihn drehte sich, und er spürte Übelkeit seine Kehle heraufkriechen. Gerade noch schaffte er es, sich auf die Seite zu drehen, bevor er sich übergab. Dann ließ er sich zurückfallen und blieb eine Weile so liegen.

Er hätte nicht sagen können, wie viel Zeit vergangen war, bis er die Augen wieder aufschlug. Nur, dass es bereits finstere Nacht war und einzig der Sternenhimmel über ihm funkelnd und leuchtend auf ihn niederstrahlte.

Walter setzte sich auf und verharrte einen Moment in dieser Position. Noch immer drehte sich alles um ihn. Der Schnaps hatte ihm mehr zugesetzt als sonst. Mühsam rappelte er sich auf und kam schließlich in den Stand. Er brauchte einen Moment, bis er sich in Bewegung setzte. Dann ging er los.

Noch immer meinte er die Stimmen der Männer zu hören, die am Nebentisch über Dieter und Augustin gesprochen hatten. *Taugenichtse, die ohnehin nicht alt werden.* Ob man über ihn wohl auch so sprach? Was würde man über ihn sagen, wenn er morgen schon Köln den Rücken zuwandte und nie wieder einen Fuß in diese Stadt setzen durfte? Würden die Menschen es überhaupt bemerken? Würde er fehlen und sein Onkel gefragt werden, wo denn sein Neffe sei? Oder wäre er einfach fort, ohne dass es auch nur einer einzigen Seele auffiele? Abrupt blieb er stehen und drehte sich um. Wenn er sich jetzt in den Rhein fallen ließe, würde die Strömung ihn wohl mitreißen? Würde es seinem Onkel leidtun, dass er so hart mit ihm ins Gericht gegangen war, wenn sie seinen leblosen blassen Körper finden würden? Er drehte sich wieder nach vorn, ging weiter und weg vom Rhein. Nein, das würde er nicht tun. Er wollte nicht ersaufen wie ein Köter und dass man über ihn sagen würde, dass er den Schnaps nicht vertragen hatte und deshalb in den Rhein gestürzt wäre, ohne dass er ihnen sagen könnte, dass dies und nichts anderes seine Absicht gewesen sei.

Er musste an seine Mutter denken, seinen Vater, seine Schwestern. An Würzburg, die Stadt, in der er geboren, die ihm jedoch nie ein Zuhause gewesen war. Was sollte er nun anfangen mit seinem Leben, das kaum richtig begonnen hatte, doch schon vollkommen verwirkt war?

Er fragte sich, ob er morgen in aller Frühe zum Kerker gehen sollte, um sich von Dieter und Augustin zu verabschieden. Er hätte sie wahrlich nicht als Freunde benannt. Und doch waren sie die Einzigen, denen er sich in Köln verbunden gefühlt hatte.

Nein, er entschied sich, nicht zum Kerker zu gehen. Dann würden alle wissen, dass sie miteinander im Bunde waren, und er würde im gleichen Atemzug mit Vergewaltigern genannt. Das wollte er nicht riskieren. Andererseits war ihre Schuld noch nicht bewiesen, und noch bestand die Möglichkeit, dass die kleine Hure schwieg. Ein Gedanke bahnte sich seinen Weg an die Oberfläche. Was, wenn die Kleine nicht aussagen würde? Die Kerle in der Schänke hatten etwas davon gefaselt, dass ein Büttel, also einer, der es wissen musste, sagte, das Mädchen müsse Dieter und Augustin als diejenigen wiedererkennen, die sie geschändet hatten. Aber was, wenn sie es nicht konnte? Was, wenn er sie überreden konnte, morgen nicht zur Vogtei zu gehen oder, wenn doch, dass sie schweigen oder aber lügen und sagen würde, dass es die beiden nicht gewesen seien? Was würde das für ihn selbst bedeuten? Womöglich könnte er dann seinen Onkel überreden, ihn doch bei sich in Köln zu lassen. Er war immerhin der Bürgermeister. Er konnte diesem Stadtvogt befehlen, die Sache nicht weiterzuverfolgen.

Walter hatte das Gefühl, mit jedem Moment wieder klarer zu werden. Diese kleine Hure musste schweigen. Und er würde sie hierzu überreden. Was hatte der Kerl gesagt? *Eine Näherin, die im Hause der Tuchhändlerin Hardenstein lebt.* Das passte zu dem, was er von dem Knecht des Wirts gehört hatte, der sich mit einer dieser Näherinnen vergnügte. Diese war rausgeworfen und durch eine Frau, deren Beschreibung der kleinen Hure aufs Haar glich, ersetzt worden. Ein Lächeln huschte über Walters Gesicht, als er den Riemen an seinem Bein ertastete, mit dem er das Messer stets eng am Körper trug.

Er würde dieser Hure einen Besuch abstatten, und zwar so, dass niemand es mitbekäme. Dass sie wusste, wozu er fähig war, stand außer Zweifel.

Er wusste genau, wohin er wollte, als seine Füße wie von selbst den Weg in die Mühlengasse fanden. Der schwache Mond tauchte die Gasse in ein kaltes Licht. Walter ging bis zu dem Haus mit dem goldenen Schneiderwappen über dem Eingang und sah daran hinauf. Wo würde die kleine Hure wohl schlafen?

Er nahm immer zwei Stufen der Treppe, drückte die Klinke herunter. Die Tür war verschlossen, und gewiss befand sich zusätzlich ein Riegel davor, wie es üblich war bei den Häusern solch wohlhabender Familien. Er lief die Stufen wieder hinab, wobei er stolperte. Der Schnaps tat noch immer seine Wirkung.

Langsam ging er nun ein Stück auf die Gasse, sah abermals an der Fassade hoch, dann legte er den Kopf schräg. An der linken Seite führte eine Gasse direkt am Haus entlang. Sie war Tuchhändlerin, hatte also vermutlich das Kontor direkt im Hause. Nur die Händler, die sich dies nicht leisten konnten, lagerten ihre Waren in einfachen Hütten am Hafen. Er folgte der Gasse, sah hierbei die ganze Zeit zum Gebäude. Eine Mauer, etwa so hoch wie Walter selbst, die durch ein schmiedeeisernes Tor unterbrochen war, grenzte die Gasse zu einem Innenhof ab. Walter ging zu dem Tor, fasste den Griff. Auch hier war abgesperrt. Also ging er wieder zu der Mauer, die aus grob geschlagenen Steinen bestand. Er war ein gelenkiger Kerl, und es machte ihm kaum Mühe, die Mauer hinaufzuklettern und auf der anderen Seite sicher in den Stand zu kommen. Einzig seine rechte Hand schmerzte, als er sich in einer unbedachten Bewegung darauf abstützte. Er stieß einen Zischlaut aus, verbot sich aber jedes weitere Geräusch.

Auf leisen Sohlen schlich er zur Hintertür des Hauses. Auch diese war abgesperrt. Die Tür sah im Gegensatz zu der Eingangstür vorn alles andere als stabil aus. Wenn er sie jedoch aufbräche, würde er dadurch vermutlich das ganze Haus aufwecken. Er schimpfte still in sich hinein, trat einen Schritt zurück und betrachtete abermals die Tür. Sie glich der, die in seinem Elternhaus vom Hof zum Gesindetrakt führte. Hier war es vermutlich genauso. Walter ging in die Hocke, besah den zwei Daumen breiten Spalt unter der Tür. Er erinnerte sich, wie er sich einmal in Würzburg, nachdem seine Mutter ihn in seine Kammer eingesperrt hatte, befreien konnte. Sie hatte den Schlüssel beim Absperren stecken lassen. Walter hatte damals so lange mit einem Stock im Schloss herumgestochert, bis er den Schlüssel schließlich auf der anderen Seite herausgedrückt hatte. Dann hatte er sich heruntergebückt und den Schlüssel mit dem Stock unter dem Türspalt so weit zu sich herangezogen, bis er diesen schließlich greifen und sich aus seiner Kammer befreien konnte. Zwar hatte seine Mutter geahnt, dass er sich irgendwie davongemacht hatte. Jedoch konnte sie sich nicht erklären, wie er dann in die Kammer hatte zurückkehren können und diese auch wieder abschließen. Dass der Schlüssel mitten auf dem Flur lag, als sie ihn befreien konnte, fand sie nicht weiter verwunderlich. Immerhin hatte Walter zugegeben, heftig an der Tür gerüttelt zu haben. Dass er diesen, nachdem er zurückgekehrt war, unter dem Türspalt hindurch in den Flur gestoßen hatte, auf den Einfall wäre seine Mutter niemals gekommen.

Walter sah sich im Innenhof nach etwas um, mit dem er im Schloss stochern konnte. Er fand gleich mehrere Stöcke, die ihm geeignet erschienen. Eilig zog er Wams und Hemd aus, strich das Hemd glatt und schob es unter dem Spalt der Tür hindurch, damit der Schlüssel, wenn er zu Boden fiel, keinen Krach machte und Walter ihn außerdem zu sich heranziehen konnte. Dann machte er sich ans Werk. Anfangs glaubte er, dass der Schlüssel sich überhaupt nicht bewegte. Nach einer Weile jedoch spürte er, dass er ihn in eine immer geradere Position zu bringen vermochte, bis es ihm schließlich gelang, den Schlüssel mit dem Stock aus dem Schloss zu stoßen. Trotz des Hemdes gab es beim Herabfallen ein kleines Geräusch, und Walter lauschte einen Moment angestrengt, ob womöglich jemand wach geworden war. Doch im ganzen Haus regte sich nichts, sodass er das Hemd mit dem Schlüssel darauf langsam unter der Tür hervorzog, sich das Hemd wieder überzog, dann das Wams und schließlich die Tür von außen aufschloss.

Im Innern war es kühler als draußen, wo die Sonne die Luft über den Tag stetig erwärmt hatte und es nun, während der Nacht, noch immer nicht ganz abgekühlt war. Es lag noch der Duft des Abendessens in der Luft, als Walter ins Haus schlich und leise die Tür hinter sich schloss. Er befand sich im Gesindetrakt, das erkannte er sofort. Nach rechts ging ein weiterer Gang ab, der zum Kontor führte. Im Flur selbst reihten sich sechs Türen an, und Walter konnte nur hoffen, dass er hinter einer dieser Türen die kleine Hure finden würde.

Er ging zur ersten Tür und lauschte. Waren hier Schlafgeräusche zu hören? Er meinte, ein leises Schnorcheln zu vernehmen, und hielt den Atem an. Ja, jetzt war er sicher. Hierin schlief ein Mensch. Die Frage war nur, ob es die kleine Hure war. Schließlich würde sie nicht die einzige Näherin sein, die diese Tuchhändlerin beschäftigte. Ganz abgesehen von Knechten, Mägden, Haushälterinnen und, was Walter am meisten sorgte, Wachleuten.

Er tastete nach dem Riemen an seinem Schenkel und zog sein Messer hervor. Dann drückte er langsam und ohne jedes Geräusch die Klinke herab. Leise, ganz leise öffnete er die Tür und trat ein.

Auf der Pritsche lag ein Mensch, schmächtig, soweit er es in der Dunkelheit erkennen konnte, und mit dem Gesicht zur Wand gedreht. Walter ging näher heran. Die Gestalt schlief tief und fest, drehte sich nun auf den Rücken. Walter war zurückgezuckt und hatte so eine unbedachte Bewegung gemacht. Die Gestalt schien es wahrgenommen zu haben, denn plötzlich setzte sie sich auf.

Walter reagierte blitzschnell. Er stürzte vor, drückte der Person die Hand auf den Mund und presste sie wieder in das Kissen zurück. Erst jetzt bemerkte er, dass es nicht die Hure, sondern ein junger Mann war.

»Ein Wort, und ich steche dich ab«, drohte Walter und hielt ihm das Messer an die Kehle.

Der junge Mann keuchte, nickte dann aber rasch mit dem Kopf zum Zeichen, verstanden zu haben.

Walter griff sich etwas von der Kleidung, die auf einem Stuhl neben dem Bett lag, und hielt es ihm vor den Mund. »Stopf es dir rein«, zischte Walter, und der junge Mann zögerte nicht, seiner Aufforderung Folge zu leisten.

»Das reicht«, befand Walter. Er zerrte an dem Hemdstoff und riss einige Streifen heraus.

»Mach es fest.«

Cunos Hände zitterten, als er die Hemdstreifen um seinen Kopf band und so das Hemdknäuel in seinem Mund fixierte. Seit er die Spitze des Messers an seinem Hals gespürt hatte, fühlte er Todesangst. Wollte dieser Kerl ihm den Garaus machen?

»Wo ist die kleine Hure?«, zischte Walter.

Cuno sah ihn aus weit aufgerissenen Augen an, murmelte etwas.

»Hoch«, flüsterte Walter, packte Cuno am Schlafhemd und zog ihn zu sich heran. »Halt still, oder ich stech dich ab!« Walter drehte Cuno so, dass dieser nun mit dem Rücken zu ihm stand. Walter griff den Riemen, der auf dem Stuhl lag, und fesselte Cunos Hände. »Du zeigst mir jetzt, wo die Hure ist, dann wird dir nichts geschehen.«

Cuno nickte. Er konnte nur ahnen, dass der Fremde Marlein meinte, die zwei Kammern weiter ihr Lager hatte.

Walter öffnete leise die Tür, packte Cunos Arm und zerrte ihn auf den Flur. »Ein Laut, und du stirbst.«

Cuno nickte, ging die wenigen Schritte bis zu der Kammer, in der Marlein schlief. Er bedeutete Walter mit einer Kopfbewegung, dass die von ihm Gesuchte hier sei.

»Wenn mich dahinter ein Wachmann erwartet, ramme ich dir dieses Messer in deinen elenden Wanst.«

Cuno blickte ihn ängstlich an, nickte zum Zeichen, verstanden zu haben.

Walter griff an ihm vorbei, drückte leise die Klinke herunter. Dann drängte er Walter in die Kammer und bedeutete ihm, sich auf den Stuhl zu setzen, was Cuno widerstandslos tat. Was hätte er auch versuchen sollen mit auf dem Rücken gefesselten Händen?

Eine Talgleuchte spendete flackerndes Licht. Die Schlafende rührte sich nicht. Erst als sie die Klinge des Messers an ihrem Hals spürte, schlug sie die Augen auf. Im selben Moment presste Walter ihr die Hand auf den Mund. »Gott zum Gruße, meine kleine Hure.«

Marlein unterdrückte einen Schrei. Während Walter ihr noch die Hand auf den Mund gedrückt hielt, nahm er langsam das Messer von ihrem Hals und hielt es stattdessen an Cunos linkes Auge. Hierbei ließ er Marlein nicht aus den Augen.

»Nur einen Laut …«, wiederholte er drohend.

Walter sah sich nach etwas um, mit dem er auch Marlein knebeln konnte. Ein Leinentuch, das unter der Talgleuchte lag, schien ihm genau richtig. Er stopfte es ihr in den Mund, nahm dann das Unterkleid, das an der Wand hing, zerriss es und nutzte die Streifen, um den Knebel zu befestigen und ihr die Hände genau wie Cuno auf den Rücken zu binden.

Als es vollbracht war, entspannte sich Walters Haltung. Er zerrte Cuno von dem Stuhl hoch und zwang die beiden, sich nebeneinander auf die Pritsche zu setzen. »Ein ganz reizendes Pärchen seid ihr zwei«, verhöhnte er seine Opfer.

Dann beugte er sich zu Marlein herunter. »Kannst du dir denken, weshalb ich gekommen bin?«, flüsterte Walter und legte den Kopf schräg.

Marlein schüttelte den Kopf. Ihre Augen waren mit Tränen gefüllt.

»Ich will, dass du morgen früh ganz und gar vergessen hast, wer wir sind. Du wirst keinen der beiden wiedererkennen, wenn der Stadtvogt dich fragt. Und auch mich hast du noch nie gesehen, hast du verstanden?«

Marlein nickte.

»Ja?«, fragte er noch mal.

Wieder nickte Marlein.

»Gut«, befand Walter. »Sehr gut.« Dann blickte er zu Cuno. »Aber du … hm, was mache ich jetzt mit dir?«

Cuno schluckte schwer. Kurz sah er auf das Messer in Walters Hand.

»Na, das hättest du wohl gern, was?« Walter grinste breit, führte das Messer langsam von links nach rechts an Cunos Kehle entlang.

Danach ließ er das Messer gemächlich an Marlein herabgleiten, zog den Stoff ihres Nachthemds heran und stieß es dann plötzlich und mit einem Ruck in den Stoff. Marlein schrie auf, doch das Geräusch war nur dumpf durch den Knebel in ihrem Mund zu hören.

»Keine Sorge«, sagte Walter grinsend. »Ich habe deine Haut nicht einmal berührt.«

Das Nachthemd war nun in der Mitte geteilt. Walter fasste die Teile und schlug sie beiseite, sodass Marleins nackter Oberkörper von den Brüsten bis zur Scham im schwachen Licht der Talgleuchte zu erkennen war.

»Hm«, machte Walter, als genieße er den Anblick. »Wer will es mir verdenken, dabei Geschmack zu bekommen?«

Cuno hielt die Augen starr nach vorn gerichtet.

»Willst du sie dir nicht mal ansehen?«, fragte Walter.

Cuno schüttelte den Kopf.

»Na, mach schon. Ein Blick kann doch nicht schaden.«

Cuno rührte sich nicht.

Walter griff das Messer und schnellte vor. Erst knapp vor Cunos Hals zog er es zurück. »Na, wird's bald? Du sollst sie dir ansehen, habe ich gesagt.«

Dem Knecht stiegen Tränen auf, als er den Kopf Marlein zuwandte. Er sah ihr direkt in die Augen, Bedauern lag in seinem Blick.

»Da sollst du hinsehen.« Walter führte das Messer an Marleins Haut und fügte ihr einen kleinen Schnitt zu. Sie zuckte zurück, der Schrei wurde abermals durch den Knebel in ihrem Mund gedämpft.

Walter beugte sich vor, fuhr mit der Zungenspitze den Schnitt entlang. »Die kleine Hure schmeckt gut«, befand er. »Na, hast du sie auch schon mal gekostet?«

Cuno rührte sich nicht.

»Ob du schon mal gekostet hat, hab ich gefragt«, zischte er und kam mit seinem Gesicht direkt vor das des Knechts.

Langsam schüttelte Cuno den Kopf.

Walter spürte, wie ihn der Gedanke daran, was folgen konnte, erregte. Warum nicht nur noch dieses eine Mal?

Er sah die beiden noch einen Moment lang an. »Kann ich euch auch wirklich glauben, dass ihr beide den Mund haltet?« Wieder legte er den Kopf schräg.

Cuno nickte heftig, während Marlein still zu Boden starrte und Tränen an ihren Wangen herabliefen.

Walter zog Cuno hoch und drehte ihn, sodass er dessen Fesseln durchtrennen konnte. Der Knecht atmete erleichtert aus. Es war also vorbei.

»Nimm sie!«, forderte Walter.

Der Knecht schien nicht zu verstehen, was der Eindringling vom ihm wollte. Er sah Walter fragend an.

»Verdammt noch mal!«, zischte Walter, zog Marlein hoch und warf sie bäuchlings auf die Pritsche. Dann legte er ihr Hinterteil frei.

Marlein wimmerte, während Cuno nur dastand, zu schockiert, um sich rühren zu können.

»Na.« Walter fasste Cuno in den Schritt, packte fest zu. »Da regt sich doch was.«

Cuno, noch immer mit dem Knebel in seinem Mund, gab erschrockene Laute von sich.

Walter schnitt Cunos Schlafgewand von oben bis unten auf. »Und nun besteigst du sie«, befahl er.

Der Knecht schüttelte den Kopf, machte mehrere Schritte rückwärts. Walter sprang vor und stach ihm mit dem Messer in den Arm. Cuno brachte einen gequälten Schmerzensschrei hervor.

»Das nächste Mal ramme ich es dir in die Brust.« Walter wartete noch kurz, ob der Knecht sich weiter sträubte. Als er dann sah, dass dieser sich ans Geschlecht fasste, wusste er, was folgen würde. Er machte ein paar Schritte rückwärts, setzte sich auf den Stuhl und öffnete seine Hose. Ja, so mochte er es.

19. Kapitel

»Guten Morgen, Martha.« Elisabeth betrat mit einem Lächeln auf den Lippen die Küche.

»Guten Morgen, Herrin. Wie ich sehe, habt Ihr gut geschlafen«, bemerkte die Haushälterin lächelnd.

»Ja, wenngleich ich eigentlich noch hatte arbeiten wollen. Doch ich war so unendlich müde nach allem, was sich in letzter Zeit zugetragen hat.«

»Es war in der Tat sehr viel«, bekräftigte Martha.

Ennlin betrat die Küche und begrüßte die beiden. Dann setzte sie sich auf die Bank. »Heute ist ein sehr wichtiger Tag für Marlein«, befand Ennlin. »Ich bin erleichtert, dass sie sich dem stellen wird. Nicht jede kann behaupten, so mutig zu sein.«

»Ich hoffe, dass sie, wenn das alles vorbei ist, ein ganz normales Leben führen kann«, erwiderte Elisabeth.

»Das hoffe ich auch. Es waren viele Umstände, die dazu führten, dass sie in all das hineingeraten ist.«

»Ob sie je vergessen kann, was geschehen ist?« Elisabeth sah Ennlin an.

Die Mutter schüttelte langsam den Kopf. »Nein, niemals. Doch wir können dafür sorgen, dass sie nicht jeden einzelnen Moment ihres Lebens daran denken muss.«

»Gott zum Gruße, Frauen meines Lebens.« Rafael war in die Küche getreten. »Wir werden wohl …«

Ein Schrei, der nichts Menschliches hatte, gellte durch das Haus.

»Ottokar!«, rief Rafael erschrocken und rannte in Richtung Gesindetrakt, von wo der Schrei gekommen war.

Ottokar saß auf dem Flur, neben sich eine Lache Erbrochenes.

»Beim Herrn, was ist dir?« Rafael bückte sich zu ihm herab.

Der Angesprochene wollte etwas sagen, schnappte verzweifelt nach Luft. Dann hob er den Arm und deutete auf die geöffnete Tür zur Kammer.

Rafael richtete sich auf.

»Was ist geschehen?«, rief Elisabeth, die mit Martha und Ennlin hinter Rafael hergeeilt war.

Rafael bedeutete den Frauen mit einer Handbewegung, nicht näher zu kommen. Dann ging er in die Kammer.

Der Anblick, der sich ihm bot, war schlimmer als alles, was er je zu Gesicht bekommen hatte. Cuno saß nackt und breitbeinig in einer riesigen Blutlache am Boden, mit dem Rücken an die Wand gelehnt. Sein gesamter Körper war mit Stichwunden übersät. Die größte Wunde jedoch klaffte im unteren Bereich seines Körpers, wo sich sein Gemächt befunden hatte, bevor es ihm herausgeschnitten worden war.

Marleins nackter lebloser Körper lag bäuchlings auf der Pritsche. Auch um sie hatte sich eine große Blutlache gebildet, die weiter auf den Boden getropft war und sich dort ausgebreitet hatte. Genau wie bei Cuno überzogen Stichwunden ihren Körper. Das Messer steckte noch in ihrem Rücken.

Rafael stolperte rückwärts, hielt sich die Hand vor den Mund und hatte Mühe, den Würgereiz zu unterdrücken. »Holt den Stadtvogt«, keuchte er.

»Was ist denn geschehen?« Elisabeth machte noch einen Schritt vor, doch Rafael schüttelte den Kopf.

»Geh nicht weiter. Keine von euch.« Er schluckte schwer gegen die Übelkeit an. »Marlein und Cuno sind tot.«

Elisabeth schlug die Hand vor den Mund. »Aber wie …?«

»Sie wurden ermordet«, erwiderte Rafael. »Martha, lauf, so rasch du kannst, und hol den Stadtvogt.«

»Ja, Herr.« Martha machte kehrt und rannte los.

Rafael streckte Ottokar die Hand entgegen, um ihm aufzuhelfen. »Komm. Wir werden woanders auf den Stadtvogt warten.«

Ottokar ließ sich von ihm in die Höhe ziehen und kam schwankend in den Stand. Dann verließen die vier den Gesindetrakt und warteten in der Küche.

Otilia und Ursel erschienen zum Dienst, doch Elisabeth schickte sie für diesen Tag nach Hause, ohne eine Erklärung abzugeben. Die Frauen sahen sich fragend an, taten dann aber, wie ihnen geheißen, und gingen wieder.

Kurze Zeit später klopfte es abermals, und der Stadtvogt begehrte mitsamt vier seiner Büttel Einlass. »Was ist geschehen?«, fragte er ohne Gruß. »Eure Haushälterin konnte es mir nicht sagen.«

»Kommt«, sagte Rafael tonlos. »Ich werde Euch hinführen.«

Die anderen warteten in der Küche, während Rafael mit dem Stadtvogt und dessen Bütteln zum Gesindetrakt ging.

Einer der Büttel stürmte kurz darauf durch die Hintertür in den Hof hinaus und übergab sich. Ein zweiter folgte ihm gleich darauf. Der Stadtvogt und die beiden anderen hatten ebenfalls Mühe, die Übelkeit nicht siegen zu lassen. Doch sie schafften es, sich zusammenzunehmen, bis sie den Gesindetrakt wieder verließen.

»Wisst Ihr, wann es geschehen ist?«, fragte der Stadtvogt.

»Nein. Wir haben nichts von alledem mitbekommen.« Rafael schämte sich, es auszusprechen. Eine solche Tat musste doch Lärm verursacht haben.

Elisabeth trat aus der Küche. »Bitte, sagt uns, was geschehen ist.«

Ennlin war an ihre Seite getreten, während Ottokar auf der Bank in der Küche sitzen geblieben war und vor sich hin starrte.

»Marlein und Euer Knecht …«, begann der Stadtvogt.

»Sein Name war Cuno«, brachte Ottokar mit brechender Stimme hervor.

»Marlein und Cuno wurden ermordet.« Der Vogt räusperte sich. »Und zwar von jemandem, der Freude daran hatte.«

Elisabeth hielt sich erneut die Hand vor den Mund. Sie wollte genau wissen, was geschehen war und welcher Anblick sich den Männern geboten hatte. Doch sie hatte auch schreckliche Angst. »Wie sind sie umgekommen?«

»Sie wurden erstochen, doch er hat sich Zeit damit gelassen. Die Vielzahl der Wunden spricht für sich.«

Elisabeth atmete geräuschvoll aus.

»Das viele Blut …«, hakte einer der Büttel ein.

»Ja?«, fragte der Stadtvogt sogleich nach.

»Heute in der Früh haben sie am nördlichen Stadttor jemanden aufgegriffen, der unbedingt so rasch wie möglich Köln verlassen wollte. Den Wachmännern kam das eigenartig vor. Außerdem war seine Kleidung über und über mit Blut verschmiert.«

»Wo ist er jetzt?«, fragte der Stadtvogt.

»Im Keller der Stadtmauer, bis entschieden ist, was mit ihm geschieht.«

»Henßlin, Linhardt, ihr seid dafür verantwortlich, dass die Leichen fortgeschafft werden, am besten über den Hinterhof«, befahl der Stadtvogt den beiden Bütteln, die wieder hinzugestoßen waren. »Und deckt die Körper ja gut ab. Am besten nehmt ihr einen einfachen Ochsenkarren, damit ihr kein Aufsehen erregt.«

»Ja, Stadtvogt.«

Zu den anderen zwei sagte er: »Ihr beide begleitet mich zum Stadttor.«

Die Büttel nickten.

»Was sollen wir tun?«, fragte Rafael.

»Ich fürchte, im Moment könnt Ihr nur abwarten«, antwortete der Stadtvogt.

Ennlin, die die ganze Zeit über nichts gesagt hatte, trat nun an den Stadtvogt heran. »Somit werden sie freikommen, nicht wahr?«

Der Stadtvogt meinte zu wissen, von wem sie sprach. »Die Kettler-Brüder? Ja, daran besteht kein Zweifel. Marlein kann nicht mehr bestätigen, dass sie es waren. Und sie kommen für den Mord an den beiden nicht infrage, da sie im Kerker der Vogtei sitzen.«

»Dann bleibt auch diese Tat ungesühnt«, sagte Ennlin leise, machte kehrt und ging in die Küche zurück.

Elisabeth glaubte, dass sie sich nicht mehr lange auf den Beinen würde halten können. Das alles war zu viel für sie. Rafael warf ihr einen besorgten Blick zu und nahm sie in den Arm. Doch auch das konnte sie nicht trösten. Sie fühlte sich, als hätte der Boden sich unter ihren Füßen aufgetan und sie würde ins Endlose fallen.

»Wo ist der Mann, den Ihr heute in der Früh in Gewahrsam genommen habt?«, begehrte der Vogt zu erfahren, als er auf den Wachmann am Kölner Stadttor zutrat.

»Gott zum Gruße, Vogt. Er ist dort drinnen. Stinkt wie eine Schänke und ist über und über mit Blut besudelt. Was auch immer der heute Nacht getrieben hat, es war nichts Gutes.«

»Hat er seinen Namen genannt?«

»Nein. Wir haben ihn gefragt, doch er wollte ihn uns nicht sagen.«

Der Stadtvogt ballte die Hand zur Faust. Wenn es der war, der er glaubte, traf ihn selbst eine Mitschuld am Tode Marleins und Cunos. Fast hoffte er, dass er sich irrte. Doch dass irgendein Fremder des Nachts in ein Haus einbricht, dessen Bewohner er nicht kennt, und eine solche Tat begeht, kam ihm schier unglaublich vor. Wobei ihm die Tat an sich ebenso unglaublich erschien, und wenn er es nicht mit eigenen Augen gesehen hätte, er hätte es nicht geglaubt. »Bringt mich zu ihm.«

»Ja, Stadtvogt.«

Der Wachmann ging voraus und zeigte dem Vogt nebst seinen beiden Bütteln den Weg. Er hatte zwar keine Ahnung, was sich zugetragen haben könnte, doch als er die blutverschmierte Kleidung des Mannes gesehen hatte, war ihm klar, dass dieser einen guten Grund hatte, während der frühen Morgenstunden heimlich die Stadt verlassen zu wollen.

Der Stadtvogt folgte dem Wachmann eine Wendeltreppe hinab zu zwei gemauerten Zellen und einem schmalen Flur, in den man gerade einmal einen einzigen Stuhl stellen konnte, wollte man sich von hier aus mit den Gefangenen unterhalten.

»Er ist im Moment unser einziger Gefangener«, vermeldete der Wachmann, ließ den Stadtvogt, als sie die Stufen passiert hatten, an sich vorbeitreten und deutete dann mit dem Arm. »Dort hinten in der Ecke, das Bündel Mensch. Der ist es.«

Der Stadtvogt trat nah an das Gitter heran, umfasste mit beiden Händen die Stangen. Er konnte das Gesicht des Mannes nicht sehen, da er in sich zusammengesunken auf dem steinernen Fußboden saß, die Beine angewinkelt und die Arme um die Knie geschlungen.

»Seht mich an!«, forderte der Stadtvogt mit eiskalter Stimme.

Der Mann reagierte nicht.

»Blickt auf!«, schrie der Stadtvogt.

Einen Moment tat sich nichts. Dann löste der Gefangene seine Haltung auf und hob den Kopf. Ihre Blicke trafen sich, und nichts hätte der Stadtvogt in diesem Moment lieber getan, als sich das Gitter aufsperren zu lassen und den Kerl totzuprügeln.

Die Gedanken wirbelten nur so durch seinen Kopf. Er hatte einen Frauenschänder gefasst und ihn wieder freigelassen. Und nun war sie tot, Marlein war ermordet worden. Es war, als wäre ein wildes Tier über sie hergefallen. Ja, genau das war geschehen. Denn das, was diese kranke Seele dort antrieb, hatte nichts Menschliches mehr.

»Kennt Ihr ihn?«, fragte der Wachmann.

»Nein.« Der Stadtvogt schüttelte den Kopf. »Ich weiß nicht, wer er ist.«

»Wollt Ihr ihn in die Vogtei mitnehmen?«

Der Stadtvogt zögerte. »Nein«, entschied er dann. »Behaltet ihn hier, bis wir wissen, was mit ihm geschehen soll.«

»Wird er eines Verbrechens angeklagt werden?«

Wieder zögerte der Stadtvogt, wollte etwas erwidern, blieb dann aber die Antwort schuldig. »Behaltet ihn hier, bis ich einen Büttel schicke und Euch Weiteres sage«, befahl er dann, löste die Umklammerung der Gitterstäbe und ging. Er drehte sich nicht noch einmal um. Nach so vielen Jahren wusste er, was nun zu tun war. Und wenn er dafür selbst alles riskieren würde, dann war es eben so. Doch ohne das würde er nicht weiterleben können.

Es war ein Wagnis, doch er vertraute auf seine Menschenkenntnis. Von diesem Tage an würde nichts mehr sein, wie es einmal war. Es wurde ein Bündnis eingegangen, das stets nur so stark war wie das schwächste Glied. Wer dies in der Gruppe sein mochte, konnte er nicht beurteilen. Noch nicht.

Alles war vorbereitet, jeder wusste um seine Aufgabe. Wenn er jetzt diese Treppe herabstieg, würde es unumkehrbar werden. Langsam, geradezu bedächtig schritt er Stufe für Stufe herab.

»Gott zum Gruße, Mickel«, sagte der Stadtvogt zum Wachhabenden.

»Gottes Segen mit Euch, Stadtvogt.«

»Die Kettler-Brüder können gehen«, sagte der Stadtvogt einfach.

»Aber sollte nicht heute das Mädchen kommen?«

»Sie ist tot«, erwiderte der Stadtvogt ohne eine Regung in seiner Stimme. »Damit hat sich die Anklage erledigt. Lass sie also frei.«

»Wie Ihr befehlt.«

Der Stadtvogt verabschiedete sich noch, dann ging er die Stufen wieder hinauf und verließ sogleich die Vogtei. Draußen angekommen, beeilte er sich, um so rasch wie möglich das Stadttor zu erreichen.

Dieter und Augustin atmeten tief durch, als sie die Vogtei verließen.

»Das ist ja gerade noch mal gut gegangen«, sagte Dieter breit grinsend.

Augustin wollte gerade etwas erwidern, als eine Frau mit einem Kopftuch, sie mochte schon über die vierzig sein, auf die beiden zuhielt. »Ach, verzeiht mir, Ihr jungen Kerle. Sagt bitte, seid Ihr Kölner?«

»Ja, weshalb wollt Ihr das wissen?«

»Ach, ich vertraue Fremden nicht mehr so sehr, wisst Ihr. Gerade letztens war ich außerhalb der Stadtmauern und wurde überfallen.«

»Was habt Ihr dort gemacht?«

»Ich habe Kräuter gepflückt, die ich auf dem Markt verkaufe. Die gibt es eben nur dort draußen. Es bleibt mir also nichts anderes übrig.«

»Und was wollt Ihr von uns?

»Ach, wisst Ihr, ich müsste wieder dort hinaus, habe jedoch Furcht, dass erneut jemand kommt und mir meine Geldkatze nehmen will.« Sie hob ein klimperndes Beutelchen. »Ich trage sie immer bei mir. Wer weiß schon, wer mein Haus betritt, während ich nicht da bin. Wärt Ihr wohl so freundlich, mich zu begleiten, damit mir nichts geschieht? Ich werde jedem von Euch eine Münze dafür geben.«

Dieter und Augustin tauschten einen Blick und trafen eine stille Übereinkunft. Das Kräuterweib würde ihnen mehr als nur eine Münze geben, dafür würden sie schon Sorge tragen. Also sagte Dieter: »Wenn Ihr uns so freundlich darum bittet.«

»Ach, danke. Das ist wirklich zu gütig von Euch.«

Etwa zur gleichen Zeit, als Dieter und Augustin zusammen mit der Kräuterfrau in Richtung Stadttor aufbrachen, betrat er die Wachstube am Tor. »Gott zum Gruße, guter Mann. Der Stadtvogt schickt mich.«

»Ah, ja, wegen des Gefangenen?«

»Eben seinetwegen«, bestätigte der Mann. »Es hat sich alles aufgeklärt. Er ist frei und kann gehen.«

»Einfach so? Aber er muss doch etwas angestellt haben. Wo kommt sonst das viele Blut her?«

»Von einem Schwein. Der Bursche ist nicht aus Köln und hat hier ein Schwein gestohlen, das er dann wohl selbst zerlegen wollte. Der wird lange arbeiten müssen, um den Schaden wiedergutzumachen.«

»Von wo kommt er denn?«

»Aus Porz. Wir haben mit einem gesprochen, der seine Eltern kennt. Deshalb wollte er in der Früh so eilig die Stadt verlassen.«

»Diese jungen Kerle heute.« Der Wachmann schüttelte den Kopf und ging dann nach unten zu den Zellen, während der andere ihm folgte.

Der Schlüssel klimperte und wurde mehrfach im Schloss umgedreht. »Hoch mit dir!«, rief der Wachmann dem Gefangenen zu. »Du kannst gehen.«

Der Angesprochene sah auf. »Gehen?«, fragte er.

»Der Stadtvogt sagt, er hat das für dich geklärt«, sagte der andere Mann. »Ich soll dich vor das Stadttor bringen, und du sollst einfach verschwinden und dort hingehen, wo du hergekommen bist.«

Erst rührte er sich nur zögerlich, dann kam er eilig in den Stand, als er gewahr wurde, was ihm soeben mitgeteilt worden war. Er war also wirklich frei. Er konnte es kaum glauben.

»Nun komm schon. Ich muss zurück zu meinem Kollegen am Tor«, sagte der Wachmann. »Ein ganzes Schwein zerlegen wollen – was für ein Unfug!«

Kurz zögerte der Gefangene hierauf, dann schien ihm jedoch der Gedanke an seine bevorstehende Freiheit lohnenswerter, als sich weiter über die Bemerkung des Wachmanns zu wundern. Er folgte den Männern die Stufen hinauf und trat dann aus der Wachstube hinaus ins Freie.

»Komm schon«, sagte der andere Mann, verabschiedete sich von dem Wachmann und nickte dessen Kollegen zu, der auf dem Wachturm stand. Dieser sah ihnen nach, bis sie die Weggabelung erreichten und sein Blickfeld von den Bäumen des angrenzenden Waldes verdeckt wurde.

Kurz zuvor war ein Mann durch das Stadttor gegangen, der sein Gesicht offenbar nicht zeigen wollte. Das war keine Seltenheit. Schon oft hatten die Wachleute beobachtet, dass sich Männer wie Frauen aus der Stadt schlichen zu einem kleinen Stelldichein im angrenzenden Wald. Deshalb hielt der Wachmann nach einer einzelnen Frau Ausschau, um zu sehen, ob er mit seiner Vermutung richtiglag. Jedoch kam als Nächstes lediglich eine Frau, die ein Kopftuch und einen Korb trug, mit zwei jungen Burschen heraus. Gewiss die Söhne der Frau, mochte man ihr Alter an der leicht gekrümmten Haltung ablesen wollen. Danach folgte ein Mann mitsamt Frau, zwei Kindern und einer Ziege. Eine Weile später dann eine größere Gruppe Reisender, die sich offenbar zusammengeschlossen hatten, um möglichst sicher die nächste Stadt zu erreichen.

Ein Knacken, als zertrete jemand einen Ast, ließ ihn aufhorchen. Jemand kam. Er hielt sich versteckt, bis er genau erkennen konnte, wer soeben vorbeiging. Dann sprang er aus dem Gebüsch hervor und packte ihn. »So! Habe ich dich.«

»Hilfe!«, brüllte Walter, was ihm sogleich einen Faustschlag einbrachte, der ihn augenblicklich zu Boden gehen ließ.

Der Advocatus rieb sich die Hand, mit der er zugeschlagen hatte. »Verdammt, hat der ein hartes Kinn!«

Der Stadtvogt grinste ihn an. »Bist es wohl nicht mehr gewohnt.«

»Das stimmt schon. Tatsächlich schlage ich eher selten jemanden nieder.«

»Du solltest es wieder zur Gewohnheit werden lassen«, befand der Stadtvogt. »Du kannst das nämlich ganz gut.«

Die Männer griffen, ohne es absprechen zu müssen, die Schultern und Beine des am Boden Liegenden und schleppten ihn vom Weg ins Gebüsch. Nur so weit, dass man sie nicht gleich sehen konnte, wenn man nur dort vorbeiging.

Der Stadtvogt holte eine der Fesseln hervor, die er mitgebracht hatte, und fixierte die Hände des langsam wieder zu sich kommenden Walters hinter dem Rücken. Dann stopfte er ihm noch einen Knebel in den Mund. »So, das wär's fürs Erste.«

Gemeinsam zerrten Advocatus und Stadtvogt den Gefesselten in die Höhe und schleppten ihn etwas tiefer in den Wald zu einer offenbar bereits vorbereiteten Stelle, denn um den Baumstamm herum lagen weitere Fesseln und Seile bereit, die die beiden verwendeten, um Walter an den Baum zu binden. So ließen sie ihn zurück und gingen wieder zu der Stelle, aus der der Stadtvogt aus dem Gebüsch geprescht war und Walter überrascht hatte.

»Wie weit wollt Ihr denn noch gehen?«, vernahmen sie eine Stimme, kaum, dass sie ihre Plätze im Versteck eingenommen hatten.

»Nur noch bis da vorn«, hörten sie eine Frauenstimme antworten.

Sie machten sich bereit. Erst ging die Frau mit dem Korb vorbei, dann folgten die Kettler-Brüder nur wenige Schritte hinter ihr nach. Der Advocatus und der Stadtvogt sahen sich an, gaben sich ein Zeichen und sprangen aus dem Gebüsch hervor. Sofort schlugen sie zu, um den Kettler-Brüdern erst gar nicht die Gelegenheit zu geben, eventuell Gegenwehr leisten zu können.

Wie schon zuvor Walter fesselten und knebelten sie die Brüder, die allerdings nicht das Bewusstsein verloren hatten und sich entsprechend wehrten. Als Dieter nach dem Advocatus trat und ihn am Knie erwischte, holte dieser erneut aus und schlug ihm mitten auf die Nase, aus der augenblicklich Blut herauszulaufen begann.

Dann packten sie die beiden und schleppten sie zu dem Baum, wo sie Walter gefesselt zurückgelassen hatten und dieser immer noch benommen saß.

Sie zwangen Dieter und Augustin daneben, banden auch sie an den Baum. Einen Moment warteten sie noch, bis Walter endgültig wieder das Bewusstsein erlangt hatte. Dann nahmen sie allen dreien die Knebel aus den Mündern.

»Was soll das hier werden?«, fragte Dieter. »Wollt Ihr uns eine Lektion erteilen?«

Der Stadtvogt, der Advocatus und die Frau sagten kein Wort, sahen die drei nur an.

»Seid Ihr auf einmal stumm geworden?«, schnauzte Augustin.

»In Ordnung, wir haben Euch verstanden. Wir versprechen, keine Weiber mehr anzurühren, es sei denn, sie bitten uns darum.« Dieter lachte kehlig auf. »Und es gibt gar nicht so wenige, die das tun.«

Einzig Walter hatte bisher nichts gesagt. Er sah die drei anderen nur an. Dann fragte auch er: »Warum sind wir hier?«

»Um Eure Strafe zu empfangen«, sagte der Stadtvogt und fügte dann hinzu: »Tod durch Erhängen.«

Walter riss die Augen auf. »Das könnt Ihr nicht. Ihr wollt uns nur Angst machen. Ihr seid Männer des Gesetzes, und wir haben keinen Prozess bekommen.«

»Ihr bekommt die gleichen Rechte, die ihr Marlein zugestanden habt.«

»Wir haben es ihr besorgt, sie aber nicht umgebracht«, sagte Dieter, dem langsam etwas mulmig wurde. Eben noch hatte er geglaubt, die drei wollten ihnen nur einen Schrecken einjagen, damit sie über ihre Taten nachdachten. Nun jedoch, als sie Tod durch Erhängen ausgesprochen hatten, kamen ihm Zweifel, ob sie es womöglich ernst meinen könnten.

»Ihr habt sie geschändet, geschlagen und am Ende sogar umgebracht«, sagte nun die Frau. »Und dafür werdet Ihr büßen.«

»Wir haben sie nicht umgebracht«, beharrte Augustin.

»Ihr tötetet ihre Seele, als Ihr Euch an ihr vergangen habt.« Die Frau kam auf ihn zu und fuchtelte mit ihrem Zeigefinger vor seinem Gesicht.

»Dann sehen wir es eben ein. Es war nicht richtig von uns, sie zu zwingen. In Ordnung? War es das, was Ihr hören wolltet? Können wir dann jetzt gehen?« Es klang, als sei Dieter die Situation eher lästig, als dass er wirklich verstand, was hier gerade geschah.

»Würdet Ihr es wieder tun?«, fragte die Frau.

»Nein, gewiss nicht«, beteuerte Augustin. »Wie wir schon sagten, nur, wenn die Weiber es wollen.« Er lachte.

»Ich glaube euch nicht«, stellte sie fest und sah den Advocatus an.

»Ich ebenfalls nicht«, stimmte dieser zu.

»Kein einziges Wort«, pflichtete auch der Stadtvogt bei.

»Seht Ihr«, sagte sie nun. »Damit ist es also entschieden. Tod durch Erhängen.«

»Das wagt Ihr nicht«, sagte Walter.

»Ich habe einmal geglaubt, dadurch, dass ich es nicht beweisen könnte und du die Schändung selbst nicht begangen hast, wäre es besser, dich gehen zu lassen. Nun sind Marlein und Cuno tot, zugerichtet wie von einem hungrigen Tier. Und ich werde damit leben müssen.« Der Stadtvogt zeigte auf Walter. »Doch du nicht. Du wirst damit sterben müssen.« Der Vogt trat näher an Walter heran und ging vor diesem in die Hocke. »Und weißt du was? Heute machen wir es genau so, wie du es gern hast. Wir werden erst den einen Kettler, dann den anderen hängen. Und du darfst zusehen, bis du dann als Letzter dran bist. Freust du dich?«

Walter brach der Schweiß aus. »Was müssen wir tun, damit Ihr uns gehen lasst?«

»Ihr wollt es noch immer nicht verstehen, oder?«, fragte nun der Advocatus in gefälligem Tonfall. »Keiner von Euch wird den Abend noch erleben. Betet, wenn Ihr wollt. Doch lasst Euch nicht mehr zu viel Zeit. Denn ich habe heute noch Wichtigeres vor, als Euren Fratzen beim Sterben zuzusehen.«

Der Stadtvogt trat gegen Dieters Fuß. »Willst du beten?«

Dieter schüttelte den Kopf. »Ich weiß, was Ihr vorhabt. Ihr wollt so tun, als knüpftet Ihr uns auf, damit wir unsere Taten gestehen.«

Der Stadtvogt seufzte, als langweile es ihn, dass sie es einfach nicht wahrhaben wollten. »Hoch mit dir!«, sagte er dann, schnitt das Seil durch, mit dem Dieter an den Baum gefesselt war, ließ aber dessen Hände auf dem Rücken verschnürt.

Der Advocatus nahm eines der bereitliegenden Seile und warf ein Ende über einen dicken Ast, fing es auf der anderen Seite wieder auf und knüpfte eine Schlinge. So ließ er es baumeln.

»Bete jetzt oder stirb ohne das«, gab der Stadtvogt Dieter noch eine letzte Gelegenheit. Dieser begann zu zappeln, wehrte sich gegen den Griff des Stadtvogts, sodass der Advocatus das Seil losließ und seinem Verbündeten zu Hilfe kam.

Dieters Gegenwehr wurde immer heftiger, und er schrie wie am Spieß. Die Frau nahm den Knebel zur Hand, den sie vorhin herausgenommen hatten, ging hinüber und stopfte ihn ihm abermals in den Mund. Dann tat sie das Gleiche bei Augustin und Walter, weil sie fürchtete, dass sonst jemand auf die Schreie aufmerksam werden könnte.

Dieter warf sich auf den Boden, versuchte alles, um nicht in die Nähe der Schlinge zu gelangen, doch der Advocatus und der Stadtvogt zogen ihn einfach an den Beinen unter den Ast. Während der Advocatus sich auf Dieters Rücken hockte, um ihn so zum Stillhalten zu bewegen, legte ihm der Stadtvogt die Schlinge um den Hals und zog sie zu. Hierauf griff der Advocatus das Ende des Seils, fasste kräftig zu und zog Dieter mit einem einzigen Ruck in die Höhe. Dann band er das Ende an einen anderen Ast etwa in Kopfhöhe und ließ Dieter baumeln. Dieser krächzte, zappelte und nässte sich ein. Sein Todeskampf wäre wahrlich rascher verlaufen, hätte sein Genick ihm den Gefallen getan, einfach zu brechen. Doch das tat es nicht. So dauerte es mehrere Minuten, bis ihm endgültig die Luft ausging und seine Bewegungen erstarben.

Einen Moment wartete der Advocatus noch, dann löste er das Seil und ließ Dieters toten Körper zu Boden krachen.

Augustin schüttelte heftig den Kopf, als der Stadtvogt nun seine Fessel um den Baumstamm löste.

»Komm schon. Dein Bruder wartet bestimmt auf dich.« Der Stadtvogt merkte selbst, dass diese Kerle die schlimmste Seite in ihm zutage förderten. Er empfand weder Mitleid noch hinterfragte er, ob es richtig war, was sie taten. Er wollte sie einfach nur hängen sehen.

Augustin wehrte sich noch mehr als sein Bruder, doch es war ebenso sinnlos. Genau wie zuvor zog der Advocatus ihn mit einem Ruck in die Höhe. Wieder blieb das Genick unversehrt, und Augustin zappelte und zappelte, lief erst rot, dann blau an.

Der Stadtvogt ging vor Walter in die Hocke. »So wird es nun enden, Walter. Du hättest wahrlich einen anderen Weg wählen können. Sag mir nur eines, warum hast du ihm das Gemächt abgeschnitten?« Er zerrte Walter den Knebel aus dem Mund, um ihm so die Gelegenheit zur Antwort zu geben.

»Ich sage es Euch, wenn Ihr mich vor ein ordentliches Gericht stellt.«

Der Stadtvogt schüttelte den Kopf und wollte ihm soeben den Knebel wieder in den Mund schieben, als Walter sagte: »Ihr werdet es nie erfahren, und die Frage wird Euch Euer Leben lang begleiten.«

Der Stadtvogt sah ihn an und schüttelte den Kopf. »Du hast es noch immer nicht begriffen, oder? In dem Moment, wo wir heute eure Körper verscharrt haben, werde ich nie wieder an einen von euch auch nur einen einzigen Gedanken verschwenden. Ihr werdet einfach nicht mehr da sein, und niemanden wird es stören. Also glaub mir, auch die Frage werde ich vergessen.« Wieder schickte er sich an, ihm den Knebel in den Mund zu stecken.

»Er wollte es nicht tun«, sagte Walter, und fast schien es dem Stadtvogt, als läge das erste Mal wirkliche Reue in seiner Stimme.

»Cuno hat sich geweigert, Marlein zu schänden?«

Walter nickte. »Ja, so war es.« Er sah den Stadtvogt an. »Ihr lasst mich trotzdem nicht gehen, nicht wahr?«

Der Stadtvogt schüttelte den Kopf. »Möge der Herr deiner Seele gnädig sein.« Damit stopfte er ihm den Knebel in den Mund, schnitt das Seil durch und brachte ihn unter den Ast. Walter wehrte sich nicht.

Der Advocatus, der soeben erst die Schlinge von Augustins Hals gezogen hatte, legte diese nun Walter um.

Der Stadtvogt trat vor ihn, ebenso wie die Frau, um ihm in die Augen zu blicken und damit sie die letzten Menschen waren, die seine Augen auf dieser Welt sahen. Augen mit dem Vorwurf darin, was er anderen Menschen angetan hatte. Dann packte der Advocatus zu und zog ihn hoch.

20. Kapitel

»Mutter? Fast hätte ich dich nicht erkannt. Seit wann trägst du Kopftücher? Und wo warst du? Ich habe mir Sorgen gemacht.«

Ennlin zog das Tuch von ihrem Kopf. »Ich habe Kräuter gesammelt. Hier.« Sie reichte Elisabeth den Korb.

»Aber …« Elisabeth schüttelte den Kopf. Ennlins Verhalten erschien ihr eigenartig. »Der Stadtvogt war noch nicht wieder hier«, berichtete sie dann. »Wir haben weiter nichts gehört.«

»Es wird sich alles finden«, erwiderte Ennlin. »Wurden die Leichen fortgeschafft?«

»Ja. Ottokar hat sich erboten, die Kammer zu säubern. Er sagt, das sei nichts für eine zarte Seele wie Martha.«

»Ich werde gehen und ihm helfen.«

»Du?« Elisabeth glaubte, sich verhört zu haben.

»Ja. Es ist meine Art, Marlein und Cuno gegenüber meine Verbundenheit zum Ausdruck zu bringen, auch wenn ich weiß, dass sie es nicht mehr merken.«

»Aber das viele Blut …«

»Ist nur die Spur eines gelebten Lebens.« Sie beugte sich zu Elisabeth vor und gab ihr einen Kuss auf die Stirn. »Achte stets gut auf dich, meine Elisabeth.«

»Ja, das tue ich.«

»Gut. Und nun werde ich zum Gesindetrakt gehen. Eimer und Wischzeug sind schon dort?« Ennlin ging, ohne eine Antwort abzuwarten, und ließ ihre Tochter sprachlos zurück.

So hatte Elisabeth ihre Mutter noch nie erlebt. Sie wirkte stark und auf eine gewisse, ja geradezu befremdliche Weise in sich ruhend, ganz so, als hätte sie Frieden mit sich geschlossen. Und das an einem Tag wie heute, an dem das ganze Unglück, das es nur geben konnte, über die Familie hereingebrochen war.

»Es tut mir leid, ich habe alles versucht.« Dorothea schüttelte den Kopf. »Ich habe genau das gesagt, was du mir aufgetragen hast. Doch keine wollte mir das glauben, was ich sagte.«

»Das kann doch nicht sein.« Stephen raufte sich die Haare. »Und du hast es wirklich genau so gemacht? Du bist vorstellig geworden und hast nach einer Näherin gefragt, jetzt, wo es den Markt für eine Weile nicht mehr gibt?«

»Ja, genau.«

»Und dann?«

»Nun, wenn sie dann den Namen der Tuchhändlerin Hardenstein, manche nannten sie auch Auerberg, nannten, äußerte ich Bedenken, hätte ich doch von dieser Frau viel Schlechtes gehört. Sie haben nicht einmal nachgefragt, was dies denn gewesen sein mochte, und dann haben mir alle die Tür vor der Nase zugeschlagen.«

»Sie wollten nicht hören, was du über Elisabeth und das Gerücht, dass Hübschlerinnen für sie arbeiten und sie womöglich sogar selbst eine ist, zu sagen hast?«

»Nicht eine Einzige.« Sie lockerte die Schnüre ihres Kleides, fächelte sich mit der Hand Luft zu. »Es ist aber auch heiß heute.«

»Du musst noch mal gehen«, forderte Stephen.

»Ganz gewiss werde ich das nicht tun. Du hast mich einmal dazu überredet. Ein weiteres Mal gelingt dir dies nicht.«

»Aber …«, setzte er erneut an.

»Wer ist diese Frau überhaupt, dass du ihr so unbedingt beizukommen versuchst? War sie mal deine Geliebte?«

»Elisabeth? Nein, ich kenne sie nur flüchtig.«

»Ach ja? Und deshalb versuchst du, sie mit allen Mitteln aus dem Geschäft zu drängen?« Dorothea musterte ihn. »Sie ist diejenige, die die Tuche über den Marktplatz gespannt hatte. Das Geschäft, das du an dich reißen wolltest«, erinnerte Dorothea ihn. »Und nun schickst du mich vor, um sie überall schlechtzumachen. Dabei scheinen die Menschen eine sehr hohe Meinung von ihr zu haben, wenn sie den Klatsch nicht einmal hören wollen.« Dorothea sah ihn an. »Ach, Stephen«, sagte sie dann, »du bist ja gar nicht mehr derselbe, seit wir hier in Köln sind. Lass uns fortgehen, ja?«

»Fortgehen? Ohne meine Geschäfte gemacht zu haben?«

»Es ist vorbei, Stephen. Der Marktplatz wird nicht mehr überspannt, die Tuche werden nicht gebraucht. Und die Tuchhändlerin drängst du hier nicht aus dem Geschäft. Wozu auch? Du bist kein Tuchhändler und warst es nie. Zumindest nicht nach dem, was du mir von dir erzählt hast.«

Stephen horchte auf. Er musste Obacht geben, wenn er nicht wollte, dass Dorothea nach und nach hinter seine wahre Geschichte käme. »Ich bin Händler. Dabei ist es doch einerlei, ob es nun Gewürze oder Stoffe sind oder ich Ladungen voller Wein kaufe und wieder verkaufe.« Ihm kam ein Gedanke. »Oder Salz«, fügte er leise hinzu.

»Aber warum hier in Köln?«, beharrte Dorothea. »Mit meinen Kontakten könntest du in Straßburg die besten Geschäfte machen. Aber hier in Köln, wo niemand weiß, wer ich bin, kann ich dir nicht helfen.«

»Ja, da ist es wieder: Hier weiß niemand, wer *du* bist. Du bist diejenige, deren Name etwas zählt, vor *dir* buckeln die Leute.«

»Ich wusste nicht, dass es dir derart missfällt.«

»Doch. Genau das tut es, stell dir vor. Ich bin nicht mal dein Ehemann. Ich bin irgendein Kerl, mit dem du dich vergnügst. Das ist alles.«

»Aber, Stephen, so ist es doch nicht.« Sie legte ihre Arme um seinen Hals. »Du hast mit dieser Frau noch eine Rechnung offen, nicht wahr?«

»Möglich«, gab er ausweichend zur Antwort.

Dorothea überlegte einen Moment. »Und du wirst nicht ruhen, bis diese beglichen ist, nicht wahr?«

Stephen sah sie nur an. Einen Moment lang sagte keiner von beiden etwas. Dann wandte Dorothea sich ab, schien zu überlegen. »Wenn es dir wirklich so ernst mit uns ist, werde ich dir helfen.«

»Ich danke dir«, sagte Stephen, und es klang aufrichtig.

»Doch erst will ich wissen, wer sie ist.«

Stephen rang mit sich, schluckte schwer. »Elisabeth ist meine Schwester, meine Zwillingsschwester sogar. Mein richtiger Name ist Hardenstein.«

»Und was hat sie dir so Unverzeihliches angetan?«

»Sie hat mich um mein Erbe betrogen«, antwortete Stephen.

»Dein Erbe?«

»Ja. Der Tuchhandel gehörte einst meinem Vater. An seinem Sterbebett«, log er, »hat Elisabeth ihm eine Erklärung abgerungen und den Advocatus dafür bezahlt, dass er sie niederschrieb. Sie hat alles an sich gerissen und mich schließlich aus der Stadt gejagt.«

»Deshalb hat der Wirt dich erkannt. Es war also kein Irrtum.«

»Das stimmt.« Stephens Laune besserte sich. Das erste Mal hatte er das Gefühl, Dorothea vollends auf seine Seite gezogen zu haben.

»Wenn du sie wirklich am Boden sehen willst, dann musst du sie mit ihren eigenen Waffen schlagen«, stellte Dorothea fest.

»Und wie soll das gehen? Vater ist tot, und er wird gewiss nicht wieder lebendig, um dann mir alles zu hinterlassen.«

»Du musst weiterdenken«, erklärte Dorothea. »Durch den Brand und die Auflösung der Verträge mit der Stadt ist ihr die Einnahmequelle durch die Ständler weggebrochen.«

»Ja. Und?«

»Nun hat sie nur noch den Tuchhandel und die Näherei. Was denkst du, womit macht sie mehr Geld?«

»Mit der Näherei«, urteilte Stephen.

»Dann müssen wir dort ansetzen.«

»Ach ja, und wie? Du hast ihre Kundinnen doch erlebt. Sie lieben die Gewänder, die Elisabeth fertigt.«

»Die sie für teures Geld fertigt«, ergänzte Dorothea.

»Ich weiß noch immer nicht, worauf du hinauswillst«, gestand Stephen ein.

»Ganz einfach. Wenn nun eine neue Tuchhändlerin in die Stadt käme, die ebenso wunderbare Kleider fertigte und dafür aber wesentlich weniger Geld verlangen würde, was glaubst du, wie gern die Damen dieser Stadt zu ihr wechseln würden?«

»Aber wie willst du das machen? Elisabeths Arbeiten sind gut, sehr gut sogar. Woher willst du Näherinnen bekommen, die so oder eben auch noch besser arbeiten? Vor allem aber, die sich die Formen, Farben und Verzierungen der Kleider ausdenken?«

»Das muss ich gar nicht.«

»Ich verstehe nicht, was du meinst.«

»Mein lieber Stephen, wie du weißt, habe ich eines mehr als genug, nämlich Geld. Wenn ich nun zu deiner Schwester ginge und sie Gewand um Gewand fertigen ließe, um diese dann zu sammeln und zu einem Zeitpunkt, den wir beide bestimmen, in einem großräumigen und feinen Salon zum Kauf anzubieten für viel weniger Geld, als sie gekostet haben, und dann behaupte, sie stammten aus meiner eigenen Näherei, was glaubst du wohl, wie die feinen Kölner Damen hierauf reagieren würden?«

»Du bist unglaublich«, gab Stephen voller Bewunderung von sich. »Doch was tust du, wenn die Kleider verkauft sind und die Damen mehr wollen?«

»Bis dahin, mein Lieber, wird deine betrügerische Schwester bereits nicht mehr aus noch ein wissen. Bedenke bitte, erst beschäftige ich sie so sehr, dass sie weitere Näherinnen einstellen muss, um der Nachfrage gerecht zu werden. Außerdem wird sie manch Kölnerin absagen müssen, weil sie es nicht schafft, einen jeden Auftrag anzunehmen. Wenn ich dann die Kleider beisammenhabe und ihr von heute auf morgen die Aufträge wegbrechen, wird sie nicht in der Lage sein, ihre Näherinnen weiter zu bezahlen. Die Näherinnen, denen sie alles beigebracht hat und die es vermögen, die Arbeiten auch ohne sie zu vollbringen. Und was denkst du, wer sie einstellen wird?« Sie blickte verschwörerisch. »Zu einem niedrigeren Lohn selbstredend, immerhin müssen wir ihre Notlage ja für uns nutzen.«

»Was für ein hinterlistiges Weib in dir steckt!« Stephen zog sie an sich und küsste sie leidenschaftlich.

»Und dann, wenn sie ohne Aufträge dasteht, weil sich alle von ihr abgewandt haben, und sie nur noch ihre Tuche verkaufen kann, werden wir ihr ein Angebot machen.«

»Weshalb das?«

»Na, war das nicht immer dein Gedanke? Sie aus der Stadt zu jagen, genau, wie sie es mit dir gemacht hat?«

»Warum tust du das alles für mich? Es wird dich einen Teil deines Vermögens kosten.«

Sie zuckte die Achseln, als sei ihr dies vollkommen einerlei. »Ich bin reich und gelangweilt. Es ist an der Zeit, meine

Leidenschaft für den Handel zu entfachen und mich wieder ganz und gar einer Arbeit hinzugeben. Und wenn ich dich dabei glücklich machen kann, ist es ja ein doppelter Gewinn.«

Wieder zog Stephen sie an sich, und es dauerte nicht lange, bis sie sich vollständig entkleidet hatten und sich leidenschaftlich liebten. Stephen hatte das erste Mal in seinem Leben das Gefühl, wirklich zu einem anderen Menschen zu gehören.

21. Kapitel

Seit dem Tode Marleins war nun schon über ein halbes Jahr verstrichen, doch es verging kein Tag, an dem Elisabeth nicht an sie dachte.

Manches Mal war ihr in den letzten Monaten der Gedanke gekommen, ihre Mutter danach zu fragen, ob ihr je ein Verbrechen angetan worden war. Doch sie fand hierzu einfach nicht den Mut.

Vor drei Monaten war Elisabeth guter Hoffnung gewesen, und sie und Rafael hatten sich über die Maßen darüber gefreut. Doch das währte nur wenige Tage, da sie kurz darauf Blutungen bekam und das Kind verlor. Danach hatte sie ein weiteres Mal geglaubt, empfangen zu haben, doch weder hatte sich ihr Bauch über die folgenden Wochen gewölbt, noch waren die Blutungen ausgeblieben, sodass sie sicher sein konnte, sich die Schwangerschaft nur eingebildet zu haben.

Rafael war seitdem nicht mehr auf Handelsreise gegangen und überließ dies Alexander. Dieser hatte sich auf eine Liebelei mit Barbara, die er auf der Hochzeit kennengelernt hatte, eingelassen. Doch es war nicht von Dauer gewesen. Nicht jeder mochte Alexanders Art, die Dinge nicht gar zu schwer zu nehmen, und irgendwann hatte Barbara ihm gesagt, sie hätte das

Gefühl, mit einem Kind und nicht mit einem erwachsenen Mann zusammen zu sein.

Das Verhältnis zu Helene, Rafaels Mutter, hatte sich tatsächlich ein wenig gebessert. Womöglich hatte Elisabeth ihr unrecht getan, war es manchmal eben einfach Einsamkeit, die die Menschen hart und zornig werden ließ. In jedem Fall bemühte sich Elisabeth, die Schwiegermutter, so oft es ging, ins Haus zu holen. In letzter Zeit war Elisabeths Bitte, ihr beim Nähen zu helfen, auch durchaus ernst gemeint gewesen.

Am schwersten war für Elisabeth, dass ihre Freundin Esther mit ihrem Ehemann nach Bremen gezogen war. Zwar schrieben sie sich regelmäßig Briefe, doch war dies nicht mehr das Gleiche. Es fehlte Elisabeth, mit der Freundin zu plaudern und deren kluge Gedanken zu hören. Fast war es, als hätte man ihr die Schwester genommen.

Aus diesem Grund stürzte sich Elisabeth noch mehr als sonst in die Näherei. Sie hatte nun schon fünf weitere Näherinnen eingestellt und kam doch gegen die Arbeit nicht an. Vor allem eine Kundin, Dorothea Wagner, eine reiche Witwe, die vorübergehend in Köln lebte, kaufte ein Kleid nach dem anderen bei ihr. Elisabeth war es ein Rätsel, wann die Frau die Kleider alle tragen wollte. Doch ihr konnte es einerlei sein. Die Kundin wünschte Stoffe in den unterschiedlichsten Farben und Verzierungen und zahlte stets bereits bei der Bestellung die volle Summe.

Die Geschäfte liefen also so gut, dass Elisabeth daran dachte, ein weiteres Haus zu kaufen, wo ausschließlich das Kontor und die Näherei untergebracht werden sollten. Zwar war eine solche Ausgabe stets ein Wagnis. Doch die vielen Aufträge, die sie bekam, rechtfertigten es, und Elisabeth wollte keinesfalls die Gelegenheit versäumen, ihr Geschäft noch weiter auszubauen. So war sie beim Bürgermeister vorstellig geworden und hatte diesen gebeten, ihr eine Botschaft zukommen zu lassen, sollte er Kenntnis von einem geeigneten Haus erlangen.

»Herrin, Ihr müsst augenblicklich kommen!« Martha stand mit roten Wangen im Türrahmen und keuchte, so rasch war sie gerannt.

»Was ist denn geschehen?«

»Ein Tuchhandel, dreimal so groß wie unserer, mitten in Köln. Und sie bieten dort auch Kleider an.«

»Und wenn schon.« Elisabeth legte ihre Arbeit beiseite. »Es ist genug für alle da, und wenn jemand außer uns hier die feinen Damen beliefern kann, könnten wir des Nachts weit mehr Schlaf bekommen.« Sie versuchte zu lächeln, doch Marthas ernste Miene verbot es ihr.

»Sie haben einen Marktschreier, der die Damen anspricht und sie bis ins Kontor begleitet.«

»Sehr forsch, dass muss ich zugeben. Aber, Martha, wir haben so viele Aufträge, und es reißt nicht ab. Es wird sich finden, glaub mir.«

Martha schluckte schwer. »Wenn Ihr seht, wer den Tuchhandel betreibt, glaubt mir, dann werdet Ihr nicht mehr so gelassen sein.«

»Weshalb? Wer ist es denn?«

Martha wischte sich den Schweiß von der Stirn.

»Martha«, erinnerte Elisabeth, dass sie ihr noch eine Antwort schuldig sei.

»Es ist Dorothea Wagner.«

»Was?«

»Ihr habt richtig gehört. Dorothea Wagner ist offenbar ebenfalls Näherin.«

»Und ich habe genug Kleider für sie gefertigt, damit sie auch ja weiß, wie sie jede Naht setzen muss.« Elisabeth wurde übel bei dem Gedanken, welch falsches Spiel mit ihr getrieben worden war. »Kommt«, sagte sie nur. »Ihr alle kommt mit mir dorthin, und wir sehen uns an, wie gut sie unsere Arbeit nachzumachen versteht.«

Elisabeth griff sich ihren Überwurf und war bereits die Stufen der Treppe vor dem Haus herunter, als die Tür oben noch nicht durch die Letzte geschlossen worden war. Martha hatte Mühe, wieder zu ihr aufzuschließen.

»Wo genau ist es?«

»Direkt am Marktplatz«, antwortete Martha. »Es ist das alte Schindlerhaus.«

»Das alte Schindlerhaus?«, echote Elisabeth. »Dieses riesige Haus ist nur mit Kleidern und Tuchen gefüllt?«

Martha verzog das Gesicht und nickte schweigend, zum einen, weil sie nicht wusste, was sie erwidern sollte, und zum anderen, weil sie kaum mit Elisabeth Schritt halten konnte.

Als sie den Marktplatz schließlich erreichten, blieb Elisabeth fassungslos stehen. »Das ist ja ein Marktfest.«

»Ja, und das alles nur ihretwegen.«

»Warum haben wir nicht früher davon erfahren?«

»Keiner wusste es, wirklich niemand. Wie aus dem Nichts wurde heute in der Frühe alles aufgebaut, und dann haben sie auch schon angefangen. Die Leute kamen in Scharen herbei, um zu sehen, was hier geschah.« Martha konnte ihre Sorge kaum mehr verbergen.

Elisabeth verharrte einen Moment, dann ging sie auf das alte Schindlerhaus zu.

»Elisabeth, welche Freude, dass Ihr gekommen seid. Das verrät wirkliche Größe.« Dorothea blickte Elisabeth arrogant an.

»Nun, hätte ich gewusst, dass wir im gleichen Handel tätig sind, hätten wir uns womöglich schon früher einmal darüber austauschen können.«

»Ach, hatte ich das denn nie erwähnt?«, tat Dorothea überrascht.

»Nein, ich bin sicher, dass ich mir das gemerkt hätte.«

»Nun, jetzt wissen wir ja beide Bescheid. Bitte, Elisabeth, lasst es Euch gut gehen. Das Bier und der Würzwein sind ein kleines Geschenk meinerseits. Nur den Schnaps müsstet Ihr bezahlen, wenn Ihr welchen wollt.«

Elisabeth hätte ob der Falschzüngigkeit Dorotheas aus der Haut fahren können.

»Wenn Ihr mich nun entschuldigen wollt. Die Damen sind ganz wild auf meine Kleider.« Sie tat, als werfe sie Elisabeth einen Kuss zu, dann verschwand sie im Innern des Gebäudes.

»Willst du da wirklich hineingehen?«, fragte Ennlin fast ängstlich.

»Ja, das will ich, und das werde ich. Und ihr alle kommt mit.« Elisabeth ging voraus und trat in das helle freundlich gestaltete Gebäude, das im Gegensatz zu anderen Häusern große Fenster hatte, die ein herrliches Licht in den Innenraum warfen. Elisabeth drehte sich einmal um sich selbst. Es war einfach wunderschön.

»Die Kleider«, sagte Ennlin. »Sie hat sie tatsächlich so genäht, wie du es tust.«

Martha ging zu einer der Stangen, an denen die Kleider aufgehängt waren.

»Möchtet Ihr es einmal anziehen?«, sprach sie eine junge Frau an. »Ihr würdet gewiss wunderbar darin aussehen.«

»Wie viel verlangt Ihr dafür?«, begehrte Martha zu erfahren. Die Antwort der jungen Frau ging im Geplauder der Umstehenden unter. »Verzeiht, ich habe es nicht verstanden.« Martha lehnte sich noch weiter vor, um sie besser verstehen zu können. Dann machte sie zwei Schritte rückwärts und lief zu Elisabeth hinüber. »Herrin, Herrin!«

»Ja, Martha?«

»Die Kleider …«, stammelte sie aufgeregt.

»Ja?«

»Sie kosten gerade einmal die Hälfte von unseren.«

Elisabeth fasste Ennlins Hand, sah sich im Getümmel um. In diesem Moment wusste sie es: Sie war ruiniert.

»Komm, Mutter, lass uns nach Hause gehen.«

»Ja, mein Kind«, sagte Ennlin mitfühlend und tätschelte Elisabeths Hand.

»Ach, Elisabeth«, hörte sie Dorotheas Stimme hinter sich. »Wartet bitte. Ich möchte Euch mit jemandem bekannt machen.«

Elisabeth drehte sich zu ihr um und glaubte nun, nicht nur den Boden unter den Füßen zu verlieren, sondern Geister zu sehen.

»Dies ist mein Mann Stephen. Aber, ach, was rede ich Dummerchen – Ihr kennt Euch ja bereits, nicht wahr?«

»Stephen?«, entfuhr es Ennlin.

»Mutter, welch angenehme Überraschung! Ich wusste ja gar nicht, ob du zwischenzeitlich verstorben bist. Wie schön, dass dem nicht so ist.« Er beugte sich zu Ennlin vor und gab ihr einen Kuss auf die Wange.

»Schwesterherz, bekomme ich gar keine Umarmung zur Begrüßung?«

»Du bist Dorotheas Mann?«

»Allerdings«, erwiderte er, obwohl die beiden nach wie vor nicht die Ehe geschlossen hatten. »Fragst du das, weil uns einige Jahre trennen? Was sind schon Jahre, wenn man die Liebe findet?«, fügte er jovial hinzu.

»Bitte entschuldigt mich nun wieder«, bat Dorothea abermals und verschwand.

»Seit wann bist du wieder in der Stadt?«

»Schon eine ganze Weile«, antwortete Stephen.

»Also war all das hier dein Einfall, um mich zu ruinieren.« Es war keine Frage, sondern eine Feststellung.

»Warum so dramatisch? Sagtest du nicht damals zu mir, dass du dich darauf freust, zu sehen, wer von uns beiden der bessere Händler ist?« Er machte eine ausladende Geste. »Ohne unbescheiden sein zu wollen, denke ich, dass die Antwort auf der Hand liegt.«

»Komm, Mutter. Wir sollten gehen.«

»Ja, tut das. Ach, und wenn ihr eure Kundinnen sucht, die sind hier.« Er begann zu lachen, erst leise und dann immer lauter. Elisabeth glaubte, es selbst draußen noch hören zu können.

Die nächsten Wochen waren ein einziger Kampf. Elisabeth wurde bei jeder ihrer früheren Kundinnen vorstellig, doch nur zwei von ihnen hielten ihr die Treue. Manche machten ihr gar den Vorwurf, dass sie ihnen jahrelang zu viel berechnet hätte, da Dorothea Wagner ja schließlich auch die Stoffe kaufen und die Näherinnen bezahlen musste, aber nur die Hälfte für die Kleider verlangte.

Inzwischen hatte Elisabeth erfahren, dass Dorothea ihre Kleider nicht nachnähte, sondern Elisabeths Kleider weiterverkaufte. Sie hatte den Advocatus dazu befragt, der ihr jedoch rein rechtlich keine Hoffnung machen konnte. Niemandem war es verboten, eine Ware zu erwerben und dann für weniger Geld weiterzuverkaufen. Schließlich wäre auf einen solchen Einfall ja auch sonst niemand gekommen.

Die ersten Näherinnen, die gingen, waren die neuen, die Elisabeth zuletzt eingestellt hatte. Otilia und Ursel blieben ihr treu, berichteten jedoch, dass Stephen vor wenigen Tagen bei ihnen zu Hause erschienen war und ihnen angeboten hatte, ebenfalls zu Dorothea zu wechseln. Die Näherinnen hatten abgelehnt, doch Elisabeth wusste, dass es nur noch eine Frage der Zeit wäre, bis auch sie nicht anders konnten, als das Angebot anzunehmen.

Elisabeth zog sich immer mehr zurück. Ennlin hasste es, die Tochter so leiden zu sehen, konnte jedoch nichts dagegen tun.

Eines Morgens, es war schon eine geraume Zeit hell, kam Elisabeth mit tiefen Ringen unter den Augen in die Küche und setzte sich auf die Bank. »Ich denke, ich werde den Tuchhandel und die Näherei schließen.«

»Was?«, rief Martha entsetzt. »Aber, Herrin, nach allem, was Ihr aufgebaut habt?«

Elisabeth zuckte mit den Schultern. »Was soll ich denn tun? Mir bleiben die Kundinnen weg und die wenigen Kleider, die ich noch zu fertigen habe, teile ich mir schon genau ein, damit ich länger daran arbeiten kann.« Sie seufzte schwer.

»Aber was soll dann aus uns werden?«, fragte Martha leise. »Aus Ottokar und mir?«

»Ihr bleibt selbstverständlich. Ich werde dieses Haus verkaufen müssen und in das Haus meines Mannes und seiner Mutter ziehen.«

»Du unter einem Dach mit Helene? Glaubst du wirklich, dass das gut geht?«, fragte Ennlin.

»Das muss es wohl einfach.«

»Elisabeth, was denkst du, hätte dein Vater in einer solchen Lage getan?«

»Sich einen Schnaps eingeschenkt?«, schlug Elisabeth vor, entschuldigte sich aber sogleich, als sie den Gesichtsausdruck ihrer Mutter sah. »Nun gut. Offenbar brennst du darauf, es mir zu verraten. Also, was hätte Vater in dieser Lage getan?«

»Er hätte gekämpft, Elisabeth.«

»Aber wie denn?«

»Du warst so erfolgreich, weil du etwas Besonderes angeboten hast. Das hat man dir weggenommen, ja. Also musst du dir eben etwas anderes einfallen lassen.«

»Aber was?«

»Ich weiß es nicht. Denk nach! Dir ist doch immer etwas eingefallen.«

Elisabeth wollte es, doch ihr Kopf blieb leer. »Es gibt eine Händlerin in Bremen, sie ist eine gute Freundin von Esther«, begann Elisabeth zu erzählen. »Wisst ihr, was sie macht?«

»Nein.«

»Sie näht Seife in die Kleider ein, damit sie duften.«

»Wie bitte? So etwas habe ich noch nie gehört.«

Elisabeth nickte wissend. »Es stimmt aber. Sie nennen sie die Duftnäherin Bremens.«

Ennlin schmunzelte. »Ein wirklich außergewöhnlicher Einfall. Was noch?«

»Wie, was noch?«

»Wovon hast du noch gehört? Wie machen es andere Händler?«

»Die haben niemanden, der unbegrenzt Geld zu haben scheint, als Konkurrenten.«

»Hör auf, an diese Dorothea zu denken!«, befahl Ennlin schroff.

Elisabeth riss sich zusammen. »Ich habe auch schon davon gehört, dass es Näherinnen gibt, die mit Schustern zusammenarbeiten und den Kleiderstoff dazu nutzen, die Schuhe damit zu überziehen. So passen Kleid und Schuhe stets zusammen.«

»Ja, sehr gut, was noch?« Ennlin trieb sie immer weiter an.

Allmählich machte es Elisabeth richtig Freude, mit Martha und Ennlin dazusitzen und sich die ungewöhnlichsten Dinge auszudenken, mit denen man Handel treiben konnte.

»Du machst jetzt Folgendes«, erklärte Ennlin ihr zum Ende des Gespräches hin. »Du schreibst deiner Freundin Esther, dass sie die Duftnäherin bitten mag, dir zwei oder drei Kleider zu verkaufen. Dann findest du einen Schuster, der mit dir arbeiten will. Du fertigst Schmuck aus Stoff für die Haare, du lässt Adelhaid Pasten rühren, die die Damen entspannen. Du musst immer und überall zwei Schritte voraus sein«, spornte Ennlin sie an. »Ich weiß, dass du es kannst.

»Ich danke dir, Mutter.« Elisabeth hob den Kopf. »Ja, so mache ich es. Aber …«

»Aber was?«

»Was, wenn ich all das mache und wieder etwas aufbaue und Stephen es mir dann wieder wegnimmt?«

»Dann suchst du eben weiter. Du bist ihm immer voraus, vergiss das nicht. Das Einzige, was er kann, ist, Einfälle zu stehlen. Und warten wir doch erst einmal ab, wie viel Geld seine Frau wirklich besitzt«, erklärte Ennlin. »Denn dadurch, dass er nachmachen und immer nur nachmachen kann, wird vieles für ihn von Anfang an teurer als für dich. Du wirst sehen.«

»Ich danke dir.«

»Das sagtest du schon. Und nun geh hoch in deine Kammer und richte dich her! Wir werden alles tun, um deinen Handel niemals sterben zu lassen.«

Tatsächlich sollte Ennlin recht behalten, denn nach und nach kehrten die Kundinnen zu Elisabeth zurück. Sie hatte die Zeit und Ottokars Geschick genutzt, um das Haus komplett umzubauen. Dort, wo zuvor der Gesindetrakt gewesen war, befanden sich nun Verkaufsräume. Aus dem früheren Stoffkontor hatte Elisabeth ein Kontor für Waren aller Art gemacht, und Alexander brachte von seinen Reisen stets Dinge mit, die er auf fernen Märkten entdeckte und von denen er glaubte, dass sie auch in Köln an den Mann oder die Frau zu bringen waren. Duftkleider hingen neben dem Regal mit stoffbezogenen Schuhen, hierneben dann Glas, echtes Glas aus Venedig mit Verzierungen in den verschiedensten Arten und Formen, Gewürze, Seifen, Bürsten, Körbe und auch Stoffe, jedoch nicht auf Ballen, sondern mit exotischen Mustern von den fernen Märkten Marrakeschs. Und Hüte. Besonders Letztere kamen gerade groß in Mode, und offenbar hatte Dorothea es verpasst, sich beizeiten um Lieferanten zu bemühen, sodass sie nicht liefern konnte.

Zwar fand Elisabeth die ewige Konkurrenz auch anstrengend, doch spürte sie, dass diese andererseits auch das Beste in ihr hervorgebracht hatte: ihren Kampfgeist.

Sie war Elisabeth Auerberg, geboren als Elisabeth Hardenstein, Tochter des Tuchhändlers Erhard Hardenstein. Ja, sie spürte diesen Stolz in ihrer Brust und war nicht bereit, auch nur einen Schritt zu weichen oder Stephen gar ganz das Feld zu überlassen. Sie würde allen Herausforderungen zum Trotz stets eines sein: eine Händlerin, wie man sie besser nie sah. Mochte man ihr ruhig entgegentreten. Am Ende blieb doch sie die Gewinnerin.

Nachwort

Liebe Leserinnen, liebe Leser,

ich freue mich, dass ich Ihnen die Fortsetzung der Geschichte meiner Elisabeth, der unbeugsamen Händlerstochter, in diesem zweiten Band erzählen konnte, und hoffe, dass sie Ihnen gefallen hat. Drei Jahre nach dem ersten Teil waren auch hier wieder einige historische Personen dabei, z. B. der in den Jahren 1354 bis 1355 zum Bürgermeister gewählte Werner von Spiegel. Ob dieser sich allerdings so egoistisch, wie von mir beschrieben, verhalten hat und ob er wirklich so gern in einem Atemzug mit seinen Amtsvorgängern, den ebenfalls im Roman genannten und genauso historisch belegten Bürgermeistern der Stadt Köln Johann Overstolz von Efferen, Eberhard Hardevust, Gerhard Benesis, Tilmann Overstolz und Edmund Birkelin, von dem er tatsächlich das Bürgermeisteramt übernommen hatte, genannt werden wollte, ist dagegen nicht durch Urkunden bewiesen, sondern von mir erfunden worden.

Nur manche der im Buch angegebenen Straßennamen hat es so oder ähnlich lautend gegeben. Denn Straßenschilder gab es im Mittelalter nicht, zumal die meisten Menschen ja ohnehin nicht lesen und schreiben konnten. Stattdessen haben die Kölner jeweils beschrieben, was sich in den Straßen oder Gassen befand, was sie dort gesehen, gehört oder gerochen haben. Und diese Namen wurden dann seinerzeit verwendet, um sich in der damals flächen- und einwohnermäßig größten deutschen mittelalterlichen Stadt zurechtzufinden.

Einige der im Roman genannten mittelalterlichen Orts- und Städtenamen sind in der damaligen Schreibweise wiedergegeben. Ich habe mir aber wie schon im ersten Band erspart, die im Mittelalter gebräuchlichen Namen Kölns, wie Coelln oder Coellen oder gar lateinisch Colonia Agrippina, zu verwenden, da dies verwirrend gewesen wäre. Aber die Ortsnamen Ludesdorp und Lommitzheim bezeichneten tatsächlich die heutigen Orte Leutesdorf und Lommersum, während jedoch die Burg Rheinstolz eine von mir erdachte Fantasieburg ist.

Meine Romanheldin Elisabeth ist eine starke und durchsetzungsfähige Frau, wie es sie im Mittelalter vielleicht häufig gab, auch wenn viele von ihnen der Vergessenheit anheimgefallen sind. Aber es gab sie, sodass ich Elisabeth an die Beschreibungen der geschichtlich belegten großen Frauen angelehnt habe. Außerdem waren die Kölner Einwohner, speziell auch die Frauen, in vielerlei Hinsicht erfinderisch und kreativ. Insbesondere die Frauen waren mit stetiger Steigerung im 14. Jahrhundert am wirtschaftlichen Leben und auch am Erfolg der Stadt und ihrer Gewerbe beteiligt. Folglich bildeten sich in der zweiten Hälfte des 14. Jahrhunderts auch bereits Frauenzünfte, oder es wurden den Frauen immer mehr Rechte innerhalb der konventionellen Zünfte eingeräumt. Also ist es doch denkbar, dass sich eine ähnlich starke Frau wie meine Elisabeth im mittelalterlichen Köln mit Ideen und Tatkraft durchgesetzt hat.

Und wer weiß, ob die Geschichte Elisabeths nicht noch weitergeht? Ich glaube, ich möchte noch einmal zurückkehren zu meiner Elisabeth und ihren Lieben und sehen, wie es so weitergeht in ihrem Leben. Ob sie wohl noch Mutter wird? Zu wünschen wäre es ihr. Und was wird mit

Rafael und dem Salzhandel? Wie geht es mit Ennlin weiter? Ach, ich merke schon, ich werde wohl noch mal meine Koffer packen und ins Köln des 14. Jahrhunderts zurückreisen müssen. Keine Sorge, ich sage Ihnen rechtzeitig Bescheid, damit Sie dabei sein können.

Herzlichst
Ihre Ellin Carsta

Quellenverzeichnis

Siegfried Bäumler, Heilpflanzenpraxis Heute, Urban & Fischer, München 2007

Georg von Below, Die Kölner Richerzeche, in: Deutsche Zeitschrift für Geschichtswissenschaft, Bd. 1 (1889), S. 443–448, hrsg. Ludwig Quidde, J. C. B. Mohr, Freiburg i. Br. 1889

Carl Dietmar, Das mittelalterliche Köln, 2. Auflage, Bachem, Köln 2004

Carl Dietmar, Werner Jung: Kleine illustrierte Geschichte der Stadt Köln, Bachem, Köln 2002

Edith Ennen, Frauen im Mittelalter, C. H. Beck, München 1994

Irene Franken, Frauen in Köln. Der historische Stadtführer. Bachem, Köln 2008

Peter Fuchs (Hrsg.), Chronik zur Geschichte der Stadt Köln. Band 1: Von den Anfängen bis 1400, 3. Auflage, Greven, Köln 1999

Michael Hecht, Patriziatsbildung als kommunikativer Prozess. Die Salzstädte Lüneburg, Halle und Werl in Spätmittelalter und Früher Neuzeit, in: Städteforschung, Reihe A, Darstellungen, 79, Böhlau, Köln u. a. 2010

Wolfgang Herborn, Die politische Führungsschicht der Stadt Köln im Spätmittelalter, in: Rheinisches Archiv 100, Röhrscheid, Bonn 1977

Franz Irsigler, Arnold Lassotta, Bettler und Gaukler, Dirnen und Henker. Außenseiter in einer mittelalterlichen Stadt. Köln 1300–1600, Greven, Köln 1984

Eberhard Isenmann, Die deutsche Stadt im Mittelalter 1150–1550. Stadtgestalt, Recht, Verfassung, Stadtregiment, Kirche, Gesellschaft, Wirtschaft, Böhlau, Wien u. a. 2012

Heiner Jansen u. a. (Hrsg.), Der historische Atlas Köln, 2000 Jahre Stadtgeschichte in Karten und Bildern, Emons, Köln 2003

Ulrike Kaltwasser, Heiliges Köln – sündiges Köln: glanzvolles Mittelalter. Greven, Köln 1985

Harry Kühnel, Alltag im Spätmittelalter, 2. verb. Auflage, Darmstadt 1986

Harry Kühnel, Bildwörterbuch der Kleidung und Rüstung: vom Alten Orient bis zum ausgehenden Mittelalter, Kröner, Stuttgart 1992

Yvonne Leiverkus, Köln, Bilder einer spätmittelalterlichen Stadt. Böhlau, Köln u. a. 2005

Lexikon des Mittelalters, dtv, München 2002

Elisabeth Mick, Köln im Mittelalter, Greven, Köln 1990

Stefan Pohl, Georg Mölich, Das rechtsrheinische Köln: Seine Geschichte von der Antike bis zur Gegenwart, Winand, Köln 1994

Arnold Stelzmann, Robert Frohn, Illustrierte Geschichte der Stadt Köln. 11. Auflage, Bachem, Köln 1990

Norbert Trippen (Hrsg.), Geschichte des Erzbistums Köln, 2 Bände, Band 2: Wilhelm Janssen: Das Erzbistum Köln im späten Mittelalter (1191–1515), Bachem, Köln 1995/2003

Margret Wensky, Die Stellung der Frau in der stadtkölnischen Wirtschaft im Spätmittelalter, Böhlau, Köln u. a. 1980

Internet

https://www.deutsche-biographie.de/

www.fionas-wege.de/botanik/heilpflanzen-im-mittelalter/

http://guenter-lehnen-koeln.de/Koeln_mittelalt.html

www.kloster-lorsch.de/kloster/arznei

www.koelnischer-geschichtsverein.de/

www.koeln-magazin.info/mittelalter.html

https://www.koelnreporter.de/kurios/die-elf-in-koeln/koelner-strassennamen.html

www.regionalgeschichte.net/bibliothek/glossar/alphabet/r/reisen-im-mittelalter.html

www.rheinische-geschichte.lvr.de/Seiten/home.aspx

http://www.staedtegeschichte.de/einfuehrung/aspekte/patrizier.html

https://www.uni-muenster.de/Staedtegeschichte/portal/einfuehrung/aspekte/patrizier.html

Printed in Germany
by Amazon Distribution
GmbH, Leipzig

16448658R00179